AF303958

Violet Parsley ist ein Pseudonym von Cornelia Wriedt, die 1962 in Sachsen geboren wurde. Ihre Liebe zum Schreiben begann bereits in der Schulzeit. Sie hat u.a. in der Erwachsenenbildung gearbeitet und unter ihrem Klarnamen einige Sachbücher und Romane veröffentlicht. Die Förstertochter ist gern in der Natur unterwegs und unterrichtet Qigong.
Cornelia lebt mit Mann, Hund und weiteren Tieren in der Prignitz.

VIOLET PARSLEY

DAS EIGENSINNIGE HERZ DER LADY

Erstausgabe August 2022

© 2022 dp Verlag, ein Imprint der dp DIGITAL PUBLISHERS
GmbH

Made in Stuttgart with ♥
Alle Rechte vorbehalten

DAS EIGENSINNIGE HERZ DER LADY

ISBN 978-3-98637-900-1
E-Book-ISBN 978-3-98637-890-5

Covergestaltung: Emily Bähr
Umschlaggestaltung: ARTC.ore Design
Unter Verwendung von Abbildungen von
periodimages.com: © Maria Chronis, VJ Dunraven Productions
shutterstock.com: © BenChaYaPa, © ABCDstock, © CEW,
© AN NGUYEN, © Chansom Pantip
Lektorat: Astrid Rahlfs
Satz: dp DIGITAL PUBLISHERS GmbH
Druck und Bindung: Books on Demand GmbH, Norderstedt

I. DER NEUE LORD

Lady Lavinia stand aufgerichtet in ihrer schwarzen Trauerkleidung am Fenster. Sie sah mit verschleiertem Blick auf den Garten hinunter. Dieses Stückchen Erde war das Einzige, was sie vermissen würde. In drei unendlich langen Jahren war dieses Fleckchen Grün ihr Zufluchtsort gewesen. Hierhin war sie immer geeilt, wenn sie glaubte, ihr Leben nicht mehr ertragen zu können.

In dieser Situation war sie oft gewesen. Der vor einer Woche verstorbene Lord Ronan Westkay, Viscount Graywood, war kein angenehmer Zeitgenosse. Hätte man ihn mit drei Worten beschreiben müssen, dann würden sie reich, arrogant und unbeherrscht lauten. Letztere Eigenschaft hatte sich in den Jahren der arrangierten Ehe ständig verstärkt. Immerhin war es Lady Lavinia nicht vergönnt gewesen, schwanger zu werden und somit war Graywood der ersehnte Erbe verwehrt geblieben. Und das, obwohl er zum Anfang ihrer Ehe fast allabendlich in Lavinias Schlafgemach gestürmt war. Sobald die Tür herrisch aufgerissen wurde, war ihr klar gewesen, was nun folgen würde. Der Ablauf war immer der Gleiche – ohne Zärtlichkeit, ohne Emotionen. Der edle Viscount hatte sich auf den reinen Zeugungsakt beschränkt. Schon in der Hochzeitsnacht hatte er seiner vor Aufregung zitternden Gemahlin klargemacht, dass er kein weiteres Interesse an ihr hätte. Ihre Aufgabe sei es, ihm einen Erben oder besser noch zwei zu schenken und sich ansonsten aus seinem Leben herauszuhalten. Dass diese sich nach vollzogenem Akt vor Scham und Enttäuschung stets in den Schlaf weinte, hatte ihn nie interessiert.

Überhaupt hatte ihn alles ziemlich wenig interessiert, wenn es um seine Gattin ging. Einmal im Monat hatte sie ihm berichten müssen, ob sie nun endlich schwanger war. Abgesehen von den nächtlichen Besuchen mied er den Kontakt zu ihr, indem er außer Haus speiste und die Abende in seinem Club, in der nahegelegenen Stadt oder immer öfter auch in London verbrachte. Lavinia war froh gewesen, ihn so wenig wie möglich zu Gesicht zu bekommen. Im Grunde genommen hätte sie sich mit diesem einsamen Leben sogar eingerichtet, wenn nicht seine ständig anwesende Mutter versucht hätte, ihr das Leben zur Hölle zu machen.

Ihre Schwiegermutter hatte die perfide Neigung, ständig an ihr herumzukritisieren. Nicht nur, dass sie ihrem vergötterten Sohn keinen Erben schenkte, sie sei auch unfähig, einen Haushalt zu leiten, sich geschmackvoll zu kleiden oder auch nur einigermaßen angemessene Konversation zu betreiben. Jeder Gast, der sich im Hause Graywood aufhielt, bekam schon nach kurzer Zeit den Eindruck, dass Lady Lavinia nichts anderes sei als eine leidlich ansprechende Hülle, die über keinen eigenen Willen und schon gar nicht über einen wie auch immer gearteten Charakter verfügte.

Im weitläufigen Anwesen der Graywoods schwang die verwitwete Schwiegermutter unnachgiebig das

Zepter. Die rüstige Dowager Viscountess hatte sich geweigert, mit Hinweis auf ihren angeblich angeschlagenen Gesundheitszustand, in das dem Manor gegenüberliegende Gartenhaus, welches als Wittumssitz vorgesehen war, überzusiedeln. Allerdings erfreute sie sich besten Wohlbefindens und hinterließ den Eindruck, dass sie mit ihrer Konstitution selbst Methusalem Konkurrenz machen würde. Das Personal lebte in ständiger Furcht vor der hageren Frau mit den schmalen und harten Lippen, deren eisige Stimme bis in den hintersten Winkel der Gesinderäume drang, obwohl sie nie schrie. Es war eher ein Zischen, das aus ihrem Mund kam. Fast wie von einem Basilisken, der nur darauf wartete, sein Opfer zu verschlingen. Und so kam es, dass kaum einer der Bediensteten es lange im Hause Graywood aushielt. Sobald sie eine bessere Stelle gefunden hatten, wechselten die meisten der Angestellten in einen Haushalt, in dem die Stimmung weniger unfreundlich war. Eine Ausnahme bildeten der Butler, die Köchin und die Zofe der Mutter des Hausherrn, die alte Mary. Diese drei schon recht betagten Angestellten waren die einzigen, mit denen die Witwe einigermaßen freundlich umging, denn sie hatte sie bei ihrer Heirat aus ihrem Elternhaus mit nach Graywood Manor gebracht. Es gab noch eine weitere Bedienstete, die nicht ständig unter den Launen der selbstgerechten Herrin litt: Das war Lady Lavinias Zofe Mary. Nicht dass sich die junge Frau ihre Vertraute selbst ausgesucht hätte. Bei der Eheschließung war sie noch von ihrer alten Amme und der Zofe Anne, die sie schon seit Kindertagen kannte, begleitet worden. Graywood und seine Mutter hatten es aber unter fadenscheinigen Gründen schnell geschafft, beide zu entlassen und Lavinia damit weitgehend zu isolieren. Die neue Zofe, die ihre Schwiegermutter für sie ausgesucht hatte, stand ganz unter dem Einfluss derselben und war eher ein Bewacher als eine Vertraute. Der einzige Lichtblick in ihrem Leben war der Garten, auf dem ihr Blick jetzt ruhte. Und auch den könnte sie nun vielleicht verlieren. Sie hatte keine Vorstellung, was nach dem Tode ihres Gatten mit ihr geschehen würde.

Die Tür wurde so plötzlich aufgerissen, dass Lavinia aus ihren düsteren Gedanken schrak und zusammenfuhr. Dabei hätte sie sich doch schon längst an das ungehobelte Auftreten ihrer ungeliebten Zofe gewöhnen können.

„Lord Graywood ist eingetroffen", polterte diese, ohne den respektvollen Begrüßungsknicks zu machen.

Lavinia erschrak. Graywood war doch tot. Dann erinnerte sie sich. Der Titel war auf seinen Cousin Aldon übergegangen. Der war jetzt der neue Herr über Graywood Manor, die zugehörigen Ländereien und – ihr stockte bei dieser Vorstellung der Atem – auch über sie. Immerhin fungierte er nun als eine Art Vormund. Auch wenn sie als Witwe mehr Freiheiten genoss als eine unverheiratete weibliche Verwandte, hatte der neue Lord Graywood das Sagen. Zumindest was ihre Finanzen betraf. Ihr verstorbener Gatte hatte keineswegs mit seinem Ableben gerechnet, als er sich auf ein wildes Rennen hoch zu Ross mit einigen seiner Freunde eingelassen hatte. Er hatte daher keinerlei finanzielle Vorsorge für den Fall getroffen, dass er, anstatt als Erster durch Ziel zu reiten, kalt und steif auf einer Bahre heimgetragen wurde. Lavinia war sich sicher, dass der selige Graywood aber auch sonst keinen Gedanken an ihren Unterhalt verschwendet hätte. Immerhin hatte sie ihm keinen Erben geboren. Ja, sie war nicht einmal schwanger geworden.

Die Zofe hüstelte ungehalten. „Sie sollten nach unten in den Salon gehen und Lord Graywood begrüßen." Wie immer ließ sie es an der passenden höflichen Anrede fehlen.

Lavinia nickte, raffte ihr schwarzes, unvorteilhaft geschnittenes Kleid, das ihre Schwiegermutter für sie hatte einfärben lassen, warf einen letzten Blick auf den Garten und fügte sich in das Unvermeidliche. Ihr Aussehen im Spiegel zu überprüfen, hatte sie schon längst aufgegeben. Den Anblick ihres schmalen, blassen Gesichts mit den großen, traurigen Augen, um die tiefe Schatten lagen, war ihr nach und nach unerträglich geworden. Wo war das lebenslustige Mädchen mit der wilden Lockenmähne hin, die in der Sonne bernsteinfarben schimmerte? Auf Geheiß ihrer Schwiegermutter trug sie ihr Haar inzwischen streng nach hinten gekämmt. Als ob es ein Spiegel ihres Seelenzustandes war, hatte es nach und nach jegliches Strahlen verloren. Matt und glanzlos lag es an ihrem Kopf an und schien ihre Hoffnungslosigkeit zu teilen.

Der frischgebackene Lord Graywood stand, lässig an den Kamin gelehnt, im Salon und wartete auf die Damen des Hauses. Er war modisch gekleidet, ohne jedoch wie ein Stutzer daherzukommen. Stoff und Schnitt seiner Bekleidung verrieten, dass er Kunde eines der besten Schneider in London war. Zum strahlend weißen Leinenhemd mit einem Kragen, der nicht ganz so hoch war, wie ihn die aktuelle Mode vorschrieb, hatte er gedeckte Farben für Hose und Rock gewählt. Sein Halstuch kam mit einem recht einfachen Knoten aus und verzichtete auf aufwendige Falten. Diese Garderobe ließ ihn jedoch keineswegs trist erscheinen. Alles an ihm verriet, dass er es nicht für nötig erachtete, Eindruck zu machen. Die glänzenden Hessenstiefel und die zweireihig geknöpfte Weste waren in einem matten Taubenblau gehalten und schienen die einzige Reminiszenz an seine neue Stellung zu sein. Er hatte weder einen der derzeit so beliebten Gehstöcke dabei, noch trug er ein scharlachrotes Uhrband. Seine Haltung war aufrecht, das braune Haar ein wenig zu lang und wellte sich leicht. Die typischen scharfen Gesichtszüge der männlichen Familienmitglieder traten bei ihm in abgemilderter Form auf. Die Graywood'sche Adlernase war nur angedeutet und nicht so dominant wie bei einigen der Porträts in der Ahnengalerie. So sah er weniger streng aus als sein verblichener Vetter. Allerdings schien er auf den ersten Eindruck, genau wie dieser, abweisend und hochmütig. Das war zuletzt nicht dem Blick aus seinen grau-grünen Augen zu verdanken. Er hatte viele Stunden damit verbracht, sich einen gelangweilten Ausdruck zuzulegen, der ihn wie eine Schutzmauer vor allzu vertraulichen Begegnungen umgab.

Auch wenn man es ihm nicht ansah, er fühlte sich momentan reichlich unbehaglich in seiner neuen Rolle. Sein Cousin hatte sich bester Gesundheit erfreut. Mit seinem Ableben war nicht zu rechnen gewesen. Die Ehe zwischen dem vorherigen Lord und seiner Gattin bestand erst seit drei Jahren, da war es nicht ungewöhnlich, dass es noch keinen unmittelbaren Erben gab. Er hatte fest damit gerechnet, dass sich dieser Umstand jedoch bald ändern würde. Hinter vorgehaltener Hand galt der fünfte Lord Graywood nicht als besonders häuslich. Vielleicht hatte er seine Gattin nicht besonders geschätzt und sein Vergnügen außerhalb des eigenen Ehebettes gesucht. Er hatte die Witwe seines Cousins nur ein einziges Mal gesehen und konnte sich kaum an das blasse, aufgeregte Kindchen erinnern. Aus gesellschaftlichen Gründen, dem guten Ton zuliebe, war man nicht umhingekommen, ihn zur Hochzeit einzuladen, obwohl zwischen ihm und dem Bräutigam sowie dessen Mutter kein gutes Verhältnis herrschte. Beide hatten dem Sohn des jüngeren Bruders seiner verblichenen Lordschaft keine Sympathie entgegengebracht. Schließlich war seine Mutter eine bürgerliche Krämertochter gewesen, deren Vater zwar viel Geld, aber keinen entsprechenden Stammbaum vorwies. Die Familie seiner Lordschaft hatte es Aldon immer spüren lassen, dass er weit unter den Verwandten stand. Da hatten ihm auch das viele Geld seiner Mutter und der Besuch der besten Schulen nichts genützt. Er war nicht standesgemäß und das rieb man ihm bei den wenigen Begegnungen mit der Familie seines Vaters schonungslos und mit unverhohlener Schadenfreude unter die Nase. Seine Tante tat sich dabei durch besondere Boshaftigkeit hervor und ließ keine Gelegenheit aus, um ihr Missfallen über die unerwünschte Verwandtschaft kundzutun. Bei der Hochzeit seines Cousins hatte sie es mal wieder besonders arg getrieben und Aldon hatte sich geschworen, nie wieder einen Fuß in dieses Haus zu setzen. Daran hatte er bis heute festgehalten.

Aber nun war er wieder hier. Und er war der neue Hausherr. Und schon begannen seine Sorgen. Was sollte er nur mit den weiblichen Wesen anfangen, die ihm sein Cousin gleichsam mit dem Erbe hinterlassen hatte? Viel Freude würde er sowieso nicht an seiner neuen Stellung haben. Die Ländereien seines Vetters waren schlecht geführt, mit Hypotheken belastet und wenig ertragreich. Er würde einen Teil seines zum Glück schier unerschöpflichen Vermögens opfern müssen, um Ordnung zu schaffen. Immerhin war er der Meinung, dass man als Lord seinen Untergebenen gegenüber eine gewisse Verpflichtung hatte. Er würde die Misswirtschaft, die allenthalben auf den zu Graywood gehörenden Gütern herrschte, beenden und das Land zu neuer Blüte führen.

Der neue Lord Graywood beugte sich nach unten, um der schwarzen Labradorhündin, die zu seinen Füßen lag, über den Kopf zu streicheln. „Ach Blacky, was soll ich nur mit den Weibsbildern anfangen? Die bringen doch nur Ärger."

Das Tier hob seinen Kopf, wedelte mit dem Schwanz und schien zu grinsen.

„Ja, lach mich nur aus. Du bist das einzige weibliche Wesen in meinem Leben und weißt genau, dass ich keines dieser Geschöpfe in meiner Nähe haben will. Entweder sind sie bösartige Harpyien, falsche Schlangen oder hohlköpfige Puppen, deren Geschwätz mir den letzten Nerv raubt."

„Ich habe nicht die Absicht, ihnen den letzten Nerv zu rauben!" Lady Lavinias Stimme drang leise, aber bestimmt an sein Ohr.

Verflixt! Während er sich mit dem Hund beschäftigt hatte, war sie von ihm unbemerkt ins Zimmer getreten. Seine ohnehin schon miese Laune verschlechterte sich noch mehr. „Schleichen Sie sich immer so an?", blaffte er.

„Bisher war es in diesem Haus nicht üblich, mit den Türen zu knallen, um auf sich aufmerksam zu machen", konterte sie.

Graywood starrte sie wütend an. Was bildete sich diese kleine, unscheinbare Spitzmaus in ihrem sackartigen Trauerkleid ein? Wie kam ein so farbloses Persönchen dazu, ihm solche Widerworte zu geben? Und wie sie ihn danach ansah! So als hätte sie plötzlich Angst vor der eigenen Courage bekommen. Er war ja kein Unmensch. Und jeder, der seine fünf Sinne beisammen hatte, würde verstehen, dass die Situation, in der er sich befand, nicht gerade erfreulich war. Kein Mann war glücklich darüber, wenn er plötzlich zwei wildfremde Frauen am Hals hatte, die er zutiefst verabscheute.

Lavinia zuckte erschrocken zusammen und ihre Augen weiteten sich vor Furcht. Wenn der neue Lord Graywood einen ähnlichen Charakter hatte wie ihr verblichener Mann, dann wäre eine schallende Ohrfeige das geringste Übel, das sie erwartete. Was war ihr nur eingefallen? Sie wusste doch aus eigenen schmerzhaften Erfahrungen, dass man in diesem Haus keine Widerworte geben durfte.

Zum Glück begnügte er sich damit, sie wütend anzustarren. Und da war noch etwas in seinem Blick zu lesen. War es Verachtung? Sie wurde sich plötzlich ihres unförmigen Trauerkleides bewusst. Nie und nimmer hätte sie sich freiwillig diese stoffliche Scheußlichkeit ausgesucht. Aber da ihr der selige Lord Graywood so gut wie kein Nadelgeld zugestanden hatte, blieb ihr nichts anderes übrig, als das zu tragen, was ihre boshafte Schwiegermutter für sie anfertigen oder meist einfach nur umarbeiten ließ. Sich in einem ihrer schlichten Sommerkleider, die sie noch von früher besaß und vor den sogenannten Verschönerungsarbeiten der Dowager Viscountess gerettet hatte, so kurz nach der Beisetzung auch nur vor dem Personal sehen zu lassen, wäre undenkbar gewesen. Die Moderegeln schrieben es vor, dass sie als Witwe ein Jahr und einen Tag nur schwarze Kleidung tragen sollte. Daran würde sie sich halten, hatte sie sich vorgenommen. Auch wenn sie hier auf dem Land weitab vom *ton* lebte, war es besser, nicht gegen die geltenden Moralvorstellungen zu verstoßen. Lavinia machte sich keine Illusionen darüber, dass die Angestellten auf Graywood Manor nicht wussten, wie es um ihre Ehe bestellt gewesen war. Aber sie wollte nicht den kleinsten Anschein nach außen dringen lassen, dass der Tod ihres Gatten in Wahrheit eine Erleichterung für sie war. Sie würde die Rolle der trauernden Gemahlin annehmen und niemand sollte daran zweifeln können. Immerhin trauerte sie wirklich. Um die Jahre, die sie in einer lieblosen Ehe gefangen gewesen war, die zunehmend von Gewalt geprägt gewesen war. Wenn sie wenigstens ein Kind gehabt hätte, an dem sie sich hätte erfreuen können. Aber dieser Trost war an ihr vorübergegangen. Graywood hatte seine ehelichen Pflichten zuletzt immer seltener eingefordert, denn sein ständiger Alkoholgenuss hatte ihn zunehmend daran gehindert, seinen Mann zu stehen. Allerdings hatte er ihr die Schuld daran zugeschoben, denn er hatte sie als reizlos und kalt wie einen Frosch bezeichnet. Sie war ohnehin nicht sonderlich auf seine plumpen Aufmerksamkeiten erpicht gewesen und hatte ihm das einmal kurz vor seinem Tod unmissverständlich zu verstehen gegeben. Mit Schaudern erinnerte sie sich daran, wie er sie daraufhin grün und blau geschlagen hatte. Als sie wimmernd in der Ecke gelegen hatte, war er über sie hergefallen und hatte, berauscht von seiner Macht, endlich wieder einmal die Ehe vollziehen können. Lavinia versuchte, sich nicht vor Entsetzen zu schütteln, als sie daran dachte.

Der neue Lord Graywood bemerkte die Veränderung, die in seiner unscheinbaren Widersacherin vorgegangen war. Sie war zusammengezuckt. Recht so! Sie sollte sich bloß nicht einbilden, dass sie ihm auf der Nase herumtanzen könnte. Er würde sie irgendwo weit weg hin verbannen, sodass sie ihm nie wieder unter die Augen käme. Natürlich würde sie genug Nadelgeld erhalten, damit sie ein relativ sorgloses Leben führen könnte. Vielleicht widmete sie sich wohltätigen Aufgaben, engagierte sich für Waisenkinder oder im Tierschutz. Auch dafür würde er, wenn es sein musste, Geld bereitstellen. Hauptsache, er hatte nichts mehr mit ihr zu schaffen. Notfalls konnte er ihr auch eine kleine Mitgift aussetzen und irgendein trottliger Dorfpfarrer wäre so dumm, sie dann zur Gattin zu nehmen. Das erschien ihm als die idealste Lösung. Damit hätte er sie sich ein für alle Mal vom Hals geschafft. Während er überlegte, welches der ihm durch das Erbe zugefallenen Güter entfernt genug für diese Pläne schien, ging die Tür erneut auf. Diesmal wurde sie nicht lautlos bewegt, sondern öffnete sich mit Schwung und einem Geräusch, das keinen Zweifel daran ließ, dass die Hausherrin eintrat. Zumindest benahm sich die Dame so, als wäre sie das noch immer. Graywood konnte im letzten Moment verhindern, dass er missbilligend die Augenbrauen zusammenzog. Stattdessen verbeugte er sich leicht, gerade so, um es nicht als unhöflich gelten zu lassen. Er blickte die Eingetretene mit einem ausdruckslosen Gesichtsausdruck an, dem man nicht ablesen konnte, wie sehr er diese Frau verabscheute.

„Mein Beileid, verehrte Tante." Er sprach mit fester Stimme, der man keine Emotionen entnehmen konnte und war stolz auf sich. Immerhin schaffte er es, keine Verachtung in seinen Tonfall zu legen. Sein Cousin war im zuwider gewesen. Die Eskapaden des Verblichenen waren ein beliebtes Thema beim *ton* gewesen, der sich gern an den Skandalgeschichten labte. Das war ein Grund mehr für ihn gewesen, seine Gegenwart zu meiden.

Lady Amalia Westwood, die Witwe des vierten Viscount Graywood, schnaubte verächtlich. „Mein Unglück gereicht dir wahrlich zum Vorteil, lieber Neffe. Wer hätte gedacht, dass der Sohn einer Krämertochter einmal der neue Viscount Graywood wird."

Aldon versteifte sich. „Ich habe meinem Cousin niemals etwas Schlechtes gewünscht. Es hat mich sehr erschüttert, als ich von seinem plötzlichen Ableben erfahren habe."

„Plötzlich, aber nicht unerwünscht", konterte sie mit steinernem Gesichtsausdruck.

Lavinia hatte dem kurzen Schlagabtausch mit unbeteiligter Mine gelauscht. Ihre Gedanken überschlugen sich. Tante und Neffe machten den Eindruck, als ob sie sich nur mit Mühe beherrschen konnten, um sich nicht gegenseitig an die Kehle zu gehen. Was würde das für ihre Zukunft bedeuten? Gab es Hoffnung, dass sie nicht mit ihrer Schwiegermutter zusammen in das Witwenhaus des Anwesens ziehen musste? Vielleicht konnte der neue Herr auf Graywood den Gedanken nicht ertragen, dass seine verhasste Tante sich im Umkreis von weniger als einhundert Meilen von ihm entfernt aufhielt? Wenn sie nur wüsste, was für Pläne er überhaupt für die zwei Frauen hatte, für die er so urplötzlich verantwortlich war ... Lavinia wurde aus ihrer Grübelei gerissen, als die schneidende Stimme ihrer Schwiegermutter an ihr Ohr drang.

„Sei dir deiner neuen Rolle nur nicht zu sicher. Immerhin kann es sein, dass Lavinia den Erben meines Sohnes unter dem Herzen trägt. Wenn sie guter Hoffnung ist, dann wird mein Enkelsohn den Titel erben und du gehst leer aus. Dann kannst du dich wieder zu deiner Krämerverwandtschaft scheren, wo du hingehörst!“ Während dieser boshaft hervorgestoßenen Worte drehte sie sich zu Lavinia um und betrachtete sie mit einem missbilligenden Blick. „Bisher hast du es ja erfolgreich vermieden, einen Erben auszutragen. Ich hoffe doch, dass du am Ende nicht noch unfruchtbar bist! Aber vielleicht ist noch nicht alles verloren und du bist einmal in deinem Leben zu etwas nütze.“ Ihre Augen schienen ihre Schwiegertochter zu durchbohren. „Wann hat mein Sohn das letzte Mal bei dir gelegen?“

Lavinia schnappte empört nach Luft. Was war das für eine Frage? Wie konnte sie so etwas nur in aller Öffentlichkeit erörtern! Noch dazu vor einem Fremden! Eine plötzliche Röte überzog ihr Gesicht. Sie würde sich nicht die Blöße geben und auf diesen Affront antworten. Verzweifelt rang sie die Hände und tat in ihrer Not, als würde sie den Hund, der vor dem Kamin lag und den Kopf auf die Pfoten gelegt hatte, beobachten. Doch damit kam sie nicht durch.

Lord Graywood legte den Kopf schief und sah sie aus dunklen Augen an. „Dieser Gedanke ist nicht von der Hand zu weisen. Verzeihen Sie, Mylady, aber es ist von ungeheurer Wichtigkeit für unser aller Zukunft. Wann hat mein verstorbener Cousin das letzte Mal ihr gemeinsames Schlafzimmer aufgesucht?"

Lavinia stockte der Atem. Was erdreistete sich dieser Kerl? Sie hatte in all der Zeit nicht viel über ihre angeheiratete Familie erfahren. Der Name des Emporkömmlings, Aldon, war indes mehr als einmal gefallen. Sie hatte damals gedacht, wenn ihr Gatte und seine Mutter so schlecht über diesen Mann sprachen, wäre er vielleicht nicht so übel. Das war wohl weitaus gefehlt. Wie konnte er nur! Aber richtig, seine Mutter war ja eine Bürgerliche. Da musste es ihm unausweichlich an einer entsprechenden Erziehung mangeln. Wütend starrte sie ihn an, ohne zu antworten.

„Mylady, haben Sie meine Frage nicht verstanden?" Aldon war sich bewusst, dass sie sich bei diesem Verhör unwohl fühlen würde, aber er musste darauf bestehen, dass sie ihm antwortete. Zu viel hing davon ab, ob sie guter Hoffnung war oder nicht.

„Ihr seht doch, dass das arme Ding von dem herben Verlust, den wir gerade erlitten haben, noch ganz geschockt ist. Sie hing mit so einer Liebe und Dankbarkeit an meinem Sohn, dass ich um ihre zarte Gesundheit fürchte, wenn Ihr weiter so in sie dringt", empörte sich seine Tante. „Ich weiß, dass mein Ronan mit großer Leidenschaft an seiner Gattin hing und sie fast jede Nacht aufgesucht hat. Warum sollte das also vor seinem tragischen Tod anders gewesen sein? Um die zarten Nerven der untröstlichen Witwe zu schonen, müsst ihr schon mindestens einen Monat warten, nein, besser noch zwei oder drei, ehe Ihr über unseren Verbleib entscheidet." Lady Amalia sah bei diesen Worten sehr zufrieden aus.

Aldon warf einen wütenden Blick auf die schweigsame Lavinia, deren Gesichtsfarbe abwechselnd rot und dann wieder blass wurde. Wahrscheinlich war dieses unscheinbare Ding bis über beide Ohren in seinen Cousin verliebt gewesen und vor Trauer fast von Sinnen. Immerhin waren die Männer in seiner Familie durchweg schlank, groß und gutaussehend. Sicher hatte Ronan dem armen Ding den Kopf verdreht und ihr eingeredet, dass er sie nicht wegen ihrer doch recht stattlichen Mitgift geheiratet hatte. So manches Mauerblümchen war schon auf einen feschen, mittellosen Lord hereingefallen. Warum sollte es hier anders gewesen sein? Der Zustand von Graywood Manor und den dazugehörigen Ländereien zeugte nicht gerade von einer sachkundigen Hand. Wahrscheinlich war nach drei Jahren Ehe auch nicht mehr viel von Lavinias Mitgift übrig. Obwohl ihr der Titel *Lady* zustand, mochte er ihn nicht einmal in Gedanken verwenden. Das Wesen da, welches so stocksteif in diesen unförmigen Kleidungsstücken vor ihm stand, war weit entfernt von dem, was er sich unter einer Lady vorstellte. Im Gegensatz zu seinen ungeliebten Familienangehörigen hier hatten die Töchter des verarmten Adels in London gern über seine bürgerliche Herkunft hinweggesehen. Es war allgemein bekannt, dass seine Bankkonten und auch die Truhen in seinem Stadthaus gut gefüllt waren. Zudem verfügte er nicht nur über ein ansprechendes Äußeres, sondern auch über gute Manieren. So kam es, dass er sich der Gunst potenzieller Schwiegermütter erfreute und oftmals Mühe hatte, den Fallstricken der heiratswütigen Damen zu entgehen. Das alles würde jetzt noch viel schlimmer werden, mutmaßte er. Immerhin würde seine zukünftige Gattin den Namen einer Viscountess Graywood tragen. Um sich eine Lady nennen zu können, sollte man auch so wie eine auftreten, dachte er stirnrunzelnd, während er sie finster anstarrte.

„Da Ihr nicht reden wollt, so obliegt es mir, die Entscheidung ohne Eure Antwort zu treffen. Bis zur endgültigen Feststellung, ob Ihr schwanger seid oder nicht, verbleibt Ihr hier im Hause und könnt Eure gewohnten Zimmer behalten." Lord Graywood verschränkte die Hände hinter dem Rücken und begann auf und ab zu marschieren. „In einem Monat werde ich dann festlegen, was mit Euch geschehen soll. Tragt Ihr ein Kind unter dem Herzen, dann werdet Ihr hier auf dem Grundstück verbleiben, bis es geboren ist. Als sein Vormund werde ich dann über alles Weitere entscheiden. Seid Ihr nicht guter Hoffnung, dann werde ich Euch den verbliebenen Anteil Eurer Mitgift auszahlen und eine passende Unterkunft für Euch suchen." Er schwieg einen Moment. „Falls Eure Mitgift nicht ausreichen sollte, so setze ich Euch eine kleine Leibrente aus, damit Ihr ein Auskommen habt. Viel scheint Ihr ja nicht zu benötigen." Den letzten Satz unterlegte er mit einem abschätzigen Zucken um die Mundwinkel. Dabei sah man ihm genau an, was er von Lavinia als Person hielt, denn seine Miene verriet eine Mischung von Mitleid und Verachtung.

„Nun gut, so werden wir denn abwarten", warf seine Tante ein.

Graywood wandte sich ihr langsam und mit abschätzigem Blick zu. „*Wir*", er machte absichtlich eine längere Pause, „*Wir* werden nichts abwarten. Du, liebe Tante, hast drei Tage Zeit, um deine Sachen zu packen und dich auf dein geliebtes Anwesen in der Nähe von Bath zu begeben. Ich weiß nur zu gut, dass dein dortiger Besitz in hervorragendem Zustand ist und du auf keine deiner gewohnten Annehmlichkeiten verzichten musst, wenn du dorthin umsiedelst."

„Was fällt dir ein! Du elender Emporkömmling! Du wagst es, mir den nötigen Respekt zu verweigern und wirfst mich aus meinem Haus? Das wirst du bitter bereuen! Ich verfluche dich, du elender Kretin! Dich und deine unwürdige Mutter! Welch eine Schande ist über das Haus Graywood gekommen! Keinen Tag länger als nötig halte ich es hier aus. Ich reise aus freiem Willen ab! Du wirst schon sehen, was du davon hast, wenn du dich mit mir anlegst!" Zornig raffte sie ihre Röcke und stürmte mit hochrotem Kopf und wenig damenhaft davon.

Lavinia sah ihr entsetzt hinterher. Sie mochte ihre Schwiegermutter nicht besonders. Aber sie würde sie doch nicht mit diesem Monster allein lassen! Der Gedanke, einen ganzen Monat lang mit dem jetzigen Lord Graywood unter einem Dach leben zu müssen, entsetzte sie. Sicher war er ebenso übellaunig und bösartig wie ihr verblichener Gatte. Der Eindruck, den er bisher auf sie gemacht hatte, schien das zu belegen.

Ganz so, als wollte er ihre Gedanken bestätigen, blaffte der neue Lord sie an. „Was steht Ihr hier noch so herum? Ihr könnt euch entfernen! Es ist alles gesagt, was gesagt werden musste."

Sie zuckte zusammen und brachte einen zittrigen Knicks zustande. Als sie zur Tür hinauseilte, rief er ihr hinterher: „Ihr braucht Euch nicht die Mühe zu machen und zu den Mahlzeiten herunterkommen. Die Köchin wird Euch sicher reichlich Verpflegung auf Euer Zimmer schicken."

Entsetzt drehte Lavinia sich um: „Ihr sperrt mich ein?"

Er schüttelte den Kopf. „Ihr dürft jederzeit aus dem Haus und auch das Anwesen verlassen, wenn Ihr mir mitteilt, was Ihr vorhabt. Ich befreie Euch nur von der Verpflichtung, mir beim Speisen Gesellschaft zu leisten, was Euch sicher entgegenkommt. Solltet Ihr Euch jedoch langweilen, dann können wir die Mahlzeiten an den Tagen, an denen ich auf Graywood Manor weile, meinetwegen auch gemeinsam einnehmen." Er wollte noch hinzusetzen, dass es sicher für keinen von ihnen eine Freude sein würde, unterließ es aber im letzten Augenblick.

„So seid Ihr nicht ständig anwesend?“ Lavinia konnte die Hoffnung in ihrer Stimme nicht verbergen.

„Ich habe Geschäfte in London zu tätigen“, antwortete er mit eisiger Stimme und entließ sie mit einer Handbewegung.

Lavinia knickste gerade so tief, dass es nicht unhöflich wirkte, drückte den Rücken durch und wandte sich zum Gehen. Was bildete dieser Kerl sich ein? Wenn sie auch selten mit ihrer Schwiegermutter einer Meinung war, diesmal hatte die wohl doch recht. Der neue Lord Graywood war ein ungehobelter, bürgerlicher Klotz! Durch seine Herkunft fehlte es ihm an Manieren und gesellschaftlichem Schliff. In ihrem Zorn über die unfreundliche Behandlung, gepaart mit der Sorge um die Zukunft, vergaß Lady Lavinia ganz, dass der verblichene Lord Graywood keineswegs ein Musterbeispiel für einen Viscount abgegeben hatte. Es gab nicht wenige Stimmen im *ton*, die ihn als ungehobelt, verschlagen und jähzornig beschrieben. Er hatte wohl gerade zur rechten Stunde das Zeitliche gesegnet. Weil man über Tote nichts Schlechtes sagen sollte, wurde auch nur hinter vorgehaltener Hand geflüstert, dass es eigentlich sein Glück war, vom Pferd zu fallen und sich den Hals zu brechen. In wenigen Wochen wäre er ohnehin ruiniert gewesen. Man würde jetzt schauen, ob der neue Viscount ein besseres Händchen für die heruntergewirtschafteten Ländereien hatte. Falls die Gerüchte stimmten, war er ziemlich reich. Ebenso war man der Meinung, dass reich und ein Viscount zu sein, eine gewissermaßen gute Kombination war. Da spielte das Aussehen kaum eine Rolle und auch nicht die bürgerliche Herkunft. Allerdings flüsterten sich die

Debütantinnen, die auf der Suche nach einem Ehemann waren, zu, dass Lord Graywood mit einem recht ansehnlichen Äußeren gesegnet sei. War er bisher nur für die Töchter des niederen Adels interessant, deren Väter kaum eine magere Mitgift aufbrachten, so änderte sich das jetzt schlagartig. Lord Graywood galt als einer der fettesten Karpfen im Teich der heiratsfähigen Junggesellen.

Von all den Gerüchten wussten weder der neue Viscount Graywood noch die verwitwete Lavinia etwas. Während beide an die vor ihnen liegenden Tage mit Schaudern dachten und überlegten, wie sie einander am besten aus dem Weg gehen könnten, malten in London die Mühlen ein ganz anderes Mehl. Man war dem bürgerlichen Aldon in der Vergangenheit zwar nicht unbedingt mit Verachtung begegnet, sondern hatte ihn eher nur am Rande wahrgenommen. Es gab ja kaum Berührungspunkte, da er zu vielen Veranstaltungen gar nicht eingeladen wurde. Diese Situation hatte sich jetzt aber grundlegend geändert. Einem Viscount standen viele Türen offen, ganz egal, woher er sein Geld hatte. Er war mit einem Schlag zu einem der begehrtesten Junggesellen des *ton* geworden und der Traum aller Mütter, die mindestens eine unverheiratete Tochter besaßen. Unglücklicherweise saß er aber nun weit draußen, auf dem Land, auf Graywood Manor. Irgendwie müsste man ihn nach London in die Ballsäle locken, darüber waren die Damen einhelliger Meinung. Wenn er erst einmal da wäre, würde sich sicher eine Gelegenheit ergeben, seine nähere Bekanntschaft zu machen.

Nicht wenige der Mütter von heiratswilligen Töchtern hatten auch Söhne, deren Interesse ebenfalls darin lag, ihre Schwestern dem neuen Viscount vorzustellen. Blieb eine Debütantin unverheiratet und endete als alte Jungfrau, dann oblag es nach dem Tode der Eltern den Brüdern, sich um ihre übriggebliebenen Anverwandten zu kümmern. Ein lediges Frauenzimmer in der Familie war immer ein Ärgernis. Meist musste sich der Älteste als Familienoberhaupt um sie kümmern. Das war nicht nur lästig, sondern auch finanziell unangenehm. Die Unverheiratete brauchte eine entsprechende Unterkunft und ein Auskommen. Das kostete Geld, welches man dann nicht für sich oder die eigene Gattin ausgeben konnte. Oft war so eine sitzengebliebene Schwägerin auch noch ein Dorn im Auge, wenn es um die Herrschaft im Hause ging. Alles in allem war eine ledige Schwester, die das übliche Heiratsalter überschritten hatte, eine Belastung, die man sich gern ersparen wollte. Das dumme Ding sollte gefälligst heiraten und dann dem Gatten Ärger machen, meinten nicht wenige der jungen Herren. Natürlich gab es auch andere Brüder, die mit Liebe und Zärtlichkeit an ihren Schwestern hingen. Aber verheiratet wollten sie diese jedoch auch gern sehen.

Offiziell war es im *ton* verpönt, sein Geld durch Arbeit zu erlangen. Ein opulenter Lebensstil, wie man ihn pflegte, kostete jedoch. Die Kassen leerten sich meist schneller, als sie durch die Einnahmen aus den Gütern nachgefüllt wurden. Vielleicht hatte Graywood ein paar Tipps, wie man der ständigen Geldsorgen Herr werden könnte, ohne gleich als Krämer oder Pfeffersack zu gelten. Und so ganz nebenbei konnte man ihm ja auch die heiratswilligen Schwestern vorstellen.

Immerhin würde man so zwei Fliegen mit einer Klappe schlagen.

Nun war es so, dass eine gute Idee selten geheim blieb. Hatte einer der Lords beim Kartenspiel halblaut über seinen Einfall sinniert oder eine der potenziellen Schwiegermütter ihre doch nicht so verschwiegene Freundin ins Vertrauen gezogen? Man würde es wohl nie erfahren. Die Überraschung des neuen Lord Graywood war jedoch keineswegs gespielt, als er schon am nächsten Tag mehr als ein Dutzend Briefe überreicht bekam, die alle einen ähnlichen Inhalt hatten. Man bat ihn zu einer dringenden geschäftlichen Unterredung, die einem persönlichen und vertraulichen Charakter entsprechen sollte. Unter normalen Umständen hätte er sicher abgelehnt, denn er kannte die Einstellung der meisten Adligen, wenn es um Geschäfte ging. In seiner Situation allerdings kamen ihm die Schreiben, die ihn nach London riefen, mehr als nur gelegen. So hatte er einen triftigen Grund, Graywood Manor am nächsten Tag zu verlassen. Er würde weder seiner Tante noch der Witwe seines Cousins begegnen müssen. Wenn er seinen Aufenthalt in der Hauptstadt auf vier Wochen ausdehnte, dann wäre die Frist für Lady Lavinia verstrichen. So weit kannte er sich mit den weiblichen Befindlichkeiten aus. Er würde zu diesem Zeitpunkt zurückkehren, ihr mitteilen, wo sie den Rest ihres Lebens verbringen konnte, ihr eine kleine Leibrente aussetzen und sie wegschicken. Damit hätte er seine Pflicht getan und könnte sich mit gutem Gewissen zurücklehnen. Dass die Dame noch einmal heiraten würde, war wohl doch sehr unwahrscheinlich. Dazu war sie zu farblos und nichtssagend. So wie es aussah, neigte sie auch noch zu boshaften Wiederworten. Wer würde so eine Person wohl freiwillig in sein Leben lassen? Er hatte das zänkische Weib wohl für den Rest seines Lebens am Hals, denn er nahm seine Verpflichtungen, auch der ungeliebten Verwandtschaft gegenüber, sehr ernst. Das hieß jedoch nicht, dass sie oder gar seine Tante einen Platz in seinem Leben beanspruchen konnten. Er wollte beiden so wenig wie möglich begegnen. Die Einladungen nach London waren der perfekte Grund, abzureisen. Die Ländereien von Graywood Manor würden zwar noch einen Monat auf seine ordnende Hand warten müssen, aber das würde er in Kauf nehmen.

Tief im Inneren schalt er sich einen Feigling, aber er verspürte nicht das geringste Bedürfnis nach irgendeiner weiblichen Gesellschaft – selbst wenn er die zwei Frauen, für die er nun als Familienoberhaupt verantwortlich war, nicht in der Tiefe seines Herzens verabscheuen würde. Keineswegs, nach seinen Erfahrungen mit Alicia. Das Beste wäre, so entschied er, so schnell wie möglich abzureisen. Er schritt voller Elan ins Arbeitszimmer und setzte sich an den Schreibtisch, um zwei kurze Notizen zu verfassen. Dann klingelte er nach dem alten Butler, den er anwies, den Damen die Schreiben am nächsten Morgen zu überreichen.

Als sich dieser mit steifen Schritten entfernt hatte, warf Graywood noch einen schnellen Blick auf das Inventarverzeichnis des Anwesens. Das hatte ihm der Familienanwalt vor seiner Abreise aus London überreicht. Eigentlich hätte er die Angaben darauf überprüfen sollen. Aber er war in Gedanken schon bei seinen Reisevorbereitungen gewesen. Achtlos warf er die

Blätter auf den Schreibtisch und rief nach seinem Kammerdiener. Es war Zeit zum Packen, damit sie bei Morgengrauen aufbrechen konnten.

Von all diesen Absichten ahnte Lady Lavinia nichts, als sie nach dem Gespräch mit dem neuen Viscount durch die Gärten von Graywood Manor streifte. Der Aufenthalt an der frischen Luft würde ihre aufgewühlten Nerven beruhigen. Zumindest hoffte sie das. Was bildete sich dieser Mensch nur ein? In Gedanken belegte sie ihn mit einigen sehr wenig damenhaften Schimpfworten, die sie bei den Stallknechten ihrer Großeltern aufgeschnappt hatte. Es dauerte eine ganze Weile, bis sie die Schönheit der Gartenanlagen um sich herum wahrnahm. Das passierte ihr sonst nie. Wenn sie ihre Schritte sonst auf die kiesbestreuten Wege lenkte, dauerte es nur wenige Minuten, bis sie ganz in dem Anblick schwelgte, der sich ihren Augen bot.

Gleich an das Hauptgebäude schloss sich in südlicher Richtung eine weitläufige Terrassenanlage mit etlichen Springbrunnen an. Die lenkte den Blick auf ein hübsches Gartenhaus, welches früheren Generationen mal als Witumshaus und mal als Vergnügungsort gedient hatte. Zu ihm führten mehrere verschlungene Pfade, die sich um kunstvolle Blumenrabatten wanden, die malerisch auf einer Wiese angelegt waren. Rechts davon, in westlicher Richtung, führte ein kunstvolles schmiedeeisernes Tor in einen Bereich, der als formaler Garten angelegt war. Er wurde von mit Giebeln versehenen Steinmauern umschlossen, die den Nutz- und Küchengarten vor den Augen der Spaziergänger verbargen. Die Mauern wurden von einem großen kreisförmigen Taubenschlag überragt, der ihr ein Märchen ins Gedächtnis rief, welches ihre Nanny einst erzählt hatte. Sie wusste nicht mehr genau, wie die Handlung war, konnte sich aber erinnern, dass die Heldin in diesem Turm gefangen gewesen war. Das erinnerte sie ein bisschen an ihre eigene Situation. Allerdings hatten solche Geschichten immer einen glücklichen Ausgang. Ihr eigenes Leben war weit entfernt davon, ein Märchen zu sein. Seufzend wandte sie ihren Blick vom Turm ab, auf dessen Dach ein Taubenpärchen verliebt turtelte. Da sah sie doch lieber in eine andere Richtung. Obwohl das nur für den ersten Moment eine bessere Lösung zu sein schien.

Nach Osten hin hatte man ein Labyrinth angelegt, das noch vor einem Jahrhundert als Kulisse für das unterhaltsame Leben der Viscounts Graywood gedient hatte. Ihr Gatte hatte, sie wusste nicht, ob sie das wirklich bedauern sollte, keinerlei schwärmerische Ambitionen gehabt. So blieb ihr nur die Vorstellung, wie es damals gewesen war, als zwischen den Hecken heimliches Geflüster und lebhafte Flirts stattfanden. Manchmal seufzte sie bei dem Gedanken, was sich hier wohl alles abgespielt hatte. Denn obwohl ihr die Ehe mit dem fünften Viscount alle Illusionen hätte rauben sollen, hatte sie sich einen gewissen Sinn für Romantik erhalten. Sie wusste nicht, ob es an den Romanen lag, die sie sich aus der reichhaltigen Bibliothek heimlich auslieh oder an der Stimmung, in die sie der Garten versetzte, wann immer sie sich darin aufhielt.

Hinter dem Labyrinth lag ein großzügig gestalteter Landschaftsgarten, der scheinbar nahtlos in die Umgebung überging. Hier gab es Gruppen von Bäumen und Sträuchern, die anmuteten, als wären sie natürlich gewachsen. Künstliche Ruinen, verspielte Bachläufe mit entzückenden Brücken, mehrere Teiche, romantische Picknickplätze und kleine Pavillons versteckten sich dazwischen. Ihr absoluter Favorit war jedoch die chinesische Pagode. So ein Gebäude hatte sie bisher nur einmal gesehen – in den Key Gardens südlich von London. Lavinia war noch recht klein gewesen, als sie ihre Großeltern dahin begleitet hatte. Sie konnte sich nicht mehr an den Anlass erinnern, wohl aber an den Eindruck, den das stufenartige Gebäude mit seinen Drachenfiguren auf sie gemacht hatte. Die Pagode im Park von Graywood Manor war zwar längst nicht so groß und imposant wie ihr Vorbild, aber das störte Lavinia nicht. Immerhin zierten mehrere bunt bemalte Drachen das fremdartig anmutende Gebäude. Da war stets genug Raum für ihre Phantasie geblieben, um dem tristen Ehealltag und dem demütigenden Benehmen ihrer Schwiegermutter zu entfliehen.

Der Garten verfehlte auch diesmal seine Wirkung nicht. Als sie die Stufen erreichte, die zur Pagode hinaufführten, fühlte sie sich schon auf seltsame Art getröstet. Irgendwie würde es schon weiter gehen. Vielleicht war sie ja tatsächlich guter Hoffnung und sie bräuchte sich keine Sorgen um ihre Zukunft zu machen. Und wenn nicht, dann würde es sicher schon irgendwie weitergehen. Auch wenn sie dann diese wundervollen Anlagen nie wieder durchstreifen könnte. „Wo immer etwas Grünes wachsen kann, da gibt es Hoffnung", murmelte sie vor sich hin. Graywood würde sie doch nicht nach Schottland schicken? Aber selbst da sollte es ja Gras, Bäume und Blumen geben. Also könnte es ja nicht so schlimm werden.

2. AUFREGUNG AUF GRAYWOOD MANOR

Als Lavinia am nächsten Tag erwachte, war die Sonne schon weit über den Horizont gezogen. Wieso hatte sie so lange geschlafen? Das war doch so gar nicht ihre Art. Außerdem schmerzte ihr Kopf, als wäre ihre Gesundheit angegriffen. Sie griff sich an die Stirn. Die war kalt. Es gab keinerlei Anzeichen von Fieber. Auch ihr Hals schmerzte nicht. Sie war wohl doch nicht krank. Aber irgendetwas stimmte nicht. Und das hatte nicht unbedingt mit ihrem Kopfweh zu tun. Es dauerte eine Weile, bis sie bemerkte, was so ungewöhnlich war: Das ganze Anwesen summte wie ein Bienenstock. Entgegen den sonstigen Gepflogenheiten schien die Dienerschaft heute außer Rand und Band. Schritte hasteten treppauf und treppab. Türen wurden geräuschvoll geöffnet und flogen mit einem Knall wieder zu. So etwas hatte sie in den drei Jahren auf Graywood Manor noch nicht erlebt. Ihre Schwiegermutter führte doch sonst so ein strenges Regiment.

Verwundert schlüpfte sie aus dem Bett und klingelte nach ihrer Zofe. Doch diese erschien nicht. Erst nachdem Lavinia mehrmals energisch am Klingelzug gerissen hatte, tauchte sie mit einem mürrischen

Gesichtsausdruck auf und ließ sich zu einem steifen Knicks herab, den man nur als unhöflich bezeichnen konnte.

Lavinia übersah die Frechheit und ließ sich von ihr ins Kleid helfen. Sie hätte sich liebend gern ohne die Hilfe der unwilligen Frau angezogen, aber allein konnte sie weder das Mieder zuschnüren, noch das hässliche Oberkleid zuknöpfen, da beides am Rücken geschlossen wurde. Nach einer Weile hielt sie es nicht mehr aus und fragte: „Was ist denn heute los? Wieso ist es so laut im Haus?"

Die Zofe zog eine Schnute und ließ sich aber dann doch dazu herab, ihr zu antworten. „Lady Graywood packt, denn sie verlässt noch heute Abend das Anwesen."

„Hat sie denn so viel mitzunehmen?" Lavinia sprach mehr zu sich selbst, als zu der Dienerin.

Deren Loyalität hatte schon immer der Witwe gegolten und daher erfolgte die Antwort prompt und unwirsch. „Lady Graywood nimmt nur das mit, was ihr rechtmäßig gehört." Mit einem boshaften Unterton fuhr sie fort. „Ihr habt ja nicht viel mitgebracht, Lady Lavinia."

Es war eine Frechheit, sie so anzusprechen, da ihr von Rechts wegen der Titel einer Lady Graywood gehörte, aber sie überhörte das, denn etwas anderes machte ihr viel mehr Sorgen. „Aber das Anwesen gehört jetzt dem neuen Lord Graywood."

„Der ist nach London abgereist. Und so schnell wird er wohl nicht wiederkommen. Bis dahin sind wir weg. Dann soll er mal sehen, was ihm gehört." Die Frau sprach so selbstgefällig, als ob es um ihr Eigentum ging.

Lavinia überlegte blitzschnell. Wenn ihre Schwiegermutter alles Wertvolle einpackte und verschwand, dann würde Lord Graywood seinen Zorn darüber an ihr auslassen. Sie war ja aufgrund seines Befehls verpflichtet, hier auszuharren. Falls er vom Charakter her nur ein wenig ihrem verstorbenen Gatten glich, wollte sie sich nicht vorstellen, wie er reagieren würde. Zugegeben, es gab auf Graywood Manor nicht mehr vieles, was wertvoll war. Ihr Ehemann und seine Mutter hatten stets aus dem Vollen geschöpft, ohne sich Gedanken darüber zu machen, wo das Geld herkam. Weil er keine Ahnung von der Bewirtschaftung eines Gutes hatte, hatte der Verstorbene, gleich nachdem er sein Erbe angetreten hatte, einen Verwalter eingestellt. Dabei hatte er ein wenig glückliches Händchen bewiesen, denn er wählte einen seiner Saufkumpane aus. Dieser hatte nichts Besseres zu tun, als kräftig in seine eigene Tasche zu wirtschaften. Waren die Ländereien von Graywood Manor schon vorher nicht besonders klug geleitet worden, so hatte es der ungetreue Verwalter geschafft, die wenigen Pächter an den Bettelstab zu bringen. Kurz vor Ankunft des neuen Besitzers hatte er sich mit den letzten Einnahmen aus dem Staub gemacht. Nicht ohne Grund hatte er vermutet, dass der neue Lord Graywood mehr von der Buchhaltung verstand als sein Vorgänger und schnell erkennen würde, wohin ein nicht unerheblicher Teil der mageren Einnahmen des Gutes geflossen war.

Lavinia hatte keinerlei Vorstellung über die finanzielle Situation des neuen Lords. Sicher würde er es so oder so nicht gutheißen, wenn er auf ein mehr oder weniger geplündertes Anwesen käme. Sie hatte keine

Ahnung, wie sie es anstellen sollte, aber sie musste versuchen, ihre Schwiegermutter davon abzubringen, auch noch den letzten Silberlöffel mitzunehmen. Sonst würde sie es am Ende ausbaden müssen.

Mit fliegenden Röcken eilte sie nach unten und erschrak. Die Türen zu den Salons standen weit offen und die Dienerschaft trug Kisten und Koffer nach draußen, wo alles auf einen großen Packwagen verstaut wurde. Aus dem Arbeitszimmer klang die keifende Stimme ihrer Schwiegermutter.

„Das Tafelsilber mit dem eingravierten Wappen?"

„Auf dem Wagen." Das war die Stimme von Butler Sevenson.

„Das Speiseservice mit den chinesischen Motiven aus Meißen?"

„Ebenfalls."

„Was ist mit dem Wein?" Das war jetzt die Haushälterin, Mrs Wind.

„Alles, was von Wert ist, wurde verstaut."

Lavinia traute ihren Ohren kaum. Das durfte doch nicht wahr sein! Wütend eilte sie zu den drei Menschen, die sich in seltsamer Einigkeit grinsend über eine Liste beugten. Wer hätte gedacht, dass es zwischen Herrschaft und Personal einmal so eine Vertrautheit geben könnte? Als sie Lavinia bemerkten, veränderte sich ihre Mimik zu einer Art herablassender Verachtung. Butler und Haushälterin zogen sich ohne Höflichkeitsbezeugung ihr gegenüber zurück. Ihre Schwiegermutter, die hinter dem Schreibtisch gesessen hatte, stand auf. In der Hand hielt sie mehrere Bögen Papier, welche wahrscheinlich das Inventarverzeichnis von

Graywood Manor darstellten. Sie wedelte damit vor Lavinias Nase herum.

„Tja, meine Liebe. Dieser Parvenü ist so ein Trottel. Hat er doch glatt die Auflistung der Wertsachen hier liegen lassen. Was für ein unglücklicher Zufall, dass gerade in dem Augenblick, als du hier hereinkamst, die Vordertür aufstand und ein heftiger Windstoß die Listen in den brennenden Kamin wehte. Ich habe mich so bemüht, sie zu retten und mir dabei sogar meine Handschuhe ruiniert. Aber wie du siehst, konnte ich nichts mehr machen." Sie warf die Papiere ins Feuer und tätschelte ihr tröstend den Arm. „Mach dir nichts draus. Du warst schon immer ein Tollpatsch. Dieser Emporkömmling, der sich jetzt Lord Graywood nennen darf, wird das sicher verstehen."

Dann begab sie sich mit wiegenden Schritten in Richtung der wartenden Kutsche. „Ich hoffe, es geht dir jetzt besser. Immerhin habe ich mir Sorgen um deine Gesundheit gemacht. Darum brachte dir deine Zofe auch einen Schlaftrunk. Du musst ihn wohl gebraucht haben. Wenigstens hast du mehr als vierundzwanzig Stunden geschlafen. Die Zeit habe ich genutzt, meine persönlichen Sachen zu packen. Wie schön, dass du kommst, um mich zu verabschieden. Aber das wäre nicht notwendig gewesen."

Lavinia erschrak. Darum fühlte sie sich so benommen. Dieses hinterhältige Weib hatte ihr einen Betäubungstrunk verabreichen lassen, damit sie nicht beim Plündern des Anwesens im Wege war. Falls sie, wie behauptet wurde, länger als einen Tag geschlafen hatte, hatte das ihrer Schwiegermutter genügend Zeit verschafft, um alles, was ihr wertvoll erschien, einzupacken. Wahrscheinlich gab es weder Silber noch Porzellan mehr in den ohnehin nicht besonders vollen Schränken. Sie starrte Lady Amalia Westkay an. Die Dame, die immer so viel Wert auf Etikette und Anstand gehalten hatte, war im Grunde genommen nichts weiter als eine dreiste Diebin, die sich jetzt gerade mit ihrer Beute aus dem Staub machen wollte.

Anstatt vor Scham in den Boden zu versinken, winkte sie nonchalant mit der Hand und wollte mit Hilfe des Butlers gerade in die Kutsche einsteigen, als sie es sich noch einmal zu überlegen schien. Mit einem höhnischen Grinsen drehte sie sich noch einmal um. „Beinahe hätte ich es vergessen: Ich habe der Dienerschaft freigestellt, ob sie das Anwesen verlassen will oder nicht. Jeder, der sich eine andere Anstellung suchen wollte, bekam ein hervorragendes Zeugnis von mir ausgestellt und etwas Kleingeld, um die nächste Zeit zu überbrücken. Es könnte also sein, dass es in nächster Zeit etwas ruhig auf Graywood Manor werden wird."

Sie drehte sich um und stieg zu ihrer wartenden Zofe in die Kutsche. Als Sevenson die Tür schließen wollte, hielt sie ihn mit einer Handbewegung auf und wandte sich nochmals an Lavinia. „Ich wünsche dir viel Glück bei der Suche nach neuem Personal. Ich befürchte, es wird nicht ganz einfach werden. Die Dienstboten, die Graywood Manor verlassen haben, werden leider überall herumerzählen, dass es hier spukt. Deine arme Zofe hat fast einen Herzinfarkt bekommen, als sie den Geist meines verstorbenen Sohnes in der Galerie entdeckte. Sie hat das ganze Haus zusammengeschrien. Einige der Bediensteten sind vor Schreck fast aus den Betten gefallen. Nur du hast das Ganze verschlafen. Es war fürchterlich! Wie gut du das doch hast. Aber sicher wirst du verstehen, dass niemand mehr in diesem Spukhaus bleiben will."

Sie gab dem Butler ein Zeichen. Der schloss die Tür der Kutsche mit dem Graywood-Wappen und begab sich eilig zu einer weiteren, die hinter dem Gepäckwagen stand, sodass Lavinia sie erst entdeckte, als sie einen Schritt aus dem Haus trat. Wie auf ein geheimes Kommando setzte sich der Treck in Bewegung. Vornweg die herrschaftliche Kutsche, danach der Transportwagen, der zum Brechen voll mit Kisten und Koffern beladen war und anschließend die leichte Reisekutsche des Anwesens, aus der sie die Gesichter von Butler und Hausdame angrinsten.

Lavinia verspürte keinen noch so winzigen Schimmer von Bedauern, als sie dem Tross hinterhersah. Ein Gefühl von Erleichterung überkam sie, als sie sich umwandte, um ins Haus zu gehen. Weil niemand in der Nähe war, schloss sie die große Eingangstür selbst. Das hatte sonst immer der Butler oder jemand vom Hauspersonal gemacht. Wer weiß, wo die alle steckten? Das Beste wäre wohl, wenn sie zuerst einmal eine Bestandsaufnahme machen würde, wer von der Dienerschaft ihr noch zur Verfügung stand. Sie warf einen Blick in die Zimmer des Erdgeschosses und stellte fest, dass die Bibliothek und das Arbeitszimmer die Räume waren, die ihre diebische Schwiegermutter wohl am wenigsten geplündert hatte. Von Büchern hatte die Dowager Viscountess noch nie viel gehalten und daher kein einziges Exemplar mitgenommen.

Wie es aussah, war sie in der nächsten Zeit die alleinige Herrin auf Graywood Manor. Etwas von dem alten

Kampfgeist, den sie einmal vor ihrer Ehe besessen hatte, schien sich zu regen. Scheinbar hatte ihr Gatte doch nicht alles aus ihr herausgeprügelt. Wenn sie jetzt hier das Sagen hatte, dann würde sie auch das Arbeitszimmer nutzen. Sie ging in den Raum, den sie zu Lebzeiten ihres Mannes nur nach Aufforderung hatte betreten dürfen, und warf einen Blick auf das verlöschende Feuer. Es hatte ganze Arbeit geleistet. Von dem Inventarverzeichnis kündeten nur noch einige weiße Flocken. Lavinia holte tief Luft. Sie konnte an dem, was passiert war, nichts mehr ändern. Irgendwie würde sie dem neuen Viscount das schon erklären, so hoffte sie zumindest. Immerhin war er nach London abgereist und sie hatte Zeit, um sich etwas zu überlegen. Wenn er zurückkam, würde ihr schon etwas einfallen. Sie holte noch einmal tief Luft und zog an der Klingelschnur, um jemanden vom Personal herbeizurufen. Nichts tat sich. Sie zog mehrmals so kräftig, dass sie für einen Moment befürchtete, die Schnur könnte reißen. Dann begriff sie: Es würde niemand kommen.

Die Gefühle, die in ihr tobten, waren zwiespältig. Einerseits war sie froh, der Fuchtel ihrer Schwiegermutter entkommen zu sein und erleichtert über deren Abreise. Anderseits konnte sie sich nicht vorstellen, dass alle Bediensteten auf einmal schlagartig das Anwesen verlassen hatten. Dieser Gedanke ängstigte sie. Lavinia warf einen Blick in die angrenzenden Räume. Weder im Empfangssalon noch im Gartenzimmer war eine Menschenseele zu finden. Das hatte allerdings nichts weiter zu sagen, immerhin hatte sich das Personal möglichst unsichtbar zu machen und die Herrschaft so wenig wie möglich mit seiner Anwesenheit zu belästigen. Diese Meinung herrschte nicht nur auf Graywood Manor, sondern in vielen adligen Häusern. Lavinia dachte an ihr Elternhaus. Ihr Verhältnis zu ihrer alten Amme, zur Köchin und den Mädchen, die im Dienst ihrer Mutter standen, war stets gut gewesen. Bis zu der Zeit, als sie ein Backfisch wurde, hatte sie sich in deren Gesellschaft oft besser aufgehoben gefühlt als bei den meist unnahbaren Gouvernanten. Natürlich war sie dafür gescholten worden, wenn man sie wieder einmal in der Küche oder im Dienstbotentrakt erwischt hatte. Aber das hatte sie nie davon abgehalten, so oft wie möglich der Gesellschaft ihrer wechselnden Aufsichtspersonen zu entwischen. Hier auf Graywood hatte ihr Gatte Lavinia schnell klargemacht, was er von einem allzu freundlichen Umgang mit dem Personal hielt. Sobald er bemerkte, dass seine Frau auch nur die kleinste Sympathie zu einer Angestellten entwickelte, hatte sich diese ohne Papiere auf der Straße wiedergefunden. Eine neue Anstellung, ohne ein entsprechendes Schreiben zu bekommen, war fast aussichtslos. Lavinia musste schnell erkennen, dass sie den Mädchen keinen Gefallen tat, wenn sie diese als Menschen wahrnahm und sie auch so behandelte. Also hatte sie die Versuche, freundlich zu sein, schnell aufgegeben. Die ständig wechselnde Schar an Dienstboten hatte es ihr zudem leichtgemacht, einen entsprechenden Abstand zu wahren. Wer eine bessere Anstellung in einem anderen Haus fand, verließ Graywood Manor ohnehin so schnell wie möglich. Fast überall war die Bezahlung besser und auch die Herrschaft weniger unfreundlich.

Zusammen mit ihrer Schwiegermutter hatten deren Zofe, der Butler und die Hausdame das Anwesen verlassen. Davon hatte Lavinia sich bei der Abreise mit eigenen Augen überzeugen können. Aber was war mit ihrer eigenen Zofe? Nicht dass sie diese besonders mochte. Immerhin war sie ihr von ihrer Schwiegermutter geradezu aufgedrängt worden. Sie war sich im Klaren darüber, dass Mary nur dazu da war, um jeden ihrer Schritte zu überwachen. Sicher hatte die Dowager Countess jedes noch so unwichtige Detail aus ihrem Leben erfahren.

Lavinia wollte so schnell wie möglich wissen, ob ihre Zofe auch mit abgereist war oder ob sie sich irgendwo im Haus aufhielt. Das Beste wäre, sie würde sich erst einmal davon überzeugen, ob sie noch länger unter Marys unerwünschter Aufsicht stand oder ob sie eines der Hausmädchen bitten könnte, ihr zu Hand zu gehen. Daher machte sie sich auf den Weg in den Westflügel, wo sich neben ihrem Schlafzimmer die Kammer der Zofe befand. Man hatte diese Anordnung damit begründet, dass es praktisch für sie war. Aber im Grunde genommen diente dieses Arrangement nur dazu, um sie besser überwachen zu können.

Lavinia klopfte an die Tür und ärgerte sich gleich darauf über sich selbst. Wer war sie denn, dass sie an die Tür einer Zofe klopfte? Da ihr niemand antwortete, drückte sie die Klinke herunter und trat ein. Das Zimmer war verlassen. Die Schubladen der Kommode standen auf. Mit einem Blick konnte sie sehen, dass sie leer waren. Alles deutete darauf hin, dass Mary in höchster Eile ihre Sachen gepackt haben musste. Wahrscheinlich saß sie gemeinsam mit dem Butler und der Hausdame in der geschlossenen Kutsche. Irgendwie erfreute Lavinia diese Vorstellung. Ein leichtes Lächeln überzog ihr Gesicht, als sie daran dachte, dass sie die verkniffene Miene der Frau nun nicht mehr jeden Morgen ansehen musste. Sie hatte einmal in einem Nachschlagewerk geblättert und entdeckt, dass Mary so viel wie „die Widerspenstige" bedeutete. Was für ein passender Name! Sicher war eines der anderen Mädchen mehr als nur bereit, ihr als Zofe zur Hand zu gehen. Immerhin war es ein sagenhafter Aufstieg, vom Zimmermädchen zur persönlichen Bediensteten einer Lady befördert zu werden. Allerdings war auf ihr Klingeln bisher niemand aufgetaucht.

Es blieb Lavinia wohl nichts anderes übrig, als sich selbst auf die Suche nach einem dienstbaren Geist zu machen. Sie verließ ihre Räume im oberen Geschoss des Westflügels und eilte den langen Gang entlang zum Haupttreppenhaus. Ihr Weg führte sie an zahlreichen Gemälden längst verblichener Graywoods vorbei, deren verkniffene Mienen Missbilligung auszudrücken schienen. Immerhin hatte sie es nicht geschafft, sich ihre Stellung unter ihnen durch einen Erben zu sichern. Jetzt würde sie sehen, was sie davon hatte. Ihre Zukunft war mehr als unsicher. Sie war einzig und allein auf die Mildtätigkeit des neuen Hausherrn angewiesen. Zu ihren Eltern konnte sie keineswegs zurück. Lavinia schauderte bei dem Gedanken an ihr liebloses Elternhaus. Weder die Mutter noch der Vater hatten sich groß um sie oder um ihre Schwester gekümmert. Einzig und allein ihr Bruder Reginald war von ihnen wahrgenommen worden. Die Mädchen waren für den Fortbestand der Linie nicht von Bedeutung. So kam es, dass Lavinia in ihrer ersten Saison schon mit einem akzeptablen Gentleman, wie ihre Eltern sich ausdrückten, verheiratet wurde. Dass der damalige Lord Graywood als Mitgiftjäger galt, war ihnen egal gewesen. Hauptsache, Lavinia war aus dem Haus. Als sie bei diesen Gedanken angekommen war, schien es ihr, als würden die Porträts zu beiden Seiten des Ganges hämisch grinsen.

Entschlossen raffte sie die Röcke und eilte die große Treppe ins Erdgeschoss hinab. Sie hätte ihre Schwester gern zu sich genommen, um ihr das freudlose Leben im Elternhaus zu ersparen. Allerdings hatte ihr Gatte schon kurz nach der Hochzeit sein wahres Gesicht gezeigt und so hatte Lavinia niemals von diesen Plänen gesprochen. Es war für ein junges Mädchen immer noch besser, in einem lieblosen Haushalt aufzuwachsen, als in ständiger Gefahr vor den Wutausbrüchen des Hausherrn zu leben. Sie war sich sicher, dass ihr verstorbener Gatte keineswegs Rücksicht auf seine junge Schwägerin genommen hätte. Bei diesem Gedanken schüttelte sie energisch den Kopf. Das hier wäre kein Ort für ein junges, unschuldiges Mädchen gewesen.

Unten angekommen sah sie sich in der großen Eingangshalle suchend um. Wo sollte sie jemanden vom Personal finden? Sie warf zuerst einen Blick in das Frühstückszimmer und zog erstaunt die Augenbrauen hoch. Auf der Anrichte türmten sich noch Teller mit Speisen, die ihre besten Zeiten schon hinter sich hatten. Wurst und Schinken sahen grau aus und wellten sich. Das Brot bog sich und der Tee in einer Tasse schimmerte leicht ölig. Kalter Porridge, den man mit Sahne serviert hatte, war in einer Schüssel zu einer undefinierbaren Masse aufgequollen. Auf einer ovalen Platte dümpelte ein Rest gebratener Nierchen vor sich hin.

Ein einsamer Klecks, der einmal Ei mit Speck gewesen war, lag auf dem Fußboden.

Was war hier los? Warum hatte niemand das Frühstücksbuffet abgeräumt? Der Raum wurde morgens immer gut geheizt, was angenehm für die Bewohner war, aber den Speisen nicht unbedingt gut bekam. Inzwischen war das Feuer im Kamin erloschen und es war kalt im Frühstückszimmer. Die Reste des Buffets waren allerdings kaum noch zu retten. Wo war nur das Personal? Lavinia fiel die Rede ihrer Schwiegermutter ein. Hatte sie tatsächlich alle entlassen? Das durfte doch nicht wahr sein! Irgendwer musste doch wohl noch anwesend sein!

Ganz gleich, in welche Räume sie auch schaute, sie konnte niemanden entdecken. Mit bangem Herzen machte sie sich auf den Weg in das Untergeschoss, wo sich die Küche und die Hauswirtschaftsräume befanden. Als sie die Treppe nach unten schritt, lauschte sie angestrengt. Normalerweise war es in diesen Räumen selten still. Auch wenn die Angestellten nicht gerade viel Zeit zum Plaudern hatten, sollte sie die Geräusche hören, die bei den verschiedenen Arbeiten entstehen. Aber da war nichts. Nur Stille. Verwirrt eilte Lavinia durch das Gewirr der Gänge, in denen es eigentlich von Bediensteten wimmeln sollte. Endlich stand sie in der leeren Küche.

Auf dem großen Tisch in der Mitte, der zum Zubereiten der Speisen diente, stand, wild durcheinander, sauberes und schmutziges Geschirr. Der riesige gemauerte Herd verströmte keine Wärme und stand wie ein dickes, vorwurfsvolles Ungetüm an der Wand. Der steinerne Fußboden starrte vor Schmutz, in dem Lavinia verschüttete Lebensmittel erkennen konnte. Auf dem Hackstock war ein Turm aus Töpfen, Pfannen und Backformen aufgestapelt. In dem Waschbecken, das zum Säubern von Wurzelwerk und Fisch diente, stand ein Korb mit ungewaschenen Kartoffeln. Die Behälter für die Gewürze, die in einer herrschaftlichen Küche immer ordentlich in Reih und Glied zu stehen hatten, waren teilweise umgekippt und wild über die Regale und Ablageflächen für das Geschirr verteilt. Vom Geschirr selbst war auf den ersten Blick nicht viel zu entdecken. Es waren weder einfache Tonwaren, die man hier täglich in Gebrauch hatte, noch das einfache Porzellan für die gehobene Dienerschaft zu sehen. Auf dem Boden lagen allerdings nicht wenige Scherben. Nur ein einzelner angeschlagener Teller thronte gefährlich nah am Rand des Gesindetisches. Die ganze Küche machte den Eindruck, als ob eine Horde Vandalen hindurchgezogen war. Was war hier passiert? Seufzend sank Lavinia auf einen der mitten im Zimmer stehenden Stühle, um gleich darauf erschrocken aufzuspringen.

„Mylady?", klang es schüchtern aus der angrenzenden Vorratskammer.

„Wer ist da?"

„Ich bin es." Das Mädchen, das zögernd zum Vorschein kam, schien genau so dünn wie ihre Stimme. Das verschlissene Oberkleid, das es trug, war an vielen Stellen geflickt und ihr viel zu groß. Früher einmal musste es blau gewesen sein. Jetzt hatte es einen grauen Farbton angenommen, der sich nur wenig von dem der schmuddeligen Schürze unterschied. Die mausbraunen, struppigen Haare waren zu Zöpfen geflochten und wurden von einem Kopftuch bedeckt, dessen Muster verriet, dass es irgendwann einmal ein Teil eines geblümten Kleides gewesen war. Die Kleine schlug die Augen nieder und versuchte einen unbeholfenen Knicks.

„Hab keine Angst und komm ruhig näher. Ich möchte dir einige Fragen stellen."

Sie knickste wieder, schlug die Augen auf und sah Lavinia an. Wenn sie nicht so schmutzig gewesen wäre, dann hätte man sie ansprechend nennen können. Ihre Augen waren wach und klar. Sie zeugten von raschen Verstand und das vorsichtige Lächeln, das sich auf ihr Gesicht schlich, ließ sie sympathisch erscheinen.

„Wie heißt du?"

„Milly."

„Wo sind denn alle?"

„Weg."

„Was bedeutet weg, Milly?"

„Sie sind nicht mehr hier."

Lavinia wurde langsam ungeduldig. „Das sehe ich. Wo sind sie hin?"

Das Mädchen zuckte zusammen und ihr zaghaftes Lächeln verschwand. Sie senkte den Kopf und trat einen Schritt zurück. „Es tut mir leid, Mylady. Lady Graywood hat alle entlassen und weggeschickt."

Lavinia schluckte. Das Personal hatte sich nie daran gewöhnt, dass sie eigentlich den Titel der Lady Graywood trug. „Warum bist du nicht gegangen?"

„Ich habe es meiner Mutter versprochen."

„Wo ist deine Mutter?"

„Sie ist tot."

„Das tut mir leid."

„Vielen Dank, Mylady. Aber sie ist schon vor einiger Zeit gestorben."

„Wie alt bist du?"

„Fünfzehn."

Lavinia runzelte die Stirn. Milly sah aus wie zwölf. Sie war viel zu klein und zu mager für ihr Alter.

„Was hast du deiner Mutter genau versprochen?"

„Ich versprach ihr, niemals ohne den Schutz einer gütigen Herrschaft in die Stadt zu gehen."

Das Mädchen drückte sich erstaunlich gewählt aus. So sprach keine einfache Spülmagd. „Deine Mutter war eine kluge Frau. Die Stadt ist kein guter Ort für ein weibliches Wesen ohne Schutz."

Milly nickte nur.

Hinter dem Mädchen verbarg sich sicher eine interessante Geschichte, aber dafür war jetzt keine Zeit. „Sind wirklich alle weg?"

Sie nickte erneut.

„So sind wir beide allein. Dann sollten wir uns zusammentun."

Milly verzog das Gesicht zu einem leichten Lächeln und knickste. „Ganz wie Mylady belieben."

„Hast du Hunger?" Lavinia ärgerte sich sogleich über ihre Frage. Das Mädchen sah aus, als hätte sie sich noch nie in ihrem Leben sattgegessen. „Zuerst einmal sollten wir uns etwas zu essen suchen. Du kennst dich hier sicher aus und findest etwas, was wir zu uns nehmen können. Im schlimmsten Fall schauen wir im Frühstückszimmer nach, was von den Speisen dort noch zu verwerten ist."

Die beiden ungleichen Frauen machten sich auf die Suche nach etwas Essbarem. Zuerst war es Milly unangenehm, gemeinsam mit Mylady durch das Haus zu streifen. Noch unangenehmer war es für das Mädchen, um Rat gefragt zu werden, wo es denn Sinn ergeben würde, nachzusehen, um etwas Entsprechendes zu finden. Lavinia war noch nie zuvor im Untergeschoss von Graywood Manor gewesen und musste sich in den verwinkelten Gängen auf die Führung des jungen Mädchens verlassen. Sie fanden Eier und Speck, etwas Brot und einige Äpfel. Besonders groß war ihre Ausbeute nicht. Aber immerhin waren da noch die Kartoffeln im Spülstein und die Hinterlassenschaften im Frühstückszimmer. Milly wollte zuerst nicht, dass sich ihre Herrin nach oben begab, um die kläglichen Überreste des Frühstücks zu holen, da sich das für eine Lady nicht schickte. Lavinia konnte sie aber mit vielen Argumenten davon überzeugen, dass es das Beste wäre, wenn sie auch einen Teil der anstehenden Aufgaben übernehmen würde, falls sie beide nicht noch stundenlang mit knurrendem Magen ausharren wollten. Es schien so, als wären von dem ganzen großen Haushalt tatsächlich nur sie beide hiergeblieben. Was blieb Milly also anderes übrig, als sich zu fügen.

Während Milly das Feuer im Herd schürte und versuchte, dem Chaos in der Küche zu Leibe zu rücken, stieg Lavinia die Treppen nach oben und begab sich in das Frühstückszimmer. „Hier sieht es aus, als hätte Napoleons Reiterei einen Zwischenstopp eingelegt", murmelte sie vor sich hin, als sie ihren Blick durch den Raum schweifen ließ. Seufzend stapelte sie das schmutzige Geschirr aufeinander und schüttete die Reste der Speisen, die nicht mehr zu verwerten waren, auf eine der größeren Platten. Hinter dem Pferdestall gab es einen Hühnerstall, dessen Bewohner sich sicher darüber freuen würden. Alles, was ihr noch genießbar erschien, legte sie auf zwei weitere Platten und balancierte mit ihrer kostbaren Fracht ins Untergeschoss. Während sie sich Schritt für Schritt die Stufen heruntertastete, fragte sie sich, wie die Bediensteten das tagein tagaus in schnellem Tempo geschafft hatten, ohne dabei die Treppe hinabzustürzen.

In der Küche angekommen sah Lavinia, dass Milly ganze Arbeit geleistet hatte. Das gröbste Durcheinander war beseitigt, der Tisch war sauber geschrubbt und im Herd brannte ein lustiges Feuer. Das Mädchen hatte sogar schon Wasser für den Tee aufgesetzt. Als sie ihre Herrin mit den beiden Platten hereinkommen sah, stürzte sie auf sie zu und nahm ihr die Last ab. Dabei murmelte Milly empört, dass es nicht statthaft sei, dass Mylady hier die Arbeit einer Bediensteten verrichtete. Sie war auch nur schwer davon zu überzeugen, sich gemeinsam mit Lavinia an den großen Tisch zu setzen. Als Milly dann noch zusammen mit ihr Tee trinken und zu Abend essen sollte, weigerte sich das Mädchen zuerst standhaft. Lavinia blieb nichts anderes übrig, als es ihr zu befehlen. Und selbst dann gehorchte sie mit sichtbarem Widerwillen.

„Nun sei doch nicht so störrisch, Milly! Ich will nicht allein essen. Allein schmeckt es nicht."

„Aber es schickt sich nicht für eine Spülmagd, mit der Herrin an einem Tisch zu sitzen! Und schon gar nicht, mit ihr zusammen zu essen!" Leise grummelnd fügte sie hinzu: „Und es schickt sich nicht für eine Lady, in der Küche zu speisen."

„Als ich noch ein Kind war, und selbst noch als junges Mädchen, war mein liebster Aufenthalt in der Küche unseres Hauses. Die Köchin war eine Meisterin ihrer Zunft und ich konnte nicht genug von ihren Zitronenküchlein, Baisers und Kuchen bekommen. Ich habe sie so lange genervt, bis sie mir gezeigt hat, wie man all die Köstlichkeiten herstellt.“

„Mylady können backen?“

Lavinia hörte die Bewunderung in Millys Stimme. „Nun, zumindest konnte ich es mal. Meine Eltern waren, wie du dir sicher vorstellen kannst, nicht gerade erbaut über meine Freundschaft mit der Köchin. Aber weil sie wirklich perfekt in ihrer Arbeit war, hat man sie nicht entlassen, sondern mir verboten, die Räume des Untergeschosses jemals wieder zu betreten.“

Lavinia erinnerte sich noch deutlich an die Strafpredigt ihrer Mutter. Die hatte sich umso tiefer in ihr Gedächtnis gegraben, weil sie an diesem Tag das erste Mal das Gefühl gehabt hatte, dass ihre Frau Mama sich um sie kümmerte. Bis dato schien es ihr vollkommen egal gewesen zu sein, womit sich ihre Tochter beschäftigte und bei wem sie sich aufhielt. Den Grund für das plötzlich erwachte Interesse der Eltern an ihrer Person hatte sie zwei Abende später erfahren. Beim Dinner stellte der Vater ihr den anwesenden unbekannten Gast als ihren Verlobten Lord Graywood vor. Wie sie zu der ganzen Geschichte stand, wurde sie niemals gefragt.

Lavinia schüttelte den Kopf, um die Erinnerungen zu vertreiben. „Du meinst also, dass es sich nicht gehört, wenn eine Spülmagd mit der Herrin zusammen isst?“

Milly, die, weil sie wirklich sehr hungrig war, gerade ein großes Stück Brot abgebissen hatte, errötete mit vollem Mund und nickte beschämt.

„Ich glaube, du hast recht, Milly. Daher ernenne ich dich zu meiner Kammerzofe."

Das Mädchen verschluckte sich und musste husten. Nach Luft ringend griff sie nach der Tasse mit dem Tee, trank einen Schluck und versuchte sich zu beruhigen.

„Ich? Kammerzofe?"

„Siehst du hier noch jemand anderen?"

Milly schüttelte den Kopf und sah erschrocken auf ihren Teller. Der Rest der Mahlzeit verlief schweigend. Sowohl Lavinia als auch Milly hingen ihren Gedanken nach. Im Laufe der Zeit wandelte sich der Gesichtsausdruck des Mädchens jedoch von einem fassungslosen Staunen in ein beseeltes Lächeln. Niemals in ihrem bisherigen Leben hätte sie zu hoffen gewagt, dass sie einmal zur Kammerzofe aufsteigen würde. Und wenn sie auch tief in ihrem Inneren befürchtete, dass sie dieser Aufgabe nicht gewachsen war, so würde sie doch ihr Möglichstes tun, um ihre Lady nicht zu enttäuschen. Niemand hatte ihr, der mageren und unscheinbaren Milly, in diesem Haus jemals etwas Freundlichkeit entgegengebracht. Sie war stets nur herumgeschubst und für jedes kleine Missgeschick gescholten worden. Und jetzt saß sie an einem Tisch mit der Lady des Hauses! Sie war sich im Klaren darüber, dass sich das eigentlich nicht schickte. Aber wenn die Herrin es befahl, dann würde sie den Teufel tun und sich diese Gelegenheit entgehen lassen. Zumal sie sich endlich einmal sattessen konnte. Ganz egal, was das Leben noch mit ihr vorhaben würde, davon könnte sie noch Jahre zehren, dachte sie sich, als sie vergnügt in einen Apfel biss.

Nach dem Abendessen begaben sich Lady Lavinia und Milly auf einen Rundgang durch das Haus, um alle Türen und Fenster im Gebäude zu verschließen. Immerhin waren die zwei Frauen mutterseeelenallein in dem nicht gerade kleinen Anwesen. Während Lavinia tapfer versuchte, ihr Unbehagen über diese Situation zu verbergen, sah man Milly deutlich an, dass sie sich nicht wohlfühlte.

„Was hast du, Milly? Du schaust so unglücklich drein."

„Nichts, Mylady. Alles ist in Ordnung."

„Du weißt, dass du eine furchtbar schlechte Lügnerin bist ..."

Das Mädchen nickte und machte ein betretenes Gesicht. „Ich grusele mich ein bisschen, wenn ich daran denke, dass niemand weiter im Haus ist. Ich habe noch nie ganz allein im Untergeschoss geschlafen, sondern mir die Kammer mit Netti und Betti, zwei anderen Küchenmägden geteilt. Wir haben in einem Raum hinter der Küche geschlafen, damit jemand zur Stelle war, wenn die Herrschaft mitten in der Nacht einen Wunsch haben sollte. Ich hatte Glück. Mein Strohsack lag an der Wand, die dem Ofen am nächsten war. Im Sommer war das zwar lästig, aber im Winter war das der wärmste Platz."

„Du wirst nie wieder in dieser Kammer schlafen, Milly. Als meine Kammerzofe hast du ein Zimmer gleich neben dem meinen zu beziehen."

Milly bekam große Augen. Die wurden allerdings noch größer, als sie das ihr zugedachte Domizil betrachtete. „Da steht ja ein Bett!" Erschrocken schlug sie sich mit der Hand auf den Mund. „Das ist ja sicher Euer Bett, verzeiht Mylady."

Lavinia lachte leise. „Nein, Milly. Das ist dein Bett. Meines steht nebenan. Und es ist mindestens dreimal so breit wie dieses hier. Du brauchst dich nicht zu entschuldigen. Das ist wirklich die Schlafstatt meiner Kammerzofe. Und wenn ich ehrlich bin, finde ich sie nicht gerade luxuriös."

Milly versank in einem tiefen Knicks. „Vergebt mir, wenn ich Euch schon wieder widerspreche. Ich habe noch nie ein schöneres Zimmer gesehen."

„Warst du denn nie in den oberen Stockwerken?"

„Den Spül- und Küchenmägden ist es untersagt, die untere Etage zu verlassen."

Darauf wusste Lavinia nichts zu sagen. Bisher hatte sie keine Gelegenheit bekommen, sich um die Haushaltsführung von Graywood Manor zu kümmern. Ihre Schwiegermutter hatte sich nicht in die Karten schauen lassen. Aber sie bezweifelte auch, dass in ihrem Elternhaus andere Gepflogenheiten geherrscht hatten. Allenfalls hatte sie die Köchin im Keller besucht. Lavinia konnte sich aber nicht erinnern, diese jemals im Obergeschoss gesehen zu haben, außer auf ausdrücklichen Befehl ihrer Mutter. In dem Fall ging es immer um die Absprache bezüglich irgendwelcher Speisenabfolgen und die Köchin hatte die Anweisungen ihrer Herrin stets mit gesenktem Kopf entgegengenommen, um dann so schnell wie möglich über die Treppe im Untergeschoss zu verschwinden.

Das Personal in den Häusern der besseren Gesellschaft galt in jeder Hinsicht als untergeordnet. Seine

Anwesenheit bei den Verrichtungen des täglichen Lebens war notwendig und wurde als selbstverständlich angesehen. Dabei übersahen die Lords und Ladys gern, dass es sich dabei um Menschen aus Fleisch und Blut handelte, die nahezu alles, was im Hause gesagt und getan wurde, bemerkten. Wer das vergaß, der hatte nicht selten schlechte Karten, wenn es um Geheimnisse und Skandale ging, die man tunlichst vor der Öffentlichkeit verbergen wollte. Unter den Dienstboten herrschte ein ziemlich gutes Netz, wenn es darum ging, Informationen zu verbreiten und Wissenswertes über die einzelnen Häuser in Erfahrung zu bringen. Allerdings gab es auch unter der Dienerschaft eine festgefügte Hierarchie, an deren Spitze der Butler und die Hausdame standen. Danach folgten die persönlichen Bediensteten der Herrschaften. Eine Zofe war die engste Vertraute der Hausherrin und ihre Aufgabe bestand darin, ihr jeden Wunsch zu erfüllen. Das sollte möglichst noch geschehen, bevor dieser ausgesprochen wurde und erforderte im Allgemeinen eine jahrelange Lehrzeit. Im Leben einer Spülmagd kam so ein Aufstieg normalerweise nicht vor. Sie schaffte es, wenn sie Glück hatte, vielleicht einmal einen besseren Posten innerhalb des Küchenpersonals zu ergattern. Es war also durchaus verständlich, dass die Kleine ihr Glück kaum fassen konnte und nicht immer so reagierte, wie man es von einer Zofe erwarten konnte.

Lavinia warf einen Blick auf Milly, die verzückt das Bett anstarrte. „Na los, setz dich doch wenigstens einmal drauf und probiere, ob es weich genug ist.“

Das Mädchen machte einen Schritt nach vorn, hielt dann inne und schüttelte beschämt den Kopf. „Ich kann nicht.“

„Warum nicht?“

Die frischgebackene Kammerzofe sah an sich herunter. „Ich werde es schmutzig machen.“

Lavinia schlug sich wenig damenhaft mit der Hand vor die Stirn. Da ließ sie das arme Mädchen in ihrer schmutzigen Kleidung herumlaufen und wunderte sich, weshalb es sich scheute, sich auf das Bett zu setzen. Mit raschen Schritten ging sie zur Truhe, die neben dem Bett stand, und öffnete sie. Ihr entfuhr ein enttäuschtes Schnauben, als sie feststellte, dass sie leer war. Das hatte sie doch vorher schon bemerkt. Was hatte sie sich denn nur gedacht? Selbst eine Kammerzofe war nicht so reich, dass sie einen Teil ihrer Kleidung einfach zurücklassen würde.

„Komm mit, Milly. Wir suchen dir aus meinen alten Kleidern etwas zum Anziehen. Und morgen schauen wir dann weiter.“

So kam es, dass die ehemalige Spülmagd Milly in einem viel zu großen Nachthemd ihrer Herrin das erste Mal, seit sie sich erinnern konnte, satt und glücklich in einem Bett schlief. Nebenan aber warf sich Lady Lavinia schlaflos von einer Seite auf die andere und fragte sich, was sie nun tun sollte. Laut Graywoods Befehl sollte sie hier ausharren. Sie war zwar kein Angsthase, fand es aber doch ziemlich gruselig, allein mit einem halben Kind in einem so großen Haus zu schlafen. Am liebsten wäre sie abgereist. Aber wohin? Zu ihren Eltern konnte sie nicht. Die würden sie postwendend mit der nächsten Kutsche zurückschicken, wenn sie

hörten, was vorgefallen war. Und überhaupt hatte sie
kein Geld, um irgendwohin zu reisen. Mit ihren wenigen Ersparnissen, die sie heimlich im Absatz einer ihrer
Winterstiefel verborgen hatte, würde sie nicht einmal
einen Platz oben auf der Postkutsche bezahlen können.
Und für Milly reichte das Geld schon gar nicht. Es blieb
ihr also nichts anderes übrig, als hier durchzuhalten
und das Beste daraus zu machen.

3. VERRATEN UND VERKAUFT

Da sie erst beim Morgengrauen eingeschlafen war, fühlte sich Lavinia beim Aufwachen wie gerädert. Milly, die in einem einfachen, aber sauberen Kleid steckte, brachte ihr ein Tablet mit Tee und etwas Toast ans Bett.

„Guten Morgen, Mylady! Ich bringe Ihnen Ihr Frühstück." Ängstlich schaute die Kleine ihre Herrin an. Ob sie wohl alles richtig gemacht hatte?

„Du bist ein Schatz, Milly! Ich habe vor lauter Sorgen kaum ein Auge zugetan. So ein Frühstück ist genau das Richtige, was ich jetzt brauche, um den Tag durchzustehen." Sie musterte ihre neue Kammerzofe. „Du hast ein neues Kleid an?"

„Das ist mein Sonntagskleid. Das habe ich bisher nur angezogen, wenn ich in die Kirche gegangen bin. Aber jetzt, wo ich doch keine einfache Spülmagd mehr bin, kann ich doch nicht in meinen alten Sachen herumlaufen. Da wäre ich doch eine Schande für meine Herrin." Nach einigem Zögern setzte sie hinzu: „Allerdings weiß ich nicht, was ich machen soll, wenn ich mich schmutzig mache. Ich habe nichts anderes anzuziehen."

„Kannst du nähen?"

„Ich musste meine Kleidung immer selber ausbessern, wenn etwas kaputtgegangen war. Einmal im Jahr bekamen wir abgelegte Sachen, die die Köchin wer weiß wo aufgetrieben hatte, geschenkt. Da mir das meiste zu groß war, musste ich es abändern. Mit der Zeit bin ich recht geschickt darin geworden."

„Fein. Mit der Kleiderfrage werden wir uns nachher befassen. Zuerst wollen wir eine Bestandsaufnahme machen und sehen …"

Ein lautes Pochen, das von der großen Eingangstür zu kommen schien, unterbrach ihre Rede. Der dumpfe Ton des Türklopfers dröhnte durch die große Eingangshalle. Die beiden Frauen sahen sich mit einer Mischung aus Erstaunen und Erschrecken an. Wer mochte das sein?

Milly war sich nicht sicher, ob das Türöffnen zu den Aufgaben einer Kammerzofe gehörte, aber da niemand anderes da war, lief sie die große Treppe nach unten, um die Tür gerade in dem Moment zu öffnen, als der Klopfer erneut dröhnend ertönte.

Draußen stand ein hochmütig aussehender Bote, der sie mit einem herablassenden Blick musterte. „Gibt es in diesem Haus keinen Butler?" Doch ehe das Mädchen antworten konnte, sprach er mit näselnder Stimme weiter. „Ich habe ein Schreiben an die derzeitige Dowager Viscountess Lady Graywood und möchte, dass du es ihr umgehend übergibst. Es handelt sich um Anweisungen von Lord Graywood, denen unbedingt Folge zu leisten ist." Kaum hatte er geendet, drehte er sich auf dem Absatz herum, eilte die geschwungene Freitreppe herunter, schwang sich auf das wartende Pferd und galoppierte davon.

Milly schloss kopfschüttelnd die Tür und trug das Schreiben zu ihrer Herrin, die inzwischen das Bett verlassen und sich eilig eines der scheußlichen schwarzen Kleider übergeworfen hatte. Auf ein Korsett hatte sie in der Kürze der Zeit verzichtet. Das hätte sie ohnehin nicht ohne Millys Hilfe schnüren können. Lavinia nahm den Brief verwundert entgegen, brach jedoch ohne zu zögern das Siegel und erblasste, während sie den Inhalt las. Als sie geendet hatte, ließ sie den Brief sinken und begann eine unruhige Wanderung quer durch das Zimmer. Dabei murmelte sie leise vor sich hin. So sehr sich Milly auch anstrengte, sie konnte nur einzelne Worte verstehen. Die klangen wie Parvenü, aufgeblasener Lackaffe und Strolch. Das Mädchen wunderte sich, woher eine Lady solche Worte kannte.

Endlich beendete Lady Lavinia ihren Marsch durch das Zimmer und sah ihre neue Kammerzofe empört an. „Was bildet sich dieser Mann eigentlich ein! Woher nimmt er das Recht, mich herumzukommandieren? Das ist eine Ungeheuerlichkeit! Wie kann er es wagen!"

Als sie die unausgesprochenen Fragen in Millys Gesicht sah, hielt sie inne und begann den Brief vorzulesen.

Lady Lavinia,
ich weise Sie hiermit an, dass Sie innerhalb der nächsten zwei Tage das Gartenhaus zu beziehen haben. Sie dürfen selbstverständlich Ihre persönlichen Sachen und auch das Personal, welches Sie für Ihre Bequemlichkeit benötigen, mitnehmen. Das schließt gegebenenfalls auch einige Gegenstände vom beweglichen Eigentum des Haupthauses ein, falls es in Ihrer neuen Unterkunft daran mangeln sollte.

Um ihre Ausgaben zu bestreiten, finden Sie in der Schublade des Schreibtisches, der sich in der Bibliothek befindet, einen Umschlag, der Sie mit den nötigen finanziellen Mitteln ausstatten sollte. Die hinterlegte Summe ist reichlich und Ihrer Situation angemessen. Ich bitte Sie, nein ich verlange von Ihnen, dass Sie mich nicht mit weiteren Forderungen behelligen. Außerdem erwarte ich von Ihnen, dass Sie sich weder in die Belange des Haushaltes von Graywood Manor, noch in die Arbeit des neuen Verwalters einmischen. Ich wünsche nicht, dass Sie den Mann mit Ihren kleinlichen Problemen behelligen. Ihr verstorbener Gatte hat auf dem Anwesen ein derartiges finanzielles und allgemeines Chaos hinterlassen, dass der von mir eingesetzte Mann meines Vertrauens, alle Hände voll zu tun haben wird, die schlimmsten Missstände zu beseitigen. Zu Ihrer Information teile ich Ihnen mit, dass ich ihm ausdrücklich untersagt habe, sich Ihrer Probleme anzunehmen. Ich hoffe, Sie erfreuen sich weiterhin bester Gesundheit. Nach meiner Rückkehr werde ich eine Entscheidung bezüglich Ihres weiteren Unterhalts treffen.

Gezeichnet Aldon Westkay, Viscount Graywood

P.S. Ich werde noch einige Zeit in London verweilen. Sie brauchen für meine Rückkehr keine Vorbereitungen zu treffen, da ich Sie in Ihrer Trauer nicht behelligen möchte.

Millys Augen waren, während sie zuhörte, immer größer geworden. Sie schluckte und schien etwas sagen zu wollen, hielt sich aber standhaft zurück. Als Lavinia ihr durch ein Zeichen zu verstehen gab, dass sie reden sollte, sprudelte es nur so aus ihr heraus. „Habe ich das richtig verstanden, Mylady? Er erdreistet sich, Euch wie ein unerwünschtes Ärgernis aus dem Hause zu weisen?" Plötzlich wurde das Mädchen ganz blass. „Was ist, wenn die alte Herrin das Geld aus dem Schreibtisch genommen hat?"

Die Frauen sahen sich einen Augenblick lang entsetzt an und stürmten dann, so schnell es ihre langen Kleider zuließen, die Treppe hinunter in die Bibliothek. Vor dem Schreibtisch blieben sie einen Moment lang stehen. Lavinia flüsterte: „Schau du nach."

Die erste Schublade öffnete Milly noch langsam und mit einer Art Ehrfurcht. Immerhin hatte sie noch nie so ein schönes Stück berühren dürfen. Das wuchtige Möbel hatte auf jeder Seite drei Schubfächer. Doch nach und nach wurde Milly beim Öffnen der Laden immer schneller. War sie anfänglich noch sorgsam mit den vorhandenen Papieren umgegangen, so wühlte sie bald hektisch darin herum. Als sie alle sechs Schubladen durchsucht hatte, begann sie mit ihrer Inspektion von vorn. Als sie ein drittes Mal ansetzen wollte, um den Schreibtisch zu durchsuchen, hielt Lavinia sie zurück. „Milly, lass gut sein. Du kannst hier noch so viel suchen, wie du willst. Du wirst hier kein Geld finden. Sie hat es gefunden und mitgenommen. Genau so, wie sie alles, was Wert hatte, eingepackt und weggeschleppt hat."

Das Mädchen brauchte nicht zu fragen, wer mit diesen Worten gemeint war. Selbst in einer Küche im Untergeschoss hatte man mitbekommen können, was sich hier oben abgespielt hatte. Sie presste die Lippen zusammen und nickte. „Vielleicht sollen wir lieber packen."

Lavinia biss sich auf die Unterlippe und überlegte. Der Brief war eindeutig. Sie hatte das Manor zu verlassen und sollte ins Gartenhaus übersiedeln. Fröhlicher, als ihr zumute war, erklärte sie daher: „Weißt du, Milly, es ist gar nicht so schlecht, wenn wir das große Haus verlassen und in das Anwesen auf der anderen Seite des Gartens ziehen. Was sollen wir zwei allein hier in diesem leeren Gebäude? Wenn ich ehrlich bin, dann finde ich es sogar etwas gruselig, hier zu sein."

Im selben Moment, als sie diese Worte sprach, leuchtete ihr ein, dass es tatsächlich das war, was sie fühlte. Hatte sie nicht noch in der letzten Nacht gedacht, wie unheimlich es war, wenn man nur zu zweit in so einem großen Haus logierte?

Milly nickte und schien es genauso, zu sehen.

„Wir brauchen ja nichts zu übereilen. Vielleicht sollten wir zuerst einmal gehen und uns unser neues Domizil anschauen. Kann ja sein, dass es ganz nett wird."

Milly nickte erneut. Und so machten sich die beiden Frauen auf, um nachzusehen, was der neue Lord Graywood für sie als zukünftiges Heim bestimmt hatte.

4. DAS NEUE HEIM

Lavinia zwang sich dazu, den Garten mit schnellen, festen Schritten zu durchqueren. Heute verschwendete sie auch keine weiteren Blicke an die Blumenpracht zu beiden Seiten des Weges. Sie hatte eine Aufgabe zu erfüllen und sie würde sich dieser stellen, wie man es von einer Lady erwarten durfte. Keinesfalls sollte Milly merken, dass sie sich Sorgen darüber machte, was die beiden Frauen im Gartenhaus erwartete. Bisher hatte sie immer einen großen Bogen um das Gebäude gemacht. Gleich in der ersten Woche nach ihrer Ankunft hatte sie die Dummheit besessen und es gewagt, ihre Schwiegermutter zu fragen, wer denn in dem hübschen Häuschen am Ende des Gartens wohnte. Die war daraufhin in wüste Beschimpfungen verfallen, aus denen Lavinia entnehmen konnte, dass sie es ja nicht versuchen sollte, die Mutter ihres Gatten in dieses feuchte, kalte Gemäuer zu verbannen. So lange sie lebte, käme es der Dowager Viscountess nicht in den Sinn, in das Witumshaus zu ziehen. Dort würde sie sich sicher gleich den Tod holen, denn es war nicht nur ungemütlich, sondern darin würde es auch vor Ungeziefer wimmeln. Lavinia nahm daher an, dass das Gebäude nahezu unbewohnbar war und ihr grauste davor, es zu betreten. Obwohl sie zugeben musste, dass es von außen einen annehmbaren Eindruck machte.

Das zweistöckige Haus mit den Fledermausgauben im Dach war eher hoch als breit. Von einem niedrigen Mäuerchen umgeben wandte es den Frauen die Vorderfront zu. Links und rechts der Tür rankten sich Kletterrosen an einem Spalier nach oben. Das war doch schon mal ein erfreulicher Anblick, dachte sich Lavinia, und warf Milly ein aufmunterndes Lächeln zu.

Während sie sich im Stillen noch fragte, wo denn der Schlüssel zur großen Vordertür war, warf Lavinia ihrer neu ernannten Zofe einen mehr als erstaunten Blick zu. Das Mädchen tastete mit festen Handgriffen zwischen den Ranken der Rosen umher.

„Hör auf damit! Die Dornen werden dir die Arme zerstechen. Was soll das Ganze?"

Statt eine Antwort zu geben, drehte sich Milly herum und hielt ihrer Herrin mit triumphierendem Blick einen Schlüssel entgegen.

„Woher wusstest du, wo der Schlüssel zu finden ist?"

„Ich wusste es nicht. Es war eher so eine Idee." Sie sah betreten zu Boden.

„Du bist eine sehr schlechte Lügnerin. Raus mit der Sprache! Woher wusstest du, wo der Schlüssel war?"

„Meine Antwort wird Euch nicht gefallen." Das Mädchen wagte nur einen kurzen, betretenen Blick zu ihrer Herrin.

„Egal, was du auch gemacht hast. Ich werde es dir nicht übelnehmen."

Die Antwort kam wie aus einer Pistole geschossen: „Ich habe gar nichts gemacht!"

„Wer denn dann?"

Sie wand sich und murmelte. „Man soll doch über Tote nichts Schlechtes sagen."

„Geht es um meinen verstorbenen Gatten?"

Milly nickte.

„Nun rück schon raus mit der Sprache. Er kann dir nichts mehr tun und ich werde dich keinesfalls für seine Taten zur Rechenschaft ziehen."

„Mylady wissen vielleicht, dass es uns vom Küchenpersonal verboten ist, in den herrschaftlichen Garten zu gehen. Aber ich liebe Blumen über alles. Manchmal, wenn ich nicht schlafen konnte, habe ich mich in der Nacht heimlich aus dem Haus geschlichen. Dann bin ich die Wege entlang geschlendert und habe mich daran erinnert, wie es war, als meine Mutter noch lebte. Sie hatte ein Händchen für Rosen. Eigentlich für alle Pflanzen, aber besonders für Rosen. Ihre Lieblingssorte hieß *Seven Sisters*. Das ist eine Kletterrose mit gefüllten Blüten, die ihre Farben je nach Witterung von violett nach rosa wechselt." Milly warf einen begeisterten Blick zu dem Rosenspalier, das noch keinerlei Anzeichen einer Blütenfülle zeigte.

Lavinia deutete auf das üppige Grün. „Und das sind solche Rosen?"

„Wartet nur ab, Mylady. Bald wird hier alles voller Blüten sein. Und wie es dann hier duftet!"

„Ich gestehe, dass ich jetzt schon neugierig auf diese Wunderrose bin. Aber zurück zum Schlüssel. Du hast dich also in der Nacht hierher geschlichen, weil dich die Rosen an deine Mutter erinnert haben. Und dann hast du gesehen, wie jemand den Schlüssel im Spalier versteckt hat."

Milly nickte wieder.

„Da du gesagt hast, dass man über Verstorbene nichts Schlechtes sagen soll, nehme ich an, dass es sich um meinen seligen Gatten handelte."

Das Mädchen wurde puterrot.

„Er hat sich hier mit einer anderen Frau getroffen?"

Erneutes Nicken.

„Milly, hör zu. Es ist mir gleichgültig." Lavinia stockte. „Ich weiß nicht, wieviel man in der Küche mitbekommen hat. Aber der verstorbene Lord Graywood war nicht der ..." Während sie noch nach Worten suchte, strich ihr das Mädchen sanft über den Arm.

„In einem Haushalt wie Graywood Manor bleibt nichts verborgen. Der selige Lord und seine Mutter waren der Meinung, dass Dienstboten taub und stumm sind." Sie kicherte. „Auch wenn der Butler noch so sehr versucht hatte, jegliches Gerede zu unterbinden. Egal, was passierte, es dauerte keinen halben Tag, da wussten es alle."

Jetzt war es an Lavinia, zu erröten. So hatte denn jeder im Haus mitbekommen, wie ihr verstorbener Gatte sie behandelt hatte. Was für eine Schmach!

Milly schien zu ahnen, was in ihr vorging und lenkte sie geschickt ab. „Mylady, ich muss schon sagen, Ihr habt bei meiner Rosengeschichte recht gut kombiniert. Ich weiß ja nicht, was das Leben noch mit Euch vorhat, aber Ihr würdet eine hervorragende Detektivin abgeben." Mit diesen Worten schob sie den Schlüssel in das Schloss, drehte ihn herum und öffnete schwungvoll die Tür. „Bitte, beliebt einzutreten und Euer neues Heim in Augenschein zu nehmen." Sie versank in einen tiefen Knicks und strahlte ihre Herrin an.

Lavinia trat in das Foyer und sah sich um. Der langgestreckte Raum mündete in eine breite Treppe, die nach oben führte. Dort befanden sich wahrscheinlich die Schlafzimmer. Jeweils zur linken und zur rechten Hand führten zwei hohe Doppeltüren in die unteren Räume. Sie entschied sich, zuerst nach rechts zu gehen. Vorsichtig öffnete sie die Tür und trat hindurch. Es war unschwer zu erkennen, dass dieser Raum als Bibliothek und Arbeitszimmer gedient hatte. An den Wänden befanden sich Regale mit Büchern, die so aussahen, als hätte man sie wahllos abgestellt. Manche waren aufeinandergestapelt, einige umgekippt und weitere lagen sogar mit den Buchrücken zur Wand. Der letzte Bewohner des Hauses schien wahrlich kein Bücherfreund gewesen zu sein. Lavinia war entsetzt über die Unordnung. Doch gleichzeitig keimte eine leise Freude in ihr auf. Hier würde sie sich tagelang beschäftigen können und keinerlei Langeweile verspüren.

Der Raum wurde von zwei großen, über Eck angebrachten Fenstern erhellt. Vor dem einen standen ein kleines Sofa und zwei hohe Sessel, die sehr gemütlich aussahen. Ein kleines Tischchen komplettierte die Gruppe. Leider hatte man die Möbel nicht abgedeckt und so waren sie mit einer dicken Staubschicht bedeckt. Es würde ein gutes Stück Arbeit bedeuten, bis sie es sich hier bequem machen konnten.

Vor dem anderen Fenster stand ein nicht minder eingestaubter Schreibtisch mit dem dazugehörigen Stuhl. Wer dort saß, konnte beim Schreiben der Briefe seinen Blick in den Garten schweifen lassen. Lavinia seufzte. Es gab nicht viele Menschen, die auf Briefe von ihr warteten. Da war höchstens ihre Schwester, der sie eine

Nachricht zukommen lassen könnte. Allerdings wäre es besser, wenn sie beim Schreiben ihre derzeitige Situation nicht allzu genau erklärte. Ihre Eltern hielten nichts davon, die Privatsphäre ihrer Töchter zu akzeptieren und lasen jeden Brief, der an sie gerichtet wurde. Falls sie von Lavinias derzeitiger Situation erfuhren, würden sie alles daransetzen, sie mit einem neuen Ehemann zu versorgen. Unter dem Vorwand, sich um sie kümmern zu wollen, hätten sie schnell Pläne zu Hand, die ihr weiteres Leben betreffen würden. Ob eine erneute Heirat ihr Wunsch wäre oder nicht, würde dabei keine Rolle spielen. Wichtig war nur, dass sich aus der Verbindung gewisse Vorteile für die Familie ergaben. Zum Glück war das Debüt ihrer Schwester erst für das nächste Jahr geplant. Dann aber würden sie sicher auch die jüngste Tochter an den Meistbietenden verschachern oder an jemanden, dessen Einfluss ihnen andere Vergünstigungen verschaffte. Was ihre Mädchen wollten oder sich erträumten, war ihnen herzlich egal. Geld oder gesellschaftliches Ansehen waren wichtiger. Da blieb sie doch lieber in einem verstaubten Gartenhaus und wartete darauf, in die Verbannung nach Schottland geschickt zu werden, ehe sie sich noch einmal verkaufen ließ.

Lavinia schüttelte den Kopf, um diese Gedanken zu vertreiben, und beschloss, einen Blick in das gegenüberliegende Zimmer zu werfen. Als sie eintrat, entfuhr ihr ein Ausruf des Entzückens. Die helle Morgensonne hatte den Raum mit Licht durchflutet, sodass er zu leuchten schien. Die zur Gartenseite bodentiefen Fenster schienen auf eine Terrasse zu führen. Die musste hinter einer kleinen Hecke verborgen sein, denn als sie sich dem Haus genähert hatten, war sie nicht zu sehen gewesen. Der Raum war spärlich, aber nicht armselig möbliert. Zum Glück war es hier auch nicht so staubig wie in der Bibliothek. Mit einigen Accessoires würde der kleine Salon sicher gemütlich wirken. Den runden Tisch in der Mitte umgaben vier Stühle. Eine Gruppe aus einem Sofa und drei Sesseln sowie eine Anrichte komplettierten die Ausstattung. Zugegeben, das war nicht viel. Aber die Möbel sahen edel aus und schienen in einem guten Zustand zu sein. Hier war nichts, was sie und Milly nicht mit etwas Wasser, Seifenlauge und Möbelpolitur wieder zu altem Glanz verhelfen konnten.

Wo war Milly eigentlich? Als sie nach dem Mädchen rief, tauchte die mit einem strahlenden Gesicht in der Tür auf. „Verzeiht, Mylady. Ich habe die Küche entdeckt. Sie ist klein, aber wundervoll. Und da ich in der nächsten Zeit nur Euch zu versorgen haben werde, ist sie mehr als nur ausreichend."

Lavinias Blick folgte Millys Handbewegung, mit der das Mädchen seitlich neben die Treppe zeigte. Tatsächlich, da war noch eine Tür, die sie vorher nicht gesehen hatte. Die führte dann wohl in die Küche. Um dem Mädchen einen Gefallen zu tun, lenkte sie ihre Schritte in diese Richtung und trat ein. Der Raum war tatsächlich ein Kleinod, denn es gab neben dem großen Herd eine breite Arbeitsfläche und einen Spülstein, dessen Abwasser nach draußen geleitet wurde. An zwei Wänden standen hohe Regale und eine kleine Tür führte in einen kühlen Vorratsraum. Auch hier war es erstaunlich sauber. Immerhin war das Haus nicht bewohnt. Lavinia schluckte. Falls ihr verstorbener Mann es als

Liebesnest benutzt hatte, dann hatte er wohl jedes Mal jemanden von der Dienerschaft hierher geschickt, um alles sauber zu machen. Es sprach für seine Abneigung gegen alles, was mit Literatur zu tun hatte, dass solche Säuberungsaktionen nicht auch die Bibliothek eingeschlossen hatten.

Lavinia wurde aus ihren Gedanken gerissen, als Milly sie vorsichtig am Arm berührte. „Die Küche ist sehr schön. Es gibt da nur ein Problem, Mylady."

Sie warf dem Mädchen einen Blick zu, der sie zum Weitersprechen aufforderte.

„Es gibt hier kein Geschirr. Keine Töpfe, keine Pfannen und auch keinerlei Vorräte. Wie soll ich da kochen? Und vor allem was?"

Lavinia sah sich um. Molly hatte recht. An den Haken über dem Herd hätten eigentlich ein Dutzend Gefäße zum Backen, Braten und Kochen hängen sollen. Aber da war nichts. In den Regalen an der Wand herrschte gähnende Leere. Und im Vorratsraum wäre selbst die anspruchsloseste Maus verhungert.

„Mach dir keine Sorgen, Milly. Wir werden alles, was wir brauchen, aus dem Manor mitnehmen." Sie griff in die Seitentasche ihres Kleides, holte den Brief des neuen Lord Graywood heraus und las vor:

Sie dürfen selbstverständlich Ihre persönlichen Sachen und auch das Personal, welches Sie für Ihre Bequemlichkeit benötigen, mitnehmen. Das schließt gegebenenfalls auch einige Gegenstände vom beweglichen Eigentum des Haupthauses ein, falls es in Ihrer neuen Unterkunft daran mangeln sollte.

Milly grinste und machte einen Knicks. „Ich werde mit dem größten Vergnügen sehr oft zum Haupthaus und wieder zurücklaufen."

Es war der Zofe gar nicht recht, dass ihre Herrin ebenfalls tatkräftig mit anpackte und ebenso unzählige Male zwischen dem Manor und dem Gartenhaus hin und her eilte. Lavinia war jedoch nicht bereit, dem Mädchen die ganze Arbeit zu überlassen und sich auf die Terrasse zu setzen, um die Hände in den Schoß zu legen. Zuerst jedoch stapelten sie alles, was sie in ihr neues Heim mitzunehmen gedachte, im Entree des Haupthauses auf. In einem bunten Sammelsurium fanden sich Küchengeräte, Geschirr, die wenigen vorhandenen Lebensmittel, Tisch- und Bettwäsche, Kerzen, Nähzeug und diverse Kleidungsstücke. Da sich im Haus keine Bewohner mehr aufhielten, beschlossen sie, alles Essbare mitzunehmen. Niemand wusste, wann der Viscount zurückkehren würde und es wäre doch schade, wenn die Lebensmittel verdürben. Da ihre Schwiegermutter schon längst über alle Berge war, wagte sich Lavinia auch in ihre ehemaligen Gemächer. Im Ankleidezimmer fanden sich noch einige Kleider und etwas Wäsche, die der Dame wohl nicht mehr gut genug gewesen waren. Da weder Milly noch sie über eine ausreichende Garderobe verfügten, nahmen sie alles mit, was sie fanden. Sie würden sich die kommenden Abende damit vertreiben, aus den abgelegten Sachen der Dowager Viscountess neue Kleidung zu nähen. Lavinia gefiel der Gedanke zwar nicht, aber ihre eigenen Kleider, die auf Geheiß ihrer Schwiegermutter angefertigt worden waren, waren so hässlich und unförmig, dass sie dringend einer Umarbeitung bedurften.

Die Sonne neigte sich schon dem Horizont zu, als die beiden Frauen ein letztes Mal durch das große Haupthaus streiften. Lavinia legte ihre wenige persönliche Habe, die sie aus ihrem Elternhaus mitgebracht hatte, in einen Korb und sah sich ohne Bedauern in ihren Zimmern um. Niemand hatte sie je gefragt, ob ihr dessen Einrichtung gefiel oder ob sie gern etwas verändert hätte. Man hatte sie bei ihrer Ankunft hierhergebracht und sich selbst überlassen. Ein kleiner Salon, ein noch kleineres Schlafzimmer und ein Ankleidezimmer, das den Namen kaum verdiente, waren ihr Reich gewesen. Auch wenn ihre Eltern nicht reich wie Krösus waren, hatte sie ihre Kindheit und Jugend doch in einer Umgebung verbracht, die weitaus luxuriöser gewesen war, als das, was ihr als Viscountess in Graywood Manor zugedacht worden war. Sie würde diese Räume und alles, was darin geschehen war, nur zu gern vergessen. Lavinia war sich im Klaren darüber, dass das nicht so einfach werden würde. Aber immerhin würde eine neue Umgebung sie auf andere Gedanken bringen. Wenn man es so betrachtete, dann hatte ihr der neue Lord Graywood sogar einen Gefallen getan, indem er sie des Hauses verwiesen hatte. Energisch schloss sie die Tür zu ihrem ehemaligen Boudoir und eilte mit dem Korb unterm Arm die große Treppe hinunter, an deren Fuß Milly schon auf sie wartete. Das Mädchen hatte sich ein zusammengeknotetes Leinentuch über die Schulter geworfen und strahlte, als hätte sie eine Goldmünze gefunden.

„Was hast du denn da in deinem Bündel?"

„Oh Mylady, Ihr werdet es nicht glauben, aber ich habe noch Tee, Zucker und sogar einige Gewürze gefunden. Die Hausdame hatte alles in ihrem Zimmer versteckt und in der Eile wahrscheinlich vergessen, ihre Beute mitzunehmen. So kann ich Euch jeden Morgen einen Tee reichen, ganz wie es sich für eine Dowager Viscountess gehört."

Lavinia lächelte etwas gezwungen. Das Mädchen hatte jedoch recht. Sie war jetzt die Dowager Viscountess. Daran würde sie sich wohl erst einmal gewöhnen müssen. Sie nickte ihrer Zofe zu und trat aus dem Haus. Während Milly die hohen Türflügel verschloss und den Schlüssel in einem der steinernen Blumenkübel, die den Eingang säumten, versteckte, atmete sie tief durch. Sie würde ein neues Leben beginnen. Ohne Angst vor Schlägen und Gewalt. Nie wieder würde sie zulassen, dass ein Mann jeden noch so kleinen Schritt in ihrem Leben bestimmte. Sie war jetzt eine Witwe und die hatten viel mehr Freiheiten als eine Ehefrau, die auf Gedeih und Verderb ihrem Gatten ausgeliefert war. Auch wenn sie noch nicht wusste, ob und wie der Viscount für ihren finanziellen Unterhalt sorgen würde, sah sie der Zukunft nicht mit Bangen entgegen. Sie war nicht dumm, hatte mit Milly eine treue Seele an ihrer Seite und alles andere würde sich finden.

Während ihre Zofe, die eigentlich als Mädchen für alles herhalten musste, in der Küche ein einfaches Abendbrot zubereitete, räumte Lavinia im Obergeschoss ihre wenigen Habseligkeiten in ihr neues Zimmer. Dabei summte sie leise vor sich hin. Milly würde ihr sicher wieder Vorhaltungen machen, dass das eigentlich ihre Arbeit wäre, aber sie wollte sich so schnell wie möglich häuslich einrichten. Die obere Etage des Witumshauses, das wirklich nur die Größe eines Gartenhauses hatte, verfügte über einen Salon und mehrere Schlafzimmer. Als Lavinia einen Blick in den größten der Räume warf, der von einem riesigen Himmelbett dominiert wurde, vermied sie es, darüber nachzudenken, was ihr verstorbener Gatte hier wohl so alles getrieben hatte. In diesem Zimmer würde sie auf keinen Fall schlafen. Sie hatte sich stattdessen für einen Raum auf der Ostseite des Hauses entschieden, in dem ein kleines Bett stand, das recht bequem schien.

Die Möbel in ihrem neuen Schlafzimmer waren in einem freundlichen Hellgrün gestrichen und mit einer hübschen Borte versehen. Da der Raum nicht allzu groß war, hatte man das Bett nicht in der Mitte, sondern in der Ecke platziert. An den Wänden, die es umgaben, war Stoff gespannt, dessen Blumenmuster eine angenehme Atmosphäre verbreitete. Ein dunkelgrüner Sessel mit hoher Lehne, ein kleines Schränkchen und ein zierlicher Waschtisch vervollständigten die Einrichtung. Auf dem hölzernen Dielenboden lag ein flauschiger Teppich, dessen Farben sich in dem Überwurf des Bettes wiederfanden. Auch dieser Raum war relativ sauber gewesen und es hatte Milly nicht viel Arbeit gekostet, ihn so herzurichten, dass ihre Herrin ihn beziehen konnte.

In dieser Nacht schlief Lavinia seit langem einmal wieder tief und fest. Kein Albtraum störte sie und als am Morgen die Sonne durch die Fenster schien, fühlte sie sich so frisch und lebendig wie lange nicht.

5. UNERWARTETE SCHÄTZE

Die beiden Frauen verbrachten den Tag damit, sich in ihrem neuen Heim häuslich einzurichten. Milly war ganz stolz darauf, in ihrer eigenen Küche zu wirtschaften. Lady Lavinia versuchte den Räumen mit den wenigen persönlichen Gegenständen, die ihr gehörten und die sie keineswegs im Manor hatte zurücklassen wollen, wohnlich zu gestalten. In einem Schrank fand sie zudem einige Vasen, die sie mit Zweigen aus dem Garten füllte. Die verliehen den Räumen einen wohnlichen Eindruck und schafften es, ein wenig Gemütlichkeit herbeizuzaubern.

Beim abendlichen Dinner, das Milly trotz Protesten wieder gemeinsam mit ihrer Herrin einnahm, erklärte Lavinia, dass es das Beste wäre, wenn sie eine genaue Aufstellung über ihre Vorräte anfertigen würden. Immerhin war es ihnen untersagt, sich an den Verwalter des Gutes zu wenden. Die Anweisungen im Brief waren mehr als eindeutig gewesen. Allerdings war der Viscount dabei davon ausgegangen, dass er der Dame, die nun seiner Verantwortung unterstand, genügend finanzielle Mittel bereitgestellt hatte, damit sie keine Sorgen um ihr Auskommen hätte. Obwohl er keine besonders hohe Meinung von seiner Tante hatte, hatte er doch mit keiner Silbe damit gerechnet, dass diese ihre ungeliebte Schwiegertochter ohne einen Cent sitzen gelassen hatte. Während nun der neue Viscount Graywood von einer Abendgesellschaft zur anderen eilte und sich an den erlesensten Speisen labte, sah Lavinia mit sorgenvoller Miene auf die spärlich gefüllten Regale der Vorratskammer. Milly, die alle Räume im Untergeschoss des Manor kannte, hatte alles, was an Essbarem zu finden gewesen war, ins Gartenhaus geschafft. Trotzdem würden sie damit nicht weit kommen.

„Oh Milly. Selbst wenn wir uns einschränken, reichen die vorhandenen Lebensmittel höchstens für zwei Wochen. Graywood Manor war ein großer Haushalt und der Tisch war immer reichlich gedeckt. Ich hätte nie gedacht, dass im Keller so wenige Vorräte lagern.“

„Verzeiht, Mylady. So weit her war es mit den Vorräten in der letzten Zeit nicht mehr. Euer verstorbener Gatte hatte beim Krämer und Metzger im Weiler und auch beim Kaufmann in der Stadt anschreiben lassen, aber schon monatelang keine Rechnungen mehr beglichen. Daher hatten diese sich geweigert, noch weitere Waren zu liefern.“

Lavinia seufzte. „Das heißt, wir brauchen uns gar nicht auf den Weg zu ihnen zu machen. Sie werden uns nichts geben, wenn wir ihnen kein Geld überreichen können.“ Sie sah sich um. „Und wir haben auch nichts, was wir verkaufen könnten. Das alles hier gehört dem Viscount. Ich bin keinen Deut besser als meine Schwiegermutter, wenn ich etwas veräußere, was mir nicht gehört.“

Milly unterbrach das Selbstgespräch ihrer Herrin, indem sie sich recht wenig damenhaft mit der flachen Hand gegen die Stirn schlug. „Der Küchengarten!“

Lavinia sah sie erstaunt an. „An deinen Umgangsformen müssen wir wohl noch ein bisschen arbeiten. Aber dafür haben wir immer noch Zeit. Was meinst du mit Küchengarten?“

„Es gibt hier einen Küchengarten, in dem Kräuter und Gemüse angezogen werden. Der Gärtner ist wie alle Dienstboten auf und davon. So wird uns niemand daran hindern, uns das zu nehmen, was wir brauchen. Und sollte es mehr sein, als wir verzehren können, dann werden wir es auf dem Markt gegen Mehl und Zucker eintauschen.“

„Kennst du dich denn mit der Gartenarbeit aus?“

Das Mädchen senkte den Kopf. „Meine Mutter hat sich immer nur um ihre Rosen gekümmert. Aber wie schwer kann es denn sein, Gemüse anzubauen?“

„Du meinst, das sind auch nur Blumen, die man essen kann?“ Lavinia musste bei diesem Gedanken lächeln. Immerhin war das ein Ausweg. Und nicht zum ersten Mal dachte sie, dass Milly das Beste war, was ihr in der Zeit nach ihrer Hochzeit begegnet war. Frohen Mutes machte sie sich unter Führung ihrer Zofe auf den Weg, um zu schauen, womit sich der magere Speiseplan in der nächsten Zeit auffüllen ließ.

Allerdings bot der Küchengarten noch keine sonderlich üppige Auswahl an. Bis die Ernte die Körbe zum Überlaufen bringen würde, würde es noch einige Zeit dauern. Aber bis dahin war vielleicht der Viscount zurück und fällte eine endgültige Entscheidung, wo sie ihr Leben zukünftig verbringen würde. Ihr stand als

Dowager Viscountess sicher eine kleine Leibrente zu. Damit könnte sie sich und Milly über Wasser halten. Große Sprünge wären sicher nicht drin, aber verhungern würden sie schon nicht.

Der nächste Morgen brachte Wind und kalten Regen. Lavinia beschloss, dass das genau das richtige Wetter war, um sich einmal genauer in der Bibliothek umzusehen. Das war der einzige Raum im Haus, der Spuren von Vernachlässigung zeigte. Wenn das Gartenhaus ihrem verstorbenen Gatten als Liebesnest gedient hatte, dann war sie sich ziemlich sicher, dass er hier selten oder nie einen Fuß hineingesetzt hatte. Bücher, Lesen und Bildung überhaupt waren ihm ein Gräuel. Wann immer sie ihm im Manor hatte aus dem Weg gehen wollen, hatte sie die dortige Bibliothek aufgesucht. Lavinia liebte Bücher und so war ihr der Platz zwischen den hohen Regalen, die mit abenteuerlichen Geschichten, unermesslichem Wissen und Berichten über ferne Länder vollgestellt waren, Zufluchtsort und Trost zugleich gewesen. Die Bibliothek im Haupthaus war allerdings überaus gepflegt. Der verblichene Lord lud seine männlichen Gäste gern in diesen Raum, der einen Anstrich von Seriosität und Wissen verströmte. Er hatte dabei keinesfalls verraten, dass er nicht ein einziges der Bücher gelesen und einige nur wegen ihres schönen Einbandes erstanden hatte – damals, als er noch über genügend Mittel verfügt hatte und sich solchen unnötigen Luxus, wie er es nannte, hatte leisten können.

Dass er für die kleine Bibliothek im Gartenhaus kein Interesse gehabt hatte, war daher nicht verwunderlich. Seufzend betrachtete Lavinia das Durcheinander. Milly hatte indes, praktisch veranlagt wie sie war,

Feuer im Kamin gemacht, denn der Raum war zwar zum Glück nicht feucht, aber die Kälte schien aus allen vier Ecken zu kriechen.

„Vielleicht sollten Mylady noch ein Weilchen im Morgenzimmer warten, bis es hier etwas wärmer geworden ist. Ich kann ja solange mit dem Abstauben der Bücher und dem Reinigen des Teppichs beginnen."

„Lass mal gut sein, Milly. Ich werde mich schon warmarbeiten." Lavinia dachte daran, wie sparsam ihre Schwiegermutter mit dem Heizmaterial gewesen war. Sie war manche Winternacht vor Kälte zitternd aufgewacht und hatte sich zusätzlich einen Mantel über ihr dünnes Deckbett gebreitet, damit sie wieder hatte einschlafen können. Da würde sie doch vor einer ausgekühlten Bibliothek nicht die Waffen strecken. Und schon gar nicht, wenn sie die Absicht hatte, sich tüchtig zu bewegen.

Unter Millys missbilligenden Blicken begann sie, die Leiter herauf und herunterzuklettern und die Bücher auf dem Fußboden zu stapeln.

„Ich werde erst einmal alles auf dem Boden nach verschiedenen Sachgebieten sortieren. Du kannst inzwischen die Regale auswischen und die Bücher, bei denen es notwendig ist, abstauben."

Lavinia sah sich voller Tatendrang um. Das hier war doch etwas ganz anderes, als sich in Selbstmitleid zu baden. Geschwind errichtete sie Stapel um Stapel aus Journalen, Nachschlagewerken und Romanen. Schon nach kurzer Zeit war sie über und über mit Staub bedeckt. Doch das störte sie nicht im Geringsten. Stattdessen stieß sie immer wieder kleine Schreie voller Begeisterung aus, wenn sie ein Werk entdeckt hatte, welches ihr besonders gefiel. Sie hatte schon als Kind viel gelesen und sich stundenlang in der elterlichen Bibliothek aufgehalten. Daher begrüßte sie manches Buch wie einen alten Freund. Milly warf ihrer Herrin ab und zu einen verwunderten Blick zu, enthielt sich aber, ganz so, wie es sich gehörte, eines jeglichen Kommentars und säuberte unverdrossen die sich leerenden Regale. Plötzlich zuckte sie zusammen, denn der Ausruf von Freude, den ihre Herrin ausstieß, überstieg alle bisherigen Begeisterungsbekundungen.

„Schau doch mal, was ich hier gefunden habe! Zwei wunderbare Gartenbücher! Ich fasse es nicht! Wir haben so ein Glück!"

Lavinia hielt die Werke, welche sie so in Entzücken versetzt hatten, wie ein Kind in den Armen und drehte sich lachend im Kreis. Auf Millys unverständlichen Blick hin hielt sie inne und legte die Bücher auf das Regalbrett, welches sie gerade säuberte. Milly starrte misstrauisch auf *The British herbal: an history of plants and trees, natives of Britain cultivated for use, or raised for beauty* von John Hill und *Every man his own gardener* von Abercrombie und Mawe. Ihr einziger Kommentar lautete: „Aha."

„Mehr hast du nicht zu sagen?", empörte sich Lavinia lachend. „Thomas Mawe war der Obergärtner des Herzogs von Leeds. Dieses Buch ist das meistverkaufte moderne Werk über das Gärtnern überhaupt!" Sie schnappte sich die beiden Bücher und legte sie ganz oben auf einen der Stapel. „Warte nur, wir finden sicher auch etwas, was dich interessiert, wenn du dir nichts aus Gartenliteratur machst."

Es dauerte nicht lange, bis sie fündig wurde. Stolz präsentierte Lavinia Milly ein weiteres Buch. Als ihre Zofe nicht reagierte, zog sie einen Schmollmund. „Ich dachte, dass du wenigstens an *The cook, housekeeper's and gardiner's companion* von Martha Bradley Freude hast. Darin sind eine Unmenge an Rezepten und Haushaltstipps zu finden. Das sollte dich doch wirklich ansprechen."

Lavinia sah Milly erstaunt an, die es kaum wagte, einen Blick auf die aufgeschlagenen Bücher zu werfen. „Was ist denn los? Das sind echte Schätze, die wir hier gefunden haben. Und du tust so, als ob du dich davor fürchtest!"

Das Gesicht des Mädchens färbte sich dunkelrot, als sie stockend und flüsternd gestand: „Aber ich kann doch nicht lesen." Ihre Augen wurden riesengroß, als sich ihre Herrin wieder einmal wenig würdevoll wie eine Dienstmagd mit der flachen Hand gegen die Stirn schlug. „Ach du meine Güte! Natürlich, hätte ich mir denken können, dass du in der Spülküche keine Zeit hattest, lesen und schreiben zu lernen. Wie ungeschickt von mir!"

„Kann ich jetzt nicht mehr Eure Zofe bleiben, wo Ihr doch nun wisst, wie dumm ich bin?", fragte das Mädchen, das am Boden zerstört war.

„Du bist keineswegs dumm. Ich war gedankenlos. Wenn du möchtest, dann bringe ich dir alles bei, was du brauchst, um all diese Bücher hier zu lesen und auch um deinem Liebsten einmal Briefe zu schreiben."

„Das würdet Ihr tun?" Hoffnung spiegelte sich in Millys Gesicht, als sie das ernsthafte Nicken sah, mit dem Lavinia ihre Worte unterstrich. „Natürlich werde ich das. Egal, was das Leben mit uns noch vorhat, wir werden hier so viel lernen, dass du nie wieder in einer Spülküche arbeiten musst."

„Auch wenn ich noch gar keinen Liebsten habe?", versuchte sich das Mädchen an einem Scherz, um ihre Rührung zu verbergen.

Lavinia schmunzelte. Keine echte Zofe hätte es je gewagt, so mit ihrer Herrin zu sprechen. Aber die kurze gemeinsame Zeit, in der sie gelernt hatten, dass sie sich aufeinander verlassen konnten, hatte ein ganz besonderes Band zwischen ihnen geschmiedet.

Auch wenn sie sich erst wenige Tage kannten, sinnierte Lavinia, als sie am Abend in ihrem Bett lag, verbrachte sie viel lieber Zeit mit einer ehemaligen Spülmagd, als mit Leuten, die zwar einen angesehenen Titel trugen, aber anstelle eines Herzens einen Kohlstrunk in der Brust hatten.

Seit sie verheiratet war, hatte sie nur noch selten gebetet. Wie hatte Gott nur zulassen können, dass sie an so ein Monster, wie es ihr verstorbener Gatte gewesen war, gekettet worden war? So ein Gott hatte keine Gebete verdient, hatte sie schon nach wenigen Wochen ihrer Ehe gefunden. Inzwischen war ihr Peiniger tot. Vielleicht hatte eine höhere Macht doch ein Einsehen mit ihrem erbärmlichen Schicksal gehabt? Ihr Leben hatte sich eindeutig zum Besseren gewendet. Möglicherweise war es an der Zeit, sich dafür zu bedanken. Und wenn sie schon betete, dann konnte sie auch gleich darum bitten, dass der neue Lord Graywood so lange wie möglich in London blieb. Am besten gleich für immer, befand sie. Dafür würde sie gern auf alle Privilegien, die ihr eigentlich als Dowager Countess zustanden, verzichten. Obwohl sie tief in ihrem Inneren wusste, dass man mit Gott nicht handeln konnte, schlief sie voller Zuversicht ein.

6. ÜBERRASCHUN-GEN

Es schien so, als wären Lady Lavinias Gebete erhört worden. Der Duke war nun schon vor mehr als sechs Wochen nach London aufgebrochen und noch immer nicht zurück. Nicht dass sie annahm, er würde ihr seine Ankunft rechtzeitig ankündigen. Das erwartete sie keinesfalls. Im Allgemeinen war es jedoch so, dass die hohen Herren, wenn sie von einer längeren Reise zurückkehrten, zuerst einmal eine Kutsche mit den allernotwendigsten Utensilien vorausschickten. Von ihrem verstorbenen Gatten wusste sie, dass so ein Gentleman, wenn er etwas auf sich hielt, eine Menge Dinge benötigte. Das würde bei dem neuen Duke nicht anders sein. Solange keine Kutschen vor das Manor gerollt kamen, bestand keine Gefahr, dass der Herr von Graywood hier auftauchte, überlegte sie sich. Was seine Vorhut und er auch selber zu dem Umstand sagen würden, dass das Gebäude vollkommen verlassen war, konnte sie nur vermuten. Erfreut würde er keineswegs sein. Schade, dass sie sein Gesicht nicht sehen würde, wenn er feststellte, in welchem Zustand sich das Anwesen befand. Das gesamte Hauspersonal war auf und davon. Das bedeutete, dass sich in all den Wochen niemand um die Zimmer gekümmert hatte. Bestimmt lag der Staub schon dick auf allen Möbeln und überall hatten sich, wie es in alten Gemäuern oft geschah, die Spinnen breitgemacht und die Wände mit ihren Netzen verziert. Lavinia hatte keine guten Erinnerungen an ihr ehemaliges Heim und so tat es ihr keineswegs leid, wenn es so ungepflegt vor sich hindämmerte. Sie fand, dass der neue Besitzer eine Lektion verdient hatte und konnte sich eines Gefühls von Schadenfreude nicht erwehren. Sollte er doch sehen, wie er zurechtkam. Um so ein Anwesen in Schuss zu halten, bedurfte es eines ganzen Stabes geschulten Personals. Selbst wenn er nach seiner Ankunft, die hoffentlich noch lange auf sich warten ließe, einige Leute aus dem Dorf einstellte, würde es eine ganze Zeit dauern, bis sich die Dienerschaft als eine eingespielte Mannschaft erwies. Bis dahin würde es im Haushalt des Viscounts noch eine ganze Weile drunter und drüber gehen. Auch wenn Lavinia das Ganze nur von fern oder vielleicht auch gar nicht beobachten würde, so gönnte sie dem eingebildeten Kerl, wie sie den neuen Herrn von Graywood in Gedanken stets nannte, diese Erfahrung.

Ihr eigenes Leben und das von Milly lief dagegen in friedvollen Bahnen ab. Es hatte sich schnell zu einem angenehmen Tagesablauf eingespielt. Während Milly Haus und Küche versorgte und es dabei schaffte, aus ihren geringen Vorräten stets etwas Nahrhaftes zuzubereiten, verbrachte Lavinia die Vormittage im Garten oder mit der Lektüre der beiden Gartenbücher, um eine Grundlage für ihr weiteres Auskommen zu schaffen. Milly war es anfänglich gar nicht recht, dass ihre Herrin wie eine einfache Dienstmagd in der Erde wühlte. Aber sie konnte nicht überall sein. Nach und nach sah sie auch ein, dass Lady Lavinia tatsächlich Freude an der Gartenarbeit hatte. Sie bewies auch ein besonders Geschick dafür, aus den Zweigen der Bäume und Sträuchern der Umgebung schöne Gebinde zu erschaffen. Nachdem sie ihre ersten Kreationen zum Ausschmücken der Kirche gestiftet hatte, wurde sie immer öfter darum gebeten, weitere Arrangements zu gestalten. Die brachten ihr zwar zuerst kein Geld ein, aber zum Dank für ihre Arbeit bekam sie das eine oder andere Stück Fleisch oder einen Korb mit Gemüse. Auch wenn sie nicht darauf angesprochen wurde, so wussten doch der Pfarrer und auch die Menschen im nahegelegenen Dorf um ihre aktuelle prekäre Situation. Da sie sich in ihrer Zeit als Gemahlin des verstorbenen Viscounts stets freundlich gegenüber den Anwohnern der Umgebung gezeigt hatte, begegnete man ihr mit Wohlwollen und ließ sie keineswegs die Verachtung spüren, die man ihrem Gatten entgegengebracht hatte. Der neue Verwalter, der vom jetzigen Herrn eingesetzt worden war, machte seine Sache gut und die Leute waren voller Hoffnung auf ein besseres Leben. Warum sollte man also der netten Witwe, die so bescheiden im Gartenhaus lebte, nicht ab und zu mal ein nettes Wort schenken oder etwas für ihren Kochtopf abtreten? Immerhin führte sie ein zurückgezogenes Leben und war keineswegs so ein unfreundlicher Drachen, wie die Mutter des vorherigen Viscounts. Ja, man staunte nicht schlecht, dass sich die Dame nicht zu fein war, mit ihren eigenen Händen in der Erde zu wühlen. Sie schien ein echtes Händchen zu haben, wenn es um Blumen und Pflanzen ging. Und ihre Gestecke waren der reinste Augenschmaus! Wer etwas auf sich hielt, der schmückte seine Tafel mit ihren Blumengebinden. Bald gab es keine Feier mehr in der näheren Umgebung und der auch etwas weiteren Ferne, auf der nicht ein außergewöhnlicher Aufsatz stand, den Lady Lavinia ersonnen hatte.

Die Vormittage verbrachte sie daher fast täglich mit Gartenarbeit oder Blumenbinden. Nach dem Mittagessen widmete sich Lavinia der Aufgabe, Milly das Lesen und Schreiben beizubringen. Sie staunte nicht schlecht, als sie feststellte, dass das Mädchen eine rasche Auffassungsgabe hatte. Außerdem bewies die ehemalige Spülmagd einen Ehrgeiz, der jeden Zögling einer der angesagtesten Damenschulen in London, die Lavinia vor Jahren besucht hatte, blass aussehen ließ. Milly lernte schnell und voller Freude. Das war ein Umstand, den Lavinia in ihrem allabendlichen Dankgebet stets erwähnte. Sie hatte es sich nun doch wieder zu eigen gemacht, vor dem Schlafengehen zu beten. Auch wenn es eher eine Art Aufzählung war, wofür sie in ihrem neuen Leben dankbar war, endete das Ganze stets mit dem frommen Wunsch, dass es Lord Graywood in London so gut gefiele, dass er über viele Wochen nicht einen Gedanken an seinen ererbten Landsitz verschwenden möge.

Des Abends saßen die beiden Frauen in trauter Eintracht im Schein einer Kerze und nähten oder stickten. Wieder einmal hatte sich Milly als von unschätzbarem Wert erwiesen. Sie war es gewesen, die ganz hinten in einem Regal eine Schusterkugel gefunden hatte. Lavinia hatte sich zuerst nicht vorstellen können, wozu dieses Gebilde aus einem Kerzenständer und mehreren Glaskugeln gut sein sollte. Doch nachdem ihre schlaue

Zofe die Kugeln geputzt und mit Wasser gefüllt hatte, staunte sie nicht schlecht, wie das Licht der in der Mitte angezündeten Kerze durch das Glas verteilt wurde.

„Oh Milly, was für eine geniale Idee! So brauchen wir nur eine einzige Kerze und können beide bei gutem Licht arbeiten. Was würde ich nur ohne dich machen! Ich bin in vielen Dingen so unbeholfen. Das meiste, was man zum Leben braucht, muss ich mir mühsam anlesen oder ich bin ganz und gar auf die Hilfe meiner Zofe angewiesen.“ Sie schüttelte den Kopf über sich selbst. „Wenn ich dich nicht hätte, dann wäre ich wahrscheinlich in Selbstmitleid versunken und womöglich verhungert.“

Die Zofe errötete: „Grämt Euch nicht, Ihr könnt dafür andere Sachen: lesen, schreiben, sticken, reiten und sicher sogar tanzen.“ Das Mädchen seufzte. „Ich würde so gern einmal tanzen. Aber das ist ein Traum, der sich wohl nie erfüllen wird.“

„Gib die Hoffnung nicht auf. Sicher wirst du irgendwann einmal mit einem feschen Burschen tanzen. Noch vor einem halben Jahr warst du eine Spülmagd. Jetzt bist du die Zofe einer Dowager Viscountess. Das ist doch immerhin eine beachtliche Steigerung. Du bist gerade dabei, Lesen und Schreiben zu lernen. Und wenn du das einigermaßen gut beherrscht, wobei ich mir sicher bin, dass du dafür nicht mehr lange brauchen wirst, dann, so verspreche ich dir, werde ich dir einige Tanzschritte beibringen.“

„Das würdet Ihr wirklich machen?“

„Aber natürlich. Wenn uns die Zeit dafür bleibt, dann wird es mir ein Vergnügen sein, dich das Tanzen zu lehren.“

Die Frauen beugten sich wieder über ihre Näharbeiten, ohne sich noch einmal anzusehen. Auch ohne darüber zu sprechen, wussten sie, das Leben hier, dass sie inzwischen liebten, mochte es Außenstehenden vielleicht mühselig und langweilig erscheinen, war nur ein fragiles Geflecht. Die Rückkehr des Viscounts konnte alles zerstören. Aber diese Sorge wollten sie sich nicht eingestehen. Stattdessen plauderten sie ungezwungen über die unterschiedlichsten Themen. Am liebsten mochte Milly die Geschichten, die ihr Lady Lavinia über ihre Zeit in London erzählte. Sie beschrieb die rauschenden Feste, die opulenten Kostüme der Damen und, immer mit einem ironischen Unterton, die geckenhafte Mode mancher Gentlemen. Milly fand die Erzählung, wie Lady Lavinia bei ihrem Debüt der Königin vorgestellt wurde, die beeindruckendste. Damit man als junge Lady auch einen entsprechenden Hofknicks absolvieren konnte, wurde dieser wochenlang geübt. Schließlich durfte man vor Ihrer Majestät nicht kippeln und wackeln. Übermütig probten sie beide die richtige Haltung, wenn sie sich einmal von ihrer Näharbeit ausruhen wollten. Auch wenn es schon einige Zeit her war, konnte Lavinia sich noch genau daran erinnern, wie sie von einer speziell dafür angeheuerten Lehrerin instruiert worden war. Zuerst wurde das linke Bein hinter das rechte geführt und fest dagegen gepresst. Dann glitt man langsam nach unten. Dabei blieb der Kopf anmutig erhoben, während die Arme seitwärts gehalten wurden. Die größte Schwierigkeit war es, so schien es Milly, elegant und ohne sichtliche Anstrengung wieder nach oben zu kommen. Dabei zu lachen, war keineswegs hilfreich, stellten sie beide kichernd fest.

Eines Morgens brachte ein heftiger Sturm jede Menge Regen, sodass Lavinia gezwungen war, im Haus zu bleiben. Als am Nachmittag die dichte Wolkendecke aufriss und die Sonne vorsichtig hindurchlugte, hielt sie es nicht mehr aus. Sie warf sich einen unscheinbaren Mantel von zweifelhafter Herkunft, den sie in einem der Wandschränke gefunden hatte, um und lief in den Garten hinaus. Zum Glück hatte das Unwetter keinen größeren Schaden angerichtet. Einige der noch jungen und zarten Pflanzen waren zu Boden gedrückt, aber die meisten davon würden sich sicher erholen. Lavinia atmete auf. Obwohl Graywoods Rückkehr wie ein Damoklesschwert über all ihren Unternehmungen und Plänen hing, wollte sie sich davon nicht beirren lassen. Wenn er wirklich einmal verfügen würde, dass sie das Gärtnerhaus räumen müsste, dann würde sie es tun. Aber bis dahin benahm sie sich so, als sei dieses kleine Refugium ihre Heimat und ihre Zukunft. Ihr stand als Dowager Viscountess eine angemessene Zuflucht zu. Sie hatte keine Ahnung, wie sie die einfordern würde, aber es war ja noch nicht soweit, dass sie um ein Dach über dem Kopf kämpfen musste.

Um die trüben Gedanken zu vertreiben, beschloss sie, einen Spaziergang zu unternehmen. Nach dem Regen fühlte sich die Luft wie frisch gewaschen an und der Wald duftete besser als jedes Parfüm, das man in den großen Londoner Häusern so gerne trug. Vor ihrer Heirat hatte sie einige Bälle besucht und geargwöhnt, dass manche der edlen Damen ihren unangenehmen Körpergeruch mit etwas zu viel Duftwasser übertünchen

wollten. Was war dagegen die Waldluft für ein wahrer
Wohlgeruch! Beschwingt eilte Lavinia den schmalen
Pfad entlang. Es gab in ihrem Leben nur wenige glückliche Kindheitserinnerungen. Dazu hatten die kurzen
Aufenthalte gezählt, die sie mit ihrer kleinen Schwester
bei den Großeltern mütterlicherseits verbracht hatte.
Dort waren sie unter Aufsicht einer resoluten Magd
stundenlang durch den Wald gestreift. Der alte Lord
Winegard war der Ansicht gewesen, dass die Waldluft
das Beste sei, was einen Menschen gesund erhalten
könne. Der Duft, den die Bäume verströmten, erinnerte
sie an diese fast vergessenen Tage voller wilder Spiele,
leckerer Beeren und unbeschwerten Lachens. Bei den
Großeltern war es so anders gewesen, so viel schöner,
als im lieblosen und kalten Heim, das sie bei ihren Eltern erwartet hatte. Die Rückkehr war immer umso
schmerzvoller gewesen.

Lavinia seufzte, als sie daran dachte, wie oft sie mit
ihrer Schwester Pläne geschmiedet hatte, um ganz auf
Winegard zu bleiben. Vielleicht hätte es auch irgendwann geklappt, wenn nicht beide Großeltern kurz
nacheinander an einer Lungenentzündung gestorben
wären. Bei einem ausgedehnten Waldspaziergang waren sie von einem Unwetter überrascht worden, hatten
sich erkältet und sich nicht wieder vom Krankenbett
erhoben. Sie seufzte erneut. Wie ungerecht das doch
war. Der Wald, der sie eigentlich gesund erhalten sollte,
hatte ihnen am Ende den Tod gebracht.

Als ob sie die trüben Gedanken vertreiben könnte,
schüttelte sie den Kopf. Drang da ein leises Wimmern
an ihr Ohr? Lavinia lauschte und glaubte schon, dass
sie sich verhört hätte. Doch da war dieses klägliche

Geräusch erneut. Sie fasste sich ein Herz und ging vorsichtig in die Richtung, aus der die Töne kamen. Nach wenigen Schritten hatte sie die Ursache gefunden. Erschrocken schlug sie die Hände zusammen. An einem Baum war mit einer kurzen Leine ein großer schwarzer Hund angebunden, der sie hilfesuchend ansah.

„Ach du mein Lieber! Wer hat dir das nur angetan? Was gibt es denn nur für grausame Menschen? Binden dich hier an, damit du jämmerlich verdurstest und verhungerst." Eine Lady lernte im Allgemeinen keine passenden Flüche, was Lavinia schon oft bedauert hatte. Aber sie hatte ja noch ein Repertoire, welches sie den Dienstboten abgelauscht hatte. Während sie sich bemühte, die Schnur, die den armen Hund an den Baum fesselte, mit ihrem kleinen Kräutermesser durchzuschneiden, fiel ihr ein, wie sie vor Jahren einmal einem Streit zwischen zwei Kutschern gelauscht hatte. Dabei waren recht unschöne Worte gefallen, die sie gleichwohl fasziniert hatten. An einige davon konnte sie sich noch gut erinnern. Daher murmelte sie aufgebracht: „Demjenigen, der das getan hat, dem wünsche ich die Krätze an den Hals. Und dann sollen ihm die Fingernägel abfallen, damit er sich nicht kratzen kann!"

Endlich war der Strick durch und der Hund frei. Das Tier sah sie kurz an und stürmte dann in vollem Lauf zur nächsten Pfütze, die auf dem Waldboden glitzerte. Sicher hatte der Schwarze großen Durst, denn er wollte gar nicht mehr aufhören, das leicht brackige Wasser in sich hineinzuschaufeln.

„Tja, mein Großer, jetzt bist du frei und kannst gehen, wohin du willst. Ich hoffe, du findest ein neues Zuhause, wo es dir besser ergeht. Lass es dir gut gehen und pass auf dich auf." Mit sich und ihrer guten Tat zufrieden, kehrte Lavinia auf den Waldweg zurück und machte sich auf den Heimweg. Doch sie war nicht lange allein unterwegs. Schon nach kurzer Zeit hörte sie hinter sich das Getrappel von großen Hundepfoten und das Tier gesellte sich schwanzwedelnd zu ihr.

„So war das aber nicht gedacht. Ich wollte dir nur das Leben retten. Du bist frei und kannst gehen, wohin du willst." Ihr Appell verhallte ungehört. „Ich habe noch nie einen Hund gehabt. Ich weiß gar nicht, was ich mit dir machen soll. Kannst du nicht irgendwo anders hingehen? Milly und ich haben schon genug Probleme. Wir wissen nicht, wo wir hin sollen, wenn es dem jetzigen Lord Graywood beliebt, uns fortzuschicken. Was sollen wir dann noch mit so einem Riesenkalb in Hundegestalt anfangen? Damit können wir uns nicht einmal ein Zimmer nehmen. Was glaubst du, wer uns eine Unterkunft gibt, wenn wir irgendwo mit dir auftauchen? Und selbst wenn wir fürs Erste hierbleiben können, so haben wir gerade mal genug zu essen für uns zwei. Ich glaube nicht, dass du von zwei Kartoffeln und einem Ei am Tag satt wirst. Wir können dich einfach nicht ernähren. Schlag dir das aus dem Kopf! Du kannst nicht mit mir kommen!"

Der Hund schien jedes Wort zu verstehen, denn er wedelte zustimmend mit dem Schwanz. Nichtsdestotrotz trabte er frohgemut neben seiner Retterin einher und war selbst mit den ausführlichsten Argumenten nicht zu überzeugen, seinen Weg allein fortzusetzen. Am Gartentor des Häuschens angekommen, drängelte er sich an Lavinia vorbei und stürmte durch die offene

Tür ins Innere des Gebäudes. Millys markerschütternder Schrei ließ keine Sekunde auf sich warten.

„Um Himmels Willen! Was ist das für ein schwarzer Teufel, der mich in meiner Küche überfällt? Hau ab, du widerliches Vieh! Untersteh dich ...“ Ihr Wortschwall brach mitten im Satz ab. Ehe Lavinia nachschauen konnte, was passiert war, kam ihr schon der Hund mit einem frischen Laib Brot im Maul entgegen. Er rannte mit seiner Beute in den Garten und versuchte sich unter einer Bank zu verstecken. Weil er aber so groß war, passte er nur halb darunter und sein Hinterteil ragte breit und schwarz hervor. Milly kam inzwischen mit dem Besen in der Hand aus der Küche geeilt, um dem Dieb eine gehörige Tracht Prügel zu verabreichen.

„Lass, Milly, der arme Kerl hat nur Hunger. Ich denke, du weißt nur zu gut, was das für ein Gefühl ist.“

„Aber Lady Lavinia, von dem Brot können wir drei Tage lang essen. Wir sind nicht so reich gesegnet, dass wir auch noch irgendwelche Streuner durchfüttern können. Wo kommt er eigentlich her?“

Als ihre Herrin ihr die Geschichte des Hundes erzählte, war Milly sofort besänftigt. Ihr weiches Herz schmolz geradezu vor Mitleid. Als sich das Tier den Frauen mit vorsichtigen Schritten und einem fragenden Blick näherte, konnten sie ihm nicht mehr böse sein.

„Ach du armer Teufel, wie haben sie dir nur mitgespielt? Was hast du nur für ein Glück gehabt, dass dich meine Herrin gefunden hat. Sicher hast du immer noch großen Hunger. So ein kleines Brot macht so einen großen Hund nicht satt. Komm mal mit in die Küche. Ich habe bestimmt noch etwas Suppe vom Mittag über. Die wird dir schmecken. Und wenn du satt bist, dann gehen wir runter zum Fluss und dann wirst du gebadet. Sicher bist du auch noch schmutzig und voller Flöhe. So bist du keine passende Gesellschaft für meine Lady. Da muss man schon etwas auf sich achten – armer Teufel hin oder her."

Lavinia hatte das Gefühl, dass sie zum Thema Hund nicht mehr viel zu sagen brauchte. Wie es aussah, war die Entscheidung gefallen. Milly nahm sich der ganzen Sache voller Enthusiasmus an. Am Abend lag ein sauberer, glatt gekämmter und satter Hund vor dem Kamin und schaute den beiden Frauen zufrieden bei ihrer Handarbeit zu. Es dauerte nicht lange, da fielen ihm die Augen zu und er schlief mit einem glücklichen Seufzer ein. Den Namen Teufel sollte er allerdings nicht wieder loswerden. Auch wenn er jetzt nicht mehr mit dem Zusatz „arm" versehen wurde.

Wenige Tage später überraschte er die Frauen mit einem tiefen, dunklen Gebell. Bisher hatte er außer einigen freundlichen Knurrlauten und dem Schnarchen, das er im Tiefschlaf von sich gab, noch nichts von sich hören lassen. Daher erschraken sie nicht wenig.

„Was hast du denn auf einmal? So habe ich dich ja noch nie erlebt. Man könnte ja glatt Angst vor dir haben, wenn ich nicht wüsste, was für ein lieber Kerl du bist." Lavinia blickte in die Richtung, der das Gebell des Hundes galt und erschrak. Noch weit hinten, aber deutlich erkennbar, näherte sich über den Hügeln, die Graywood Manor von der Poststraße abschirmten, eine Kutsche. Ihr schlug das Herz bis zum Hals. Das konnte nur der Hausherr sein. Als ihr Gatte noch gelebt hatte, hatten sie selten Besuch empfangen. Durch seine herrische Art hatte er keinen Anklang bei den Nachbarn gefunden. Und diejenigen, die er seine Freunde genannt hatte, hatten nur so lange Interesse an ihm gehabt, wie er Geld besaß. Niemand von ihnen würde sich die Mühe machen, um seiner Witwe sein Beileid auszusprechen.

„Milly, komm und schau. Ich glaube, Graywood kommt zurück." Lavinia rang die Hände. „Was wird er machen, wenn er entdeckt, dass das Manor nur noch eine Hülle seiner selbst ist? Meine Schwiegermutter hat alles von Wert davongeschleppt. Es ist kein einziger Bediensteter mehr im Haus. Lediglich in den Ställen sind einige Männer verblieben. Sicher wird er mir für alles die Schuld geben. Oh Milly, was soll ich nur machen?"

„Beruhigt Euch, Lady. Das, was da den Hügel herunterkommt, sieht nicht aus wie eine hochherrschaftliche Kutsche. Vielleicht hat er einige seiner eigenen Diener vorausgeschickt, damit sie für seine Bequemlichkeit sorgen. So wird das größte Desaster schon beseitigt sein, wenn er hier eintrifft. Das ist nur gut für uns. Lasst uns ins Haus gehen. Aus den oberen Fenstern hat man einen Blick auf das Haupttor des Herrenhauses. Wenn wir es geschickt anstellen, dann bemerken die Ankömmlinge nicht, dass sie beobachtet werden. So können wir vielleicht erkennen, mit wem wir es zu tun haben. Bis sie dann hier sind, ist Zeit genug, einen Plan zu machen, wie wir weiter vorgehen."

Da das Ganze ein vernünftiger Vorschlag schien, nickte Lavinia nur. Sie rief den Hund, der, nachdem er die ungebetenen Gäste gemeldet hatte, der Meinung war, dass seine Arbeit getan war, und folgte ihrer Zofe ins Haus. Tatsächlich konnte man von einigen der

Fenster in der oberen Etage bis zum Haupteingang des Manor sehen. Doch darauf, was die Frauen dort erblickten, konnten sie sich keinen Reim machen.

Als die Kutsche an ihrem Ziel angekommen war, sprang eine Frau aus dem Inneren und eilte zur Tür. Sie betätigte den Türklopfer so energisch, dass der Hund, der den Frauen nach oben gefolgt war, warnend knurrte.

„Warum sollte der Viscount seine Haushälterin allein vorausschicken?“, wollte Milly wissen. „Und dabei ist sie nicht einmal wie eine solche gekleidet. Aber für eine Mätresse ist ihr Gewand nicht fein genug. Oder sollte der edle Herr etwa ein Geizkragen sein?“

Lavinia wollte gerade fragen, woher ihre Zofe so einen scharfen Blick hatte, da entdeckte sie erstaunt das Opernglas in Millys Hand. Die spürte den Blick ihrer Herrin und reichte ihr lächelnd das Gerät. „Das habe ich beim Aufräumen in einem der Kästen unter den Fenstern gefunden. Wahrscheinlich hat hier jemand Ausschau gehalten, ob sich Besucher vom Haupthaus nähern. Ich war neugierig, wie weit man damit schauen kann und so weiß ich auch, dass man bis zu dessen Haupttor blicken kann.“

Das forsche Pochen blieb natürlich ohne Reaktion, denn das Manor war noch immer verlassen und ohne neue Bewohner. Das musste die energische Besucherin nach einer Weile wohl eingesehen haben, denn sie wandte sich zum Stall. Die verbliebenen Knechte schienen ihr den Weg zum Gartenhaus gewiesen zu haben, da sie mit raschen Schritten auf das Domizil der beiden Frauen zustrebte. Dabei zog sie ein kleines, etwa vier Jahre altes Mädchen hinter sich her. Die kurzen Beine des Kindes konnten mit dem schnellen Lauf der Fremden kaum mithalten und so wurde das arme Ding geradezu hinterhergeschleift.

Lavinia und ihre Zofe sahen sich empört an. Wie konnte man nur so gefühllos sein! Das Mädchen schien so eine rüde Behandlung gewohnt zu sein, denn es gab weder ein Protestgeschrei noch einen Schmerzenslaut von sich, als es auf dem Schotter ausrutschte und hinfiel.

„Was für eine rohe Person!", empörte sich Milly. Doch ehe ihre Herrin ihr zustimmen konnte, wurde schon laut an die Tür des Gartenhauses geklopft.

Teufel ließ ein ohrenbetäubendes Gebell hören und war kaum zu beruhigen. Während Milly ihn in eines der Zimmer sperrte, eilte Lavinia nach unten. Diese impertinente Frau würde noch die Pforte einschlagen, wenn sie nicht eingelassen würde. Was für eine Frechheit! Lavinia riss wütend die Tür auf und wollte sie in die Schranken weisen. Doch ihr Blick fiel zuerst auf das kleine Mädchen, das die Besucherin wie ein Schutzschild vor sich hielt. Sicher war ihr klar, dass sie sich mit ihrem Auftritt hier keine Freunde gemacht hatte. Das Kindergesichtchen war schmutzig. Tränen glitzerten nun in den großen Augen und hatten ihre Spuren auf den Wangen hinterlassen. Und obwohl dieses Kind vor lauter Angst zu beben schien, kam kein Ton aus seinem Mund.

„Gehörst du zum Haushalt von Lord Graywood?", raunzte die Fremde ohne Begrüßung los.

Lavinia hob die Augenbrauen und sah sie entsetzt an. Was erlaubte sich dieses Weibsbild? Die Frechheit, von dieser Person geduzt zu werden, verschlug ihr die

Sprache. Sie trug zwar ein einfaches schwarzes Kleid, das ihrem Status als Witwe entsprach, aber es erinnerte längst nicht mehr an die sackartigen Gewänder, in die sie von ihrer Schwiegermutter gesteckt worden war. Milly hatte tatsächlich auch ein Händchen fürs Nähen. Lavinia hatte zwar kein besonders aufwändiges Tageskleid an, das auf ihren Stand hinwies, sah aber immerhin respektabel aus und erwartete auch, dementsprechend behandelt zu werden.

„Hier, nimm!" polterte die fremde Frau wie ein Marktweib weiter und drückte Lavinia das Kind in die Arme. „Soll sich der edle Lord doch ab jetzt selber um seinen Bastard kümmern. Ihre Mutter ist vor einer Woche gestorben. Ich kann kein zusätzliches Maul stopfen, wenn es kein Geld dafür gibt. Die reichen Herren sind alle gleich. Versprechen einer Frau das Blaue vom Himmel und verziehen sich, sobald es Probleme gibt. Kein Wunder, dass der feine Pinkel in Geld schwimmt, wenn er sich stets darum drückt, sobald er zu Kasse gebeten wird!"

Die Frau wandte sich zum Gehen und eilte davon. Lavinia stand wie vom Donner gerührt und hielt das fremde Kind auf den Armen. Entgeistert sah sie der Fremden hinterher. Die drehte sich während des Laufens noch einmal um und rief ihr über die Schulter hinweg zu. „Die Geburtsurkunde des Mädchens ist in einem Schreiben in ihrer Tasche. Das sollte Beweis genug sein, dass sie Graywoods Bastard ist."

Das Ganze hatte nur wenige Augenblicke gedauert und als Milly die Treppe heruntereilte, fand sie ihre fassungslose Herrin mit einem unbekannten, schmutzigen Mädchen auf dem Arm vor.

„Wer ist denn dieses arme Würmchen?"

„Lord Graywood ist wohl immer für eine Überraschung gut. Nicht nur, dass er mein ganzes Leben auf den Kopf gestellt hat, jetzt sieht es so aus, als müsste ich mich auch noch um seine uneheliche Tochter kümmern. Und das ohne einen Penny. Was glaubt dieser ...", Lavinia verschluckte das wenig damenhafte Schimpfwort, das ihr auf der Zunge lag, „... Mensch denn, wovon wir hier leben sollen?"

Milly hatte ihr inzwischen das vollkommen verängstigte Kind abgenommen. „Komm, mein Liebchen. Sicher hast du großen Hunger. Zuerst werden wir dir dein hübsches Gesichtchen und die Hände waschen und dann bekommst du etwas zu essen. Möchtest du das?"

Das Mädchen nickte und sah mit seinen großen Augen von einer zur anderen.

Später am Abend, als die Kleine satt und gebadet in einem frisch bezogenen Bett lag und schlief, beratschlagten die Frauen, was sie mit ihr machen sollten.

„Wir können sie nicht wegschicken. Selbst wenn sie nicht von Graywoods Blut ist. Wo soll sie denn hin, mit ihren vielleicht vier oder fünf Jahren? Hat sie dir wenigstens ihren Namen genannt?"

Milly schüttelte den Kopf. „Sie hat weder beim Essen noch beim Baden einen Ton von sich gegeben. Vielleicht ist sie stumm?"

„Das wäre jammerschade. Wer weiß, was das arme Kind schon alles durchgemacht hat. Es kann ja auch sein, dass sie aus Furcht nicht spricht. Hast du die Papiere in ihrer Tasche gefunden, von denen diese Person sprach?"

Milly sprang auf und holte einen versiegelten Umschlag, den sie ihrer Herrin überreichte. Die Adresse lautete schlicht und einfach Lord Graywood, Graywood Manor. Das Siegel trug den Abdruck einer Pfarrei aus einem Londoner Vorort. Es schien also zu stimmen. Die Kleine war Graywoods Tochter. Lavinia schluckte. Wenn sich das Scheusal so wenig um sein eigen Fleisch und Blut kümmerte, was würde er dann für sie für ein Schicksal vorgesehen haben? Sie war kein hilfloses Kind, sprach sie sich in Gedanken Mut zu. Ihr würde schon etwas einfallen. Notfalls würde sie sich eben ihren Lebensunterhalt verdienen. Sie hatte keineswegs die Absicht, sich diesem Scheusal auf Gedeih und Verderb auszuliefern.

„Komm, Milly, lass uns der Kleinen ein neues Kleidchen nähen. Die Lumpen, die sie anhatte, sind nicht einmal dazu gut, um unserem Hund die Füße abzuwischen, wenn er wieder einmal durch den Schlamm getobt ist."

Den Brief des Pfarrers, der die Herkunft des Kindes bestätigt hatte, verstaute sie im Schubfach ihres Schreibtisches. Es würde ihr eine Genugtuung sein, Graywood das Schreiben vor die Füße zu werfen, sobald er hier auftauchte.

7. EIN LORD IN LON-DON

Während sich auf seinem frisch ererbten Landgut hinter seinem Rücken mehr oder weniger dramatische Dinge abspielten, fügte sich Aldon Westkay, der sechste Lord of Graywood nahezu reibungslos in die Reihen des *ton* ein. Auf einmal war seine so oft hinter vorgehaltener Hand angesprochene, zweifelhafte bürgerliche Herkunft keine Erwähnung mehr wert. Sein neuer Titel und das Wissen um seinen immensen Reichtum machten ihn zu einem der begehrtesten Junggesellen der Saison. Graywood konnte sich vor Einladungen kaum retten. Bälle, Soireen, Picknicks und Theaterbesuche wechselten sich ab. Die männlichen Mitglieder der besseren Gesellschaft bemühten sich auffällig um seine Freundschaft. Viele davon kannte er aus Eton. Auch wenn er dort damals nur wenige enge kameradschaftliche Beziehungen gepflegt hatte, war er durch sein zurückhaltendes und freundliches Wesen mehr oder weniger gern gelitten. Jetzt aber buhlte man geradewegs um seine Aufmerksamkeit. Allerdings war das selten uneigennützig. Konnten die Herren ihm doch so ihre unverheirateten Schwestern und Töchter vorstellen oder ihn in den Klubs nach lohnenden Investitionen fragen. Während die Generation der Väter es noch für unter ihrer Würde gehalten hatten, sich mit finanziellen Dingen zu beschäftigen, hatten etliche ihrer Söhne genug in Eton und anderen Schulen gelernt, um zu wissen, dass man eine Kuh auch füttern muss, wenn man sie melken will. So hatte es einer der jungen Landadligen salopp ausgedrückt, als er nach Informationen für gewinnbringende Anlagen gefragt hatte. Man hörte dem frischgebackenen Viscount gern zu, wenn er über die Vorteile von Anteilen sprach, die man an Schiffen oder Manufakturen erwerben könnte. Immerhin gab es die Möglichkeit, als stiller Teilhaber in solche Geschäfte einzusteigen. Damit wäre nach außen hin der Schein gewahrt, dass man sich als Gentleman nicht mit profaner Arbeit abgab und man würde trotzdem an den Gewinnen beteiligt. So kam es, dass Viscount Graywood ein gern gesehener Gast bei vielen Gelegenheiten war, den man dann auf ein gutes Glas in die Bibliothek einlud, um mit ihm unter vier Augen zu sprechen. Wären da nicht die ewig kichernden jungen Frauen mit ihren aufdringlichen Müttern gewesen, die keine Gelegenheit ausließen, sich ihm in den Weg zu stellen, so hätte Aldon seinen Aufenthalt in London in der Tat sehr genossen.

Von seinem Verwalter auf Graywood Manor hatte er erfahren, dass seine Tante das Anwesen verlassen und Lavinia mit einer Zofe in das Gartenhaus gezogen war. Man hatte ihn auch informiert, dass die meisten der Hausangestellten den Dienst quittiert hatten. Das war ein Umstand, der ihn nicht weiter kümmerte. Wenn das Haus nicht bewohnt war, dann benötigte es auch kein Personal, dachte er sich. Er würde nicht so lange fortbleiben, dass irgendwelche Schäden entstehen könnten, wenn nicht regelmäßig gekehrt und geputzt wurde. Allerdings enthielten die Briefe keine Informationen darüber, dass seine Tante nahezu alles, was an Wert gewesen war, und das war ohnehin nicht viel, mitgenommen hatte. Auch wusste der Verwalter nicht, dass Lady Lavinia völlig mittellos zurückgeblieben war. Graywood machte sich auch keinerlei Gedanken um sie. Hatte er doch eine beträchtliche Summe zu ihrer Verfügung im Schreibtisch deponiert. Wie sollte er denn auch ahnen, dass seine boshafte Tante die Witwe so schamlos bestehlen würde? In seinem Brief hatte er darauf hingewiesen, dass Lavinia unter keinen Umständen den Verwalter belästigen sollte. Da sie sich an diesen Befehl hielt, erfuhren weder dieser noch der Lord selbst von ihrem finanziellen Engpass.

Zwar war es in den umliegenden Ortschaften so nach und nach durchgesickert, dass sich Lady Lavinias Blumenschmuck und ihrer Handarbeiten großer Beliebtheit erfreuten, aber man hielt das im Allgemeinen für einen angemessenen Zeitvertreib Ihrer Ladyschaft. Immerhin war sie im Trauerjahr und konnte an keinerlei gesellschaftlichen Aktivitäten teilnehmen. Da war es nur gut, wenn sie sich beschäftigte. Und da sie im Umkreis von mehreren Meilen als freundlich und mitfühlend galt, sah man ihr die für eine Lady ungewöhnlichen Beschäftigungen nach. Umso mehr, als der Blumenschmuck, den die Kirchgänger am Sonntag erwarteten, für allgemeine Freude sorgte. Ja, man begann schon am Vortag zu rätseln, welche bei der Dorfbevölkerung als Unkraut verschrienen Gewächse es diesmal in die große Vase vor dem Altar schaffen würden. Lady Lavinia, so war man sich einig, vermochte es, den unscheinbarsten Blättern einen großen Auftritt zu ermöglichen. Die eine oder andere Bauersfrau tat es ihr inzwischen gleich und so schmückten vielerlei früher verachtete Gewächse so manchen Sonntagstisch.

Von all dem wusste Graywood nichts. Er war überzeugt, dass er sich ausreichend um seine Schutzbefohlenen gekümmert hatte und gab sich ganz den Vergnügungen der Saison hin. Nicht dass er zu übermäßigen Ausschweifungen neigte, aber er genoss seinen neuen Status. Wenn da nicht die ständigen Fallen wären, die man ihm von weiblicher Seite her stellte, dann hätte er diese Zeit wohl als die unbeschwerteste seines Lebens bezeichnen können. Sein Glück war, dass sich die Gefährten, mit denen er die meiste Zeit verbrachte, gut mit weiblichen Fallstricken auskannten. Sie erlebten manchen vergnüglichen Abend, wenn sie sich gegenseitig Geschichten erzählten, wie man den Angeln der heiratswütigen Damen entkam.

Der zukünftige Earl of Stonewine schlug sich vor Lachen auf die Schenkel. „Die Geschichte ist auch zu gut! Was für ein Abgang! Wahrlich bühnenreif. Vielleicht sollten wir ein Theaterstück mit solchen Erlebnissen verfassen."

Viscount Owlham, der gerade erzählt hatte, wie er, um einer kompromittierenden Situation mit einer Debütantin zu entgehen, aus dem Fenster der Bibliothek der Gastgeber gesprungen war, nickte begeistert. Da er sich in dem fremden Haushalt nicht besonders gut auskannte, war er geradewegs in einem Rosenbusch gelandet. Sein Kammerdiener hatte ihm in einer schmerzhaften Prozedur die Dornen aus seinen rückwärtigen Körperteilen gezogen.

„Das wäre sicher lustig. Aber ich denke, wir sollten unsere Erfahrungen auf eine andere Art weitergeben. Damit sie den nachfolgenden Generationen von heiratsunwilligen Söhnen als eine Art Belehrung dienen können, wie man den tückischsten Fallen ausweicht und es vermeidet, sich in einer Situation wiederzufinden, die keine andere Lösung zulässt, als die Dame zu heiraten", ließ sich ein anderer aus der Runde vernehmen.

„Woran dachtest du?", wollte Stonewine wissen.

„Ich schlage vor, ein Handbuch für heiratsunwillige Junggesellen zu verfassen. Das sollte hier in unserem Klub ausliegen und kann jederzeit erweitert werden, wenn sich die Damen eine neue Art der Eskalation einfallen lassen."

Die Idee wurde begeistert aufgenommen. Die Herren beauftragten einen herbeigerufenen Lakaien, Papier und Schreibzeug zu besorgen. Man kam überein, dass man die Szenen nur kurz und knapp skizzieren würde, die endgültige Fassung aber einem der vielen mittellosen Poeten, die sich in der Stadt herumtrieben, überlassen würde. Voller Freude und Tatendrang machte man sich an die Arbeit.

Dank dieses kurzweiligen Zeitvertreibs lernte Graywood viel über die weiblichen Tücken und Ränke. Er bestätigte ihn in seiner Meinung über die Frauen und er war mehr als nur entschlossen, jegliche Absichten, ihn als Ehemann einzufangen, zunichte zu machen. Zumindest für die nächsten zehn oder zwanzig Jahre.

Die Lektionen, die das mit großer Begeisterung geschaffene Werk enthielt, bewahrten ihn tatsächlich vor so mancher Falle, in die er sonst sicher leichtsinnig getappt wäre. Aber so sehr er sich auch bemühte, seine Gegnerinnen waren mit allen Wassern gewaschen. Mütter, die ihre Töchter unter die Haube bringen wollten, schreckten vor nichts zurück, das sollte er bald erfahren.

Auf dem alljährlichen Ball des Herzogs von Rebenau stand Graywood mit einigen Freunden und warf gelangweilte Blicke über die anwesenden Damen. Er hatte kein Interesse daran, mit einer von ihnen zu tanzen, denn er wusste aus Erfahrung, dass sich diese dann wie eine Klette an ihn hängen würden. Stattdessen wollte er lieber etwas über die Pläne der anwesenden Herren erfahren, die in den nahenden Sommermonaten die Stadt verlassen würden.

„Ich fahre zu meinen Eltern nach Schottland. Dort werde ich mir die Zeit mit Jagen, Fischen und einigen schönen Schottinnen vertreiben“, erklärte Stonewine voller Vorfreude. Er wandte sich an Graywood, der neben ihm stand. „Wir sieht es aus? Willst du mich begleiten?“

Der Angesprochene holte tief Luft und rieb sich nachdenklich das Kinn. „Ich müsste eigentlich nach Graywood Manor, um dort nach dem Rechten zu sehen. Wenn du mich zuerst dahin begleitest, dann könnten wir nach einer Woche weiterziehen.“

„Das ist mir recht. Hauptsache, ich hänge hier nicht im Sommer fest.“

Ein Schrei des Entzückens unterbrach ihr Gespräch. „Ein Sommerfest! Wie toll! Und dann noch eine ganze Woche. Was für eine geniale Idee! Ich werde es gleich allen erzählen. Man wird sich darum reißen, eine

Einladung als Hausgast zu erhalten." Lady Lavendon, eine der größten Klatschbasen des *ton*, klatschte begeistert in die Hände.

Graywood verneigte sich höflich. „Sie verzeihen, aber ich muss Sie leider darauf hinweisen, dass es sich hier um einen Irrtum handelt."

Doch die Dame schüttelte energisch ihren federgeschmückten Kopfputz. „Ich habe es ganz genau gehört. Es fielen die Worte *eine Woche* und *Sommerfest*. Wollen Sie das abstreiten?"

Vor so viel Dreistigkeit konnte er nur stumm mit dem Kopf schütteln.

„Sehen Sie, mein Junge", sie tätschelte ihm die Wange, „mir entgeht nichts. Ich gehe doch davon aus, dass ich auf alle Fälle eine Einladung erhalten werde. Falls Sie Hilfe bei der Organisation brauchen, wenden Sie sich nur an mich. Meine Sommerfeste sind legendär." Mit einem triumphierenden Lächeln rauschte sie davon.

Graywood stöhnte. „Wie komme ich nur aus diesem Schlamassel wieder heraus?"

Sein Gegenüber sah ihn mitleidig an. „Gar nicht. Egal, was du auch als Begründung anführen wirst, man wird es dir sehr verübeln, wenn du kein Sommerfest auf Graywood veranstaltest. Der *ton* ist in solchen Sachen äußerst nachtragend, wenn es darum geht, dass die gute Gesellschaft um eine Abwechslung gebracht wurde."

„Aber ich kann doch auf keinen Fall alle einladen."

„Das musst du auch nicht. Diejenigen, die nicht dabei sein können, werden sich an den Geschichten und Skandalen weiden, die bei so einem Hausfest stets ans

Tageslicht kommen. Manchmal ist es sogar amüsanter, von Weitem zuzusehen, als mittendrin zu sein."

Graywood stöhnte erneut, als sein Blick auf Lady Lavendon fiel, die gerade einer aufgeregt fächerschwingenden Traube von kichernden Debütantinnen die Neuigkeit zu verkünden schien.

„Aber was hat die alte Klatschbase davon, wenn ich ein Sommerfest gebe?"

Stonewines Antwort ließ ihn zusammenzucken. „Sie hat zwei Nichten und drei Großnichten, die alle noch unverheiratet sind."

Natürlich wurde das *Handbuch für heiratsunwillige Gentlemen*, wie das Gemeinschaftswerk inzwischen genannt wurde, auch um die Episode mit Graywoods Sommerfest erweitert. Dieser steuerte nach und nach sogar den Inhalt für ein zusätzliches Kapitel bei. In diesem wurden erstaunliche Beispiele aufgeführt, auf welche Ideen verzweifelte Mütter kommen, um eine Einladung zur begehrten Hausparty zu erlangen.

Einer der beliebtesten Tricks war die an sich recht schamlose Frage, ob das sicher zu erwartende Schreiben schon unterwegs sei, denn man hätte eine weitere Offerte zu bedenken. Welcher wohlerzogene Gentleman konnte daraufhin mit den Worten „Verzeihen Sie, Madam, aber ich hatte nicht die Absicht, Sie und Ihre Töchter einzuladen" antworten? Graywood sicher nicht.

Die nächsten Tage erschienen ihm wie ein Albtraum. Er war dankbar, dass Stonewine und Owlham stets mit Rat und Tat an seiner Seite standen. Die beiden erwiesen sich als wahre Lichtblicke in dem Chaos, das er nicht vorausgesehen hatte. Es gelang ihnen stets, die

Komik einer jeden Situation zu entdecken und Graywood aufzumuntern. Das schien ein echter Grundstein für eine langjährige Freundschaft zu sein.

Zum Glück erklärten sich auch einige seiner Bekannten aus dem Klub bereit, ihm während der geplanten Festivität Beistand zu leisten. Als er sich überschwänglich für die moralische Unterstützung bedankte, erntete er ein allseits frivoles Grinsen. „Warum habe ich das Gefühl, dass ihr meine Einladung nicht aus reiner Freundschaft annehmt?"

Die Antwort ließ ihn erblassen. „Wir haben Schwestern."

Auch wenn Graywood Manor ein recht ansehnliches Anwesen war, so konnte es nicht unbegrenzt Besucher aufnehmen. Schon nach kurzer Zeit war die Zahl der mehr oder weniger freiwillig geladenen Gäste für die Dauer einer Woche auf zwölf junge Damen nebst einigen Müttern und fünf bereitwilligen Gentlemen gestiegen. Für den großen Abschlussball der Hausparty würden natürlich noch weitere Einladungen ausgesprochen werden. Immerhin hatte es seit Jahren keine große Festivität im Hause Graywood gegeben und alle waren begierig zu sehen, wie sich der neue Viscount schlagen würde.

Freudlos verkündete er bereits am Ende der ersten Woche, nachdem ihm das unberechenbare Schicksal diesen Streich gespielt hatte, wie er es nannte: „Gentlemen, es reicht. Um weiteren erpresserischen Versuchen zu entgehen, werde ich mich morgen nach Graywood Manor zurückziehen. Falls Fragen nach meinem Verbleib aufkommen, möchte ich Sie bitten zu erwähnen, dass mich unaufschiebbare Aufgaben gerufen haben. Ich werde meine Hausgäste pünktlich in einem Monat zum Sommerfest auf dem Stammsitz der Familie erwarten." Er blickte beschwörend in die Runde. „Wehe, einer der Herren verrät, wo ich mich aufhalte. Ich möchte nicht in einer Flut von Briefen ertrinken, in denen steht, dass die sehnsuchtsvoll erwartete Einladung doch sicher nur verloren gegangen ist."

Stonewine schlug ihn aufmunternd auf die Schulter: „Wir werden schweigen wie ein Grab."

Owlham rieb sich nachdenklich das Kinn: „Wie viele männliche Gäste erwartest du?"

„Leider nur fünf."

„Mit dir kommen also auf jeden Gentleman zwei heiratswütige Damen. Das ist keine gute Konstellation. Ich kenne da drei oder vier Junggesellen, denen es die familiäre Pflicht auferlegt, dass sie demnächst in den Stand der Ehe treten. Soll ich sie ansprechen und einladen?"

„Ich weiß zwar nicht, wie ich all diese Gäste unterbringen soll, aber es wäre eine echte Erleichterung, wenn sich einige der Herren ernsthaft um die Frauenzimmer bemühen würden."

„Stonewine und ich können uns ja mit zwei Feldbetten in deiner Suite einquartieren. Damit verhinderst du gleichzeitig, dass du eine der Schönheiten in deinem Bett findest, ohne dass du sie eingeladen hättest", grinste Owlham.

Während Graywood über diesen Vorschlag nachdachte, begann einer aus der Runde eine Geschichte zu erzählen, wie sein Vetter einmal eine Debütantin statt der erwarteten Schauspielerin in seinem Schlafzimmer entdeckt hatte. Natürlich hatte ihre Mutter nur so lange vor der Tür gewartet, bis er sich dem Töchterlein auf wenige Schritte genähert hatte und dann begonnen, Zeter und Mordio zu schreien. Während man den armen Trottel bedauerte, wurde ein Lakai herbeigerufen und eine Runde französischen Weins geordert.

Jede weitere Geschichte zog unweigerlich eine neue Bestellung nach sich.

Am nächsten Morgen verließ Graywood mit ziemlich schwerem Kopf London und versuchte in der ruckelnden Kutsche mehr recht als schlecht den versäumten Nachtschlaf nachzuholen.

8. DIE RÜCKKEHR

Als das Gefährt durch ein tiefes Schlagloch rumpelte, fuhr Graywood mit einem Fluch aus seinem unruhigen Schlummer. Er rieb sich den verspannten Nacken und warf einen Blick aus dem Fenster. Erleichtert erkannte er, dass es nicht mehr weit sein konnte und seine Fahrt bald ein Ende haben würde. Vor seinen Augen breitete sich eine sanfte, hügelige Landschaft aus, deren Felder und Wiesen von Baumgruppen unterbrochen wurden. Links hinten am Horizont dehnte sich ein großer, dunkler Wald aus, der, wie er wusste, zu seinem Land gehörte. Die Aussicht, dass er sich jederzeit mit der Ausrede, jagen gehen zu wollen, davonstehlen konnte, erleichterte ihn.

Als die Kutsche um die nächste Kurve fuhr, schob sich das Manor in sein Blickfeld. Von Weitem sah es recht herrschaftlich aus, aber er hatte bei seinem letzten Besuch etliche Mängel entdeckt, die er bis zum Beginn des vermaledeiten Sommerfestes beheben wollte. Auch wenn er noch immer nicht damit ausgesöhnt war, wie das Ganze gelaufen war, war es seinem Ehrgeiz geschuldet, den Gästen eine unbeschwerte Zeit zu ermöglichen. Dass das nicht so einfach werden würde, konnte er an der Mine seines Kammerdieners erkennen, der aus dem Haus gestürzt kam, sobald er das Knirschen der Kutschenräder auf dem Vorplatz hörte. Graywood hatte Potter vorausgeschickt, um seine Ankunft zu melden und sein Eintreffen vorzubereiten.

„Gott sei Dank, Eure Lordschaft. Ich bin so froh, dass Ihr da seid. Das Ganze ist eine Riesenkatastrophe. Das Haus ist geradezu geplündert, als hätten die Nordmänner es überfallen. Es gibt weder Lebensmittel noch Bedienstete im Manor. Zum Glück hat der Verwalter mit dem Nötigsten ausgeholfen, sonst wüsste ich nicht, was ich heute auf den Tisch bringen sollte."

„Nun beruhige dich doch. So schlimm wird es doch nicht sein. Ich werde mich erst einmal frisch machen, etwas stärken und dann den Schaden begutachten." Er schlug seinem langjährigen Vertrauten aufmunternd auf die Schulter.

Als er am Abend dann mit einem Glas Whisky, der ein Geschenk des Verwalters war, am Kamin in der Bibliothek saß, musste er allerdings zugeben, dass Potter mit seiner Einschätzung keineswegs übertrieben hatte. Dieser Raum war einer der wenigen im Haus, die nicht den Eindruck machten, als sei eine Herde Gläubiger hindurchgewalzt, die alles, was sich zu Geld machen lässt, mitgenommen hat. Seufzend wandte er sich an seine Labradorhündin, die, von dem ganzen Dilemma unbeeindruckt, selig zu seinen Füßen schlummerte.

„Ach Blacky, was für ein Desaster! Ich habe einen Monat Zeit, um aus dieser leeren Hülle eines Hauses ein Heim zu machen, in dem man Gäste anständig beherbergen kann. Was haben sich diese schamlosen Weiber nur gedacht, als sie alles, was nicht niet- und nagelfest war, mitgenommen haben? Es war mir schon immer klar, dass Tante Amalia eine diebische Elster ist. Aber diese unscheinbare graue Maus, die mein Vetter geheiratet hatte, scheint mir aus ähnlichem Holz geschnitzt zu sein."

Graywood hatte sie nach seiner überstürzten Abreise in einem Schreiben aufgefordert, in das Gartenhaus zu ziehen. Im Nachhinein schämte er sich ein wenig für seine herzlosen Zeilen. Und wenn er an das hämische Grinsen seiner verhassten Tante dachte, als sie ihm berichtet hatte, dass das Gartenhaus als Witwensitz des Anwesens gedacht war, überkam ihn geradezu ein schlechtes Gewissen. Aber er war so bedacht darauf gewesen, vorzusorgen, dass die graue Maus sich gar nicht erst als alleinige Hausherrin aufspielen konnte, dass er versäumt hatte, sich über den Zustand des Gebäudes zu informieren. Unter seinem Vetter hatte sie bestimmt nicht viel zu lachen gehabt. Da lag es auf der Hand, dass sie die Möglichkeit, die Zügel der Haushaltsführung an sich zu reißen, ohne Zweifel gnadenlos ausnutzen würde.

„Herrgott Blacky! Mit Weibern hat man nur Ärger. Sie lügen, betrügen und wie es aussieht, stehlen sie auch noch! Du bist das einzige weibliche Wesen, das ich in mein Herz und meine Kammer lasse." Der Gedanke an das bald stattfindende Sommerfest ließ ihn aufstöhnen. Er nahm einen großen Schluck aus dem schmucklosen Glas, drehte es nachdenklich in den Händen und wandte sich wieder dem Hund zu. „Selbst das Kristall aus den Schränken haben sich diese Weiber unter den Nagel gerissen. Zum Glück scheint keine von ihnen Wert auf Bildung zu legen, denn sonst wären auch die Regale in der Bibliothek leer. Auch wenn sie es verdient hätte, werde ich meiner Tante nicht hinterherfahren und sie zur Rechenschaft ziehen. Jede Meile

Entfernung, die sich zwischen uns befindet, ist mir mehr wert als ein ganzes Set von Whiskygläsern aus böhmischem Kristall. Aber diesem unscheinbaren Weibsbild, das sich im Gartenhaus eingerichtet hat, werde ich gehörig die Leviten lesen. Gleich morgen suche ich sie auf."

Die Hündin ließ als Antwort nur ein unwilliges Brummen hören. Ganz so, als wäre sie der Meinung, dass sich die Aufregung doch nicht lohnen würde.

Wie recht seine vierbeinige Gefährtin hatte, erkannte Graywood bereits am nächsten Tag. Es gab so viel zu tun, dass er seinen Besuch im Gartenhaus immer wieder verschob. Zuerst einmal musste er sich um zuverlässiges Personal für seinen Haushalt kümmern. Zum Glück hatte er bereits in London eine Haushälterin eingestellt, die ihm von einer der renommiertesten Agenturen empfohlen worden war. Die resolute Person traf einen Tag nach ihrem neuen Dienstherren ein, erfasste die herrschende Misere mit einem Blick und nahm ohne zu zögern das Heft in die Hand, nachdem Graywood sie mit den entsprechenden Vollmachten ausgestattet hatte.

Schon seit langem erfreute sich die gute Gesellschaft an den Katalogen der verschiedenen Handelsgärtnereien. Seit einiger Zeit nahmen findige Kaufleute diese Idee auf und verbreiteten ihr Angebot auch auf diese Weise. Graywood ließ sich aus London einen ganzen Schwung dieser Angebote kommen. Damit sparte er sich eine erneute Reise dorthin und machte seiner neuen Haushälterin eine unerwartete Freude.

„Meinen Eure Lordschaft wirklich, dass ich mir hier aus diesen Blättern aussuchen kann, womit Küche und Haushalt ausgestattet werden?"

„Meine liebe Miss Plumcook, ich lasse Ihnen freie Hand. Was weiß ich denn, was man in so einer Küche alles braucht? Und die über Grundausstattung für Esszimmer, Gästezimmer und die anderen Räume bin ich auch nicht im Bilde. Ich werde mich da ganz auf Ihr Wissen verlassen. Ich erwarte, dass Sie gute Qualität aussuchen, nicht knausrig sind, aber trotzdem mein Geld nicht zum Fenster hinauswerfen."

Der Hausdame traten vor Freude über das erteilte Vertrauen die Tränen in die Augen. Obwohl sie eifrig blinzelte, um ihre Rührung zu verbergen, sah man ihr an, dass sie ihren neuen Arbeitgeber jetzt schon vergötterte. Mit der Verfügung, ihr in vielen Dingen die Entscheidung zu überlassen, hatte er eine ergebene Angestellte errungen, die nichts und niemand in ihrer Treue erschüttern würde. Die Gute drückte die Katalogblätter an ihre breite Brust.

„Eure Lordschaft können sich ganz auf mich verlassen. Ich hätte nie gedacht, dass ich einmal die Gelegenheit bekomme, einen hochherrschaftlichen Haushalt auszustatten. Es ist der Traum einer jeden Angestellten, so eine Chance ergreifen zu können." Mit einem tiefen Knicks eilte sie, so schnell es eben noch angemessen war, davon. Sie hatte nicht nur einen Vertrauensvorschuss ihres Arbeitgebers erhalten, sondern wurde von ihm auch äußerst zuvorkommend und respektvoll angesprochen. Diese Anstellung war mehr, als sie sich je erhofft hatte.

Mit einem zufriedenen Nicken sah Graywood ihr hinterher. Diese Person schien wirklich zu halten, was die Agentur versprochen hatte. Er wandte sich seinem Schreibtisch zu und studierte die Liste der Aufgaben, die er am Vorabend erstellt hatte. Seit seiner Zeit in Eton fand er es äußerst hilfreich, die anstehenden Arbeiten zu notieren und alles, was erledigt war, abzustreichen. Den Punkt *Grundausstattung für den Haushalt besorgen*, konnte er nunmehr als abgeschlossen betrachten. In den nächsten Tagen würden noch mehrere Wagen mit den Gegenständen und persönlichen Sachen aus dem Haus seiner verstorbenen Eltern ankommen. Zusammen mit den hoffentlich bald eintreffenden Bestellungen aus den Katalogen würde Graywood Manor endlich wieder wie ein Heim wirken.

Aldon Westkay, der sechste Viscount of Graywood, starrte auf die Aufgabenliste und rieb sich nachdenklich das Kinn. Fast alle Punkte waren abgearbeitet oder ihre Durchführung bereits in die Wege geleitet. Sorgfältig wie er war, hatte er den aktuellen Stand der Dinge notiert. Nur eine Sache trug bisher keinen einzigen Vermerk. Und dabei waren es nur zwei Worte, die ihm, zugegeben, nicht unbeträchtliches Unbehagen bereiteten. Sie lauteten: *Lady Lavinia*.

Bisher hatte er vor sich selbst als Ausrede benutzt, dass er sich erst einmal mit dem Gelände, welches zu Graywood Manor gehörte, vertraut machen müsste. So unternahm er ausgedehnte Spaziergänge durch den Park, der sich an die Terrassen hinter dem Haupthaus anschloss. Erstaunlicherweise waren die Gartenanlagen in sehr gutem Zustand. Der Gärtner schien nicht nur ein Meister seiner Zunft zu sein, sondern in seiner

Arbeit aufzugehen. Das ganze Gelände war einfach großartig gestaltet. Auch wenn er der chinesischen Pagode nicht viel abzugewinnen vermochte, gab es doch eine Unmenge an weiteren Objekten, die seine Hausgäste sicher in Entzücken versetzen würden. Zu seiner großen Freude entdeckte er auf einem Hügel einen Pavillon in griechischem Stil. Als er sich von dieser Stelle aus umsah, glaubte er seinen Augen nicht zu trauen: An der vom Anwesen aus abgewandten Seite war eine künstliche Grotte errichtet worden, die sich über einen kleinen Badesee wölbte. Einige größere Felsbrocken, die im Wasser versenkt waren, verhinderten, dass man die Stelle mit einem Blick erkunden konnte. Wer hier badete, wurde von einem Neuankömmling nicht sofort entdeckt. Der Teich samt Grotte war der perfekte Ort für ein romantisches Stelldichein. Auf so etwas hatte er natürlich keine Lust, wohl aber auf ein erfrischendes Bad. Das war doch viel angenehmer, als sich mit Lady Lavinia auseinanderzusetzen, dachte er, als er nackt in das kühle Nass glitt. Das Wasser war wohltuend und schien alle trüben Gedanken von ihm abzuwaschen. Er beschloss, wann immer es ihm möglich war, den Tag hier zu beginnen. Als er sich wieder anzog, fiel ihm jedoch erneut ein, dass er noch einen Punkt auf seiner Liste hatte, der der Erledigung harrte. Egal wie er es auch drehte und wendete, er musste sich früher oder später dieser Aufgabe stellen. Deswegen konnte er es auch gleich erledigen.

Seufzend stand er auf, rief Blacky heran und machte sich auf den Weg zum Gartenhaus. Während er sich dem Gebäude näherte, schüttelte er verwundert den Kopf. Er warf einen Blick auf seine Hündin, doch auch sie schien etwas gehört zu haben, denn sie hob erwartungsvoll ihren Kopf. Obwohl ihn diese Reaktion in seiner Wahrnehmung bestätigen sollte, traute er seinen Ohren nicht. Aus dem durch einen Zaun abgeteilten Teil des Areals um das Gartenhaus klang Kinderlachen!

Was hatte das zu bedeuten?

Was hatte sich dieses Weib für eine Teufelei ausgedacht?

Nicht genug, dass sie das Herrenhaus geplündert hatte. Jetzt wartete sie auch noch mit einem Kind auf. Wollte sie ihm etwa einen Bankert als rechtmäßigen Erben Graywoods unterschieben? Das durfte doch alles nicht wahr sein! Wie kam sie nur auf diese Idee, dass er solche Kabale nicht durchschauen würde? Sie war nicht nur dreist, sondern hielt ihn auch noch für geistig minderbemittelt! Er wusste nicht, was ihn mehr empörte. Voller Wut stieß er die Gartenpforte auf und betrat das Refugium, in welchem sich Lady Lavinia auf seine Kosten ein schönes Leben machte. Immerhin glaubte er nicht, dass sie besonders tief um ihren verstorbenen Gatten trauerte. Ihr Lachen mischte sich glockenhell mit dem des Kindes.

Als Graywood um die Ecke des Hauses bog, hielt er erstaunt inne. Auf dem gepflasterten Hof vor dem hinteren Eingang des Häuschens spielten Lavinia und ein kleines Mädchen Ball, während eine Dienerin auf der Bank in der Sonne saß und Gemüse putzte. Seine Wut verpuffte augenblicklich. Egal wer das Kind auch war, man würde es ihm nicht als den rechtmäßigen Nachfolger seines Cousins präsentieren können. Mädchen hatten in der Erbfolge keine Bedeutung. Er warf einen Blick auf die Dowager Viscountess und staunte noch mehr. Lavinia war in seiner Erinnerung ein blasses, scheues Mäuschen gewesen, das Angst vor der eigenen Courage hatte. Was er sah, war eine hübsche junge Frau, deren Gesicht beim Ballspielen vor Freude strahlte. Sie trug zwar ein schwarzes Kleid, wie es sich für ihre Situation gehörte, aber es unterstrich ihre schlanke und biegsame Figur vorteilhaft. Wo war das sackartige Gewand geblieben? Lavinias Augen glänzten mutwillig und aus dem lose aufgesteckten Haar hatten sich einige Strähnen gelöst, die vorwitzig ihr Gesicht umschmeichelten. War das da wirklich die Witwe seines Vetters?

Graywood stand wie angewurzelt da und konnte sich an dem Anblick kaum sattsehen. Wer weiß, wie lange er das fröhliche Treiben noch beobachtet hätte, wenn ihn nicht ein lautes Bellen hinter seinem Rücken dazu gebracht hätte, sich umzudrehen.

„Was zum Teufel ist das?", rief er entsetzt. Aus den Augenwinkeln konnte er gerade noch erkennen, wie seine Blacky freudig bellend mit einer Art Riesenköter durch den Rosengarten jagte und anschließend im Wald verschwand. Er stieß einen satten Fluch aus. Die Hündin war läufig. Dieses schwarze Teufelsvieh würde doch nicht ...? Doch, es würde ganz sicher. Damit wäre sein Plan, mit Blacky eine Rassezucht aufzubauen, ganz sicher gescheitert. Schnaubend vor Zorn drehte er sich zu den Frauen um und sah gerade noch, wie Lavinia die Hände von den Ohren des Kindes nahm. Sie sah ihn mit einem vorwurfsvollen Blick an und knickste höflich.

„Guten Tag, Mylord. Wäre es vielleicht möglich, eine für ein Kind etwas angemessenere Sprache zu benutzen?"

Graywood stierte sie wütend an. Was bildete sie sich ein, ihm Vorschriften zu machen? Und das Schlimmste war, dass sie auch noch recht hatte! Aber das würde er nie zugeben. Da sollte sie doch erst einmal eingestehen, welche kruden Pläne sie hinter seinem Rücken geschmiedet hatte.

„Euch ebenfalls einen guten Tag. Es freut mich, dass Ihr Euch so heimelig eingerichtet habt. Ich hoffe, Ihr habt Euch nicht überhoben, als Ihr alles, was nicht niet- und nagelfest war, aus dem Haupthaus weggeschleppt habt. Zumindest Eure Zofe hatte sicher Rückenschmerzen bei der vielen Plackerei. Erstaunlich, dass Ihr es in den wenigen Wochen tatsächlich geschafft habt, Euch alles, was von Wert war, unter den Nagel zu reißen. Wer hätte gedacht, dass so ein kleines, graues Mäuschen am Ende so gerissen ist!"

„Wie könnt Ihr es nur wagen, in solch einem Ton mit mir zu sprechen!" Lavinia war blass geworden.

„Ich kann und ich werde es gegebenenfalls auch noch öfter tun!" Graywood verstand die Welt nicht mehr. Er hatte die Gattin seines verstorbenen Vetters für still und einfältig gehalten. Vor seinen Augen schien sie sich in eine Medusa zu verwandeln. Er konnte sich nicht erinnern, dass ihn je eine Frau so zornig und voller Wut angeschaut hatte. Abscheu und Ablehnung hatte er in seinem früheren Leben oft genug erfahren. Aber Lady Lavinias Blick schien ihn geradezu erdolchen zu wollen.

„Was erdreistet Ihr Euch!"

„Ich rede mit Euch so, wie Ihr es verdient, Mylady!"

Die beiden standen sich wie Kampfhähne gegenüber und hätten sich sicher noch einen längeren

Schlagabtausch geliefert, wenn nicht das kleine Mädchen in bitteres Schluchzen ausgebrochen wäre.

„Oh mein Schatz, nicht weinen. Dieser grässliche Mann wird dir nichts tun. Ich bin hier und beschütze dich. Alles wird gut."

Graywood sah erstaunt, wie seine Widersacherin sich von einem Moment zum anderen von einer wütenden Megäre in eine liebevolle Trösterin verwandelte. Das Kind hatte natürlich recht. Es ging nicht an, dass er und die Dowager Viscountess sich wie die Händler auf dem Fischmarkt benahmen. Er räusperte sich verlegen. Was hatte diese Frau nur an sich, dass er in kürzester Zeit die Contenance verlor?

„Mylady, wäret Ihr so freundlich, mir die junge Dame vorzustellen, falls Ihr den Tränenfluss zum Versiegen bringen könnt?"

Lavinia, die sich gerade gebückt hatte, um das Kind tröstend in den Arm zu nehmen, richtete sich kerzengrade auf und verkündete mit einer Stimme, die jedem Vikar auf der Kanzel Ehre gemacht hätte: „Das, Mylord, ist Eure Tochter Cynthia."

Graywood klappte der Unterkiefer herunter. „Seid Ihr von Sinnen? Ich habe keine Tochter!"

Lavinia lächelte gekünstelt: „Es gibt kaum einen Schwerenöter, der sich dieser Sache sicher sein kann."

Sie gab Milly, die aufgehört hatte, das Gemüse zu putzen und dem Schlagabtausch der beiden Herrschaften mit einer Mischung aus Entsetzen und Faszination zugesehen hatte, ein Zeichen. Die Zofe sprang auf, schnappte sich Cynthia, lief ins Haus und kam flugs darauf mit einem dicken Briefumschlag zurück, den sie ihrer Herrin reichte. Die wiederum übergab das

Schreiben mit unbewegter Miene Graywood, der es zuerst nicht annehmen wollte.

„Was ist das?“

„Ich nehme an, das erklärt die Herkunft der kleinen Cynthia und ist der Beweis, dass das Kind eine Frucht Ihrer verdorbenen Lenden ist.“

Graywood nahm den Umschlag mit leichtem Zögern entgegen. Das entging seiner Widersacherin nicht. „Nun, Mylord, überlegt Ihr, in welchen Betten Ihr es Euch vor knapp fünf Jahren bequem gemacht habt?“

Er warf ihr einen vernichtenden Blick zu und öffnete das Schreiben, nachdem er vorher sorgfältig das unversehrte Siegel betrachtet hatte. Bedächtig entfaltete er den Inhalt, der aus drei Bögen Papier bestand. Einer davon war die Abschrift der Geburtsurkunde des Mädchens. Ein zweiter enthielt einige Zeilen des Absenders, der, wie das Siegel bewies, Pfarrer einer Kirche eines Londoner Vorortes war. Der gute Mann erklärte sich in diesen bereit, die Bestätigung der Wahrheit seiner Aussage bei Bedarf auch von Angesicht zu Angesicht mit seiner Lordschaft zu machen. Das dritte Blatt war schmutzig und mehrmals gefaltet. Die ungleichmäßige Handschrift verriet, dass der Schreiber nicht unbedingt nüchtern gewesen war. In wenigen lapidaren Worten bestätigte der Unterzeichner, dass Cynthia Beckenword seine Tochter war. Die Unterschrift lautete: Ronan Westkay, fünfter Viscount Graywood.

Nachdem Aldon Graywood alle drei Schreiben mehrmals gelesen hatte, hielt er sie Lady Lavinia hin.

„Mylady, überzeugen Sie sich selbst. Das Kind ist nicht meine Tochter, sondern ...“

„… die meines verstorbenen Gatten", hauchte Lavinia. „Oh mein Gott!"

„Ich denke, in Anbetracht der überraschenden Neuigkeit kann ich auf eine Entschuldigung Ihrerseits verzichten." Er rieb sich nachdenklich das Kinn. „Was soll nun mit ihr geschehen?"

Lavinia starrte ihn mit aufgerissenen Augen an und antwortete nicht.

„Eingedenk der Tatsache, dass der Anblick des Mädchens Ihnen Schmerzen bereiten muss, werde ich sie ins Haupthaus mitnehmen und sie dort unter der Obhut einer Dienerin lassen. Dann überlege ich in Ruhe, was das Beste für das Kind sein wird. Wahrscheinlich ergibt es Sinn, sie einem kinderlosen Ehepaar zu überlassen. Selbstverständlich werde ich auch für ihr Auskommen sorgen."

Die kleine Cynthia, die irgendwie aus dem Haus entwischt war, hatte den Gesprächen mit wachsender Unruhe gelauscht und klammerte sich an Lady Lavinias Rock, wobei sie ihr Gesicht in den weiten Falten der Kleidung verbarg.

„Wagt es nicht, das Kind auch nur anzurühren! Sie hat in ihrem kurzen Leben schon so viel mitgemacht, dass es eine Schande wäre, sie aus ihrer vertrauten Umgebung herauszureißen. Was seid Ihr nur für ein herzloses Ungeheuer? Niemand legt Hand an Cynthia! Auch wenn sie auf der falschen Seite des Bettes geboren ist, so ist sie doch eine Graywood! Und so soll sie auch aufwachsen!" Sie riss das Mädchen in ihre Arme, warf Graywood einen finsteren Blick zu und verschwand mit großen, wenig damenhaften Schritten im Haus. Milly, die nach draußen geeilt war, sah Lavinia erstaunt nach, schaffte es, einen einigermaßen ordentlichen Knicks vor dem Viscount zu machen und huschte ihrer Herrin hinterher.

Graywood starrte verdutzt auf die geschlossene Tür. So etwas hatte er noch nicht erlebt. Da stand er wie ein unerwünschter Gassenjunge auf seinem eigenen Grundstück und wusste nicht, wie er reagieren sollte. Kopfschüttelnd wandte er sich ab und beschloss, für heute das Feld zu räumen. Mit so einem aufgebrachten Frauenzimmer war nicht gut Kirschen essen. Auch wenn er nicht besonders viel von Frauen verstand, eines war sicher: Es wäre besser, die nötigen Gespräche über ihre Zukunft zu einem anderen Zeitpunkt zu führen.

Was für ein verrückter Tag! Die Dowager Viscountess hatte sich als streitlustige Megäre entpuppt, eine uneheliche Tochter seines Vetters tauchte aus dem Nichts auf und seine reinrassige Blacky trieb sich mit einem riesenhaften Dorfköter herum! Wie um ihn zu verhöhnen, drang aus dem nahen Wald das freudige Gebell zweier Hunde. Er brauchte jetzt unbedingt einen Whisky!

9. UNVERMEIDLICHE GESPRÄCHE

Am Abend führten sowohl Lady Lavinia als auch Lord Graywood Aldon unabhängig voneinander Gespräche, die nicht dazu beitrugen, die gegenseitige Abneigung abzubauen.

Im Gartenhaus mühte sich Milly mit dem Schreiben. „Ach Mylady, ich glaube, ich werde es nie zu einer schönen Handschrift bringen. Wenn ich auf mein Blatt schaue, dann muss ich gestehen, dass meine Buchstaben so aussehen, als wäre eines der Hühner von Bauer Crawley über das Papier gelaufen.“

„Gib nicht auf! Du hast in den wenigen Wochen schon so viel gelernt. Immerhin kannst du schon einigermaßen lesen. Mit dem Schreiben wird es auch noch werden. Ich weiß nicht, was uns die Zukunft bringt. Falls es das Schicksal nicht gut mit uns meint und wir getrennt werden, dann musst du dich bei einer Agentur melden, um eine neue Anstellung zu finden. Deine Aussichten sind um ein Vielfaches höher, wenn du angibst, dass du lesen und schreiben kannst. Der Gedanke, dich jemals wieder als Spülmagd sehen zu müssen, treibt mir die Tränen in die Augen.“

„Der Gedanke, mich je von Euch trennen zu müssen, treibt mir die Tränen in die Augen, Mylady. Niemals werde ich euch verlassen. Egal, was dieses Scheusal von einem Lord auch für euch vorgesehen hat. Ach, wenn Ihr doch wenigstens ein Kind unter dem Herzen tragen würdet, dann hätten wir Zeit, Vorsorge zu treffen.“

„Ach Milly, warum sollte es die Vorsehung denn einmal gut mit mir meinen? So viele Male habe ich gebangt und gehofft, dass ich meinem verstorbenen Gatten endlich eine frohe Kunde überbringen kann. Und jedes Mal bin ich enttäuscht worden. Ich hatte es mir so gewünscht, guter Hoffnung zu sein. Dann hätte ich endlich ein kleines Wesen an meiner Seite gehabt, das ich lieben könnte.“ Lavinia seufzte. „Und jetzt hätte es uns vor einem unsicheren Schicksal retten können. Stell dir nur das Gesicht Seiner Unmöglichkeit vor, wenn ich ihm gesagt hätte, dass ich ein Kind erwarten würde. Schon allein das wäre mir ein großes Vergnügen gewesen. Und wenn es am Ende ein Junge geworden wäre, dann könnte Seine Aufgeblasenheit dahin zurückkehren, wo er herkommt. Oder besser noch, dahin, wo der Pfeffer wächst. Wie schade, dass meine Gebete vor Gottes Ohren keine Gnade gefunden haben.“ Sie hielt einen Moment inne und warf einen kritischen Blick auf die Handarbeit, die auf ihrem Schoß lag. „Jetzt muss ich die letzten Stiche noch einmal auftrennen. Vor lauter Jammern habe ich nicht aufgepasst und nicht ordentlich gearbeitet. Das ist sicher die Antwort auf mein Klagen. Immerhin habe ich ja jetzt dich und Cynthia.“

„Ihr werdet sie also nicht einem ungewissen Schicksal überlassen, Mylady?“

„Nie und nimmer! Ganz egal, was sich dieser Mensch, der sich jetzt Lord Graywood nennen darf, ausdenkt,

Cynthia wird auf keinen Fall zu wildfremden Menschen abgeschoben. Ich werde sie, wie eine Löwin ihr Junges, verteidigen. Auch wenn es nicht mein eigenes Kind ist, so ist sie mir in der kurzen Zeit ans Herz gewachsen. Eher laufe ich mit ihr und dir bei Nacht und Nebel davon, als dass ich sie, die gerade etwas Zutrauen zu mir gewonnen hat, enttäusche."

Ein Kratzen und Jaulen an der Haustür unterbrach das Gespräch der beiden Frauen. Milly sprang auf und ließ den Hund herein, der schnurstracks zu seinem Platz vor dem Kamin lief und sich mit einem Seufzer niederließ.

„Na, mein Großer, da bist du wohl erschöpft." Die Zofe beugte sich zu dem Tier und streichelte es, was es mit einem wohligen Brummen quittierte. „Du hast sicher einen schönen Tag mit der Hündin des Viscounts verbracht. Ich glaube nicht, dass er darüber sehr erfreut ist. Aber meine verstorbene Mutter sagte immer, dass die Liebe eher auf einen Misthaufen fällt, als auf ein Rosenbeet. Und außerdem bist du ein Prachtkerl, der seinesgleichen sucht. Eure Welpen werden eine Augenweide werden. Da bin ich mir sicher."

Lavinia hatte Millys Worten mit einem Lächeln gelauscht. „Wenn ich es so recht überdenke, dann hat das Leben mir in der letzten Zeit eine Menge Geschenke gemacht. Ich habe dich in der Küche gefunden, Teufel im Wald und Cynthia wurde mir quasi vor die Tür gesetzt. Ich sollte wirklich nicht mit meinem Schicksal hadern. Wenn ich nur wüsste, was der Lord mit uns vorhat, dann könnte ich mich darauf vorbereiten."

„Nun, Mylady, ich habe zwar keine Ahnung, was er
für Pläne für Euch hat, aber er will in den nächsten Wochen ein großes Sommerfest hier veranstalten.“

„Woher weißt du das?“

Milly errötete. „Der Tross des Viscounts kam bereits
vor einigen Tagen an, wie Ihr wisst. Einer der jüngeren
Hausdiener hat mich angesprochen, als ich gestern im
Dorf war. Er wollte wohl mit seiner Stellung im Haushalt eines Lords angeben und erzählte mir, was für
wichtige Aufgaben ihn in den nächsten Wochen erwarten. Um Eindruck zu machen, bot er mir an, dass ich bei
dem geplanten Ball einen Blick auf die Tanzenden werfen kann.“

„Ein Sommerfest? Sucht der Viscount denn eine Gemahlin?“ Lavinia versank ins Grübeln. Einer neuen Viscountess würde es sicher nicht gefallen, wenn sie hier
im Gartenhaus lebte. Sie würde garantiert darauf bestehen, dass sie das Anwesen verließ und sie so weit wie
möglich verbannen. Zu den Graywood’schen Besitztümern gehörte auch ein kleines Landgut in Schottland.
War das die Zukunft, die ihr beschieden sein würde?
Solange sie nicht von Milly und Cynthia getrennt werden würde, wäre ihr auch ein Aufenthalt in Schottland
genehm. Ihr geliebter Garten würde ihr allerdings fehlen. Aber der Gedanke, ständig der Gefahr ausgesetzt zu
sein, der neuen Lady Graywood über den Weg zu laufen, bereitete ihr Unbehagen. „Dieser Mann lässt auch
wirklich nichts anbrennen. Er fährt nach London und
macht sich ohne Umschweife auf die Suche nach einer
Gattin. Wahrscheinlich plant er schon einen Erben. Dabei hat er noch nicht einmal Gewissheit, ob ich nicht
doch ein Kind unter dem Herzen trage. Immerhin hat

er mich nicht danach gefragt. Das war sicher nicht aus Scham vor diesem delikaten Thema. Er hat ja sonst auch keine Skrupel. Dieses Scheusal denkt nicht einmal daran, dass seine Stellung in Gefahr sein könnte."

Während Lady Lavinia sich Gedanken über ihre Zukunft machte, haderte Lord Graywood mit der Gegenwart. Wie war es denn nur möglich, dass das Schicksal ihn so bestrafte? Er hatte niemals damit gerechnet, Viscount zu werden. Und wenn er auch zugeben musste, dass seine neue Stellung einige Vorteile hatte, so fand er doch, dass die Nachteile eindeutig überwogen. Es störte ihn nicht nur, dass er ständig auf der Hut sein musste, um potenziellen Heiratskandidatinnen auszuweichen und er ein marodes Landgut übernommen hatte, das erst einmal auf Vordermann gebracht werden musste. Zudem war er auch noch mit der zänkischen Witwe seines ungeliebten Vetters gestraft. Und zu all dem hatte dieser auch noch ein uneheliches Kind in die Welt gesetzt. Zum Glück war es ein Mädchen, sonst würden wahrscheinlich noch irgendwelche ominösen Ansprüche auf den Titel auftauchen. Nicht dass er unbedingt Viscount sein wollte, aber die Pächter des Anwesens hatten einen Herrn verdient, der sich um ihr Auskommen Gedanken machte und niemanden, der sie weiter in Elend und Armut hielt, um seinen aufwendigen Lebensstil zu finanzieren. Das, was er bei seinen Rundritten durch die zugehörigen Dörfer und Hufen gesehen hatte, zeigte eindeutig Spuren der Vernachlässigung durch die Herrschaft. Er hatte sich schon einige Notizen gemacht, welche Schäden er am schnellsten beseitigen lassen würde. Aber es lag noch so viel im Argen. Wenn dieses verflixte Sommerfest nur nicht wäre!

Seine Pächter brauchten ihn dringender, als diese Schar heiratswütiger Gänse. Er war entschlossen, sein Geld nicht für Unmengen an Kleidung und Schmuck auszugeben, ganz wie es eine zukünftige Viscountess von ihm erwarten würde. Er war zu allererst Geschäftsmann und wusste, dass nur ein Anwesen, das sich in einem guten Zustand befand, am Ende auch Gewinn abwarf. Es war also überaus wichtig, klug und vorausschauend in das Landgut zu investieren. Eine Frau an seiner Seite würde ihn nur mit unwichtigen Forderungen bestürmen. Er war zwar reich, aber kein Verschwender. Immerhin hatte er sich der Witwe seines Vetters gegenüber ziemlich großzügig gezeigt und ihr vor seiner Abreise ein hübsches Sümmchen im Schreibtisch hinterlassen. Ob sie schon alles ausgegeben hatte? Immerhin hatte sie bei ihrer letzten Begegnung nicht mehr diese sackförmige Bekleidung getragen, in der er sie kennengelernt hatte. Er musste zugeben, dass sie sogar recht ansprechend ausgesehen hatte. Wahrscheinlich war der größte Teil des Geldes, das er für sie hinterlegt hatte, in die Hände einer Schneiderin gewandert. Frauen hatten ja ein Faible für Kleider und Tand.

„Was meinst du, Blacky, ob sie schon die ganze Summe ausgegeben hat?", wandte er sich bei einem seiner Spaziergänge durch den Garten an seine Hündin. Er vermied es dabei, sich dem Gartenhaus zu nähern und lenkte seine Schritte in Richtung des Waldes. Das Tier jedoch schien etwas anderes im Sinn zu haben und rannte plötzlich davon. Es reagierte weder auf seinen Pfiff, noch auf den Befehl, zurückzukommen. Wahrscheinlich war wieder dieser schwarze Teufelshund in der Nähe. Graywood seufzte. So kannte er seine sonst so folgsame Hündin nicht.

„Tja, gegen den Ruf der Natur kann man nichts machen. Das hat Gott so eingerichtet. Und obwohl wir manchmal schwer daran zu tragen haben, steht es uns nicht zu, mit seinen Entscheidungen zu hadern." Aus dem Wald trat ein kleiner, korpulenter Mann, den man unschwer als Pfarrer erkennen konnte. Er grüßte höflich und stellte sich als Hirte der hiesigen Gemeinde vor. Gemeinsam mit seiner Frau widmete er sich den Schäfchen, die sich eine Menge Verbesserungen von dem neuen Viscount erwarteten, das deutete er gleich in seinen nächsten Sätzen an.

Graywood mochte es, wenn jemand direkt zur Sache kam und so fand er den Gottesmann recht sympathisch. Es dauerte nicht lange und sie waren beide in ein angeregtes Gespräch über die Notwendigkeiten, die das Leben der Pächter verbessern sollten, vertieft. Während des Diskurses hatten sie ihre Schritte unbeabsichtigt in Richtung des Gartenhauses gelenkt. Graywood war sich hinterher nicht mehr ganz so sicher, ob der Pfarrer ihn nicht doch mit Berechnung zu diesem Ziel geführt hatte. Wie beiläufig brachte er dann auch das Gespräch auf die Bewohnerinnern des Häuschens.

„Man muss es der Dowager Viscountess hoch anrechnen, wie sie sich um das arme Würmchen kümmert. Immerhin wurde sie von der Existenz des Kindes geradezu überrumpelt, als diese Person es ihr einfach in die Hand drückte."

„Sie wusste also nicht, dass es ihr Gatte mit der ehelichen Treue nicht so genau nahm?"

Der Pfarrer rieb sich verlegen den Nacken. „Nun, da Lady Lavinia alles andere als dumm ist, wird sie es schon geahnt haben." Er zögerte einen Moment. „Ich weiß nicht, wie Ihr zu Eurem Vetter standet, Eure Lordschaft. Aber er galt nicht gerade als sehr freundlich und einfühlsam, wenn man sein Verhalten seiner Gattin gegenüber betrachtet. Es war im Allgemeinen bekannt, dass die Lady mehr als nur einmal blaue Flecken unter ihren unförmigen Kleidern verbarg."

Graywood erstarrte. „Ihr meint, er hat sie nicht nur betrogen, sondern auch geschlagen?"

Sein Gegenüber nickte. „Es ist schon erstaunlich, dass sie in den wenigen Wochen nach seinem Tod so an Selbstbewusstsein gewonnen hat." Der Pfarrer schien nach den richtigen Worten zu suchen. „Aber vielleicht war diese Misere auch genau das Richtige, um sie aus ihrer Erstarrung zu erlösen."

„Erstarrung?"

„Oh verzeiht, Eure Lordschaft. Ich weiß gern über die Schäfchen meiner Herde Bescheid. Die meisten Bewohner von Graywood Manor und Umgebung kenne ich schon seit Jahrzehnten. Nach der Hochzeit Ihres Vetters hätte ich mich gern mehr um Lady Lavinia gekümmert, aber Ihre Schwiegermutter wusste das geschickt zu unterbinden. So habe ich sie höchsten zwei- oder dreimal allein im Garten angetroffen. Da die Wege des Herrn unergründbar sind, erhielt ich eines Tages einen Brief von einem Amtsbruder, der mit den verstorbenen Großeltern der Lady bekannt war. Er bat mich, ein Auge auf die Dame zu werfen und ihr im Falle eines Falles beizustehen. Leider hatte man sie zu einem sehr zurückgezogenen Leben gezwungen, was wohl ganz und gar nicht ihrer Natur entsprach, wie mir der Pfarrer aus ihrem heimatlichen Sprengel berichtete. Umso mehr freut es mich, dass sie ihren Lebensmut trotz der widrigen Umstände wiedergefunden hat."

„Nun, da ihr Gatte nicht allzu liebevoll mit ihr umgegangen zu sein schien, sollte sein Tod wohl nicht als widriger Umstand gelten. Es war wohl eher eine Befreiung."

„Das meinte ich nicht mit diesem Ausdruck, Eure Lordschaft."

„Was dann?"

„Ihr scheint mir ein Mann der Ehre zu sein, der ein offenes Wort nicht übel nimmt. Daher werde ich frei von der Leber weg reden. Wie soll ich es denn besser, als mit der Bezeichnung widrige Umstände beschreiben, wenn man feststellen muss, dass von einem Tag zum anderen das gesamte Leben zerbricht? Die ungeliebte Schwiegermutter verlässt zwar das Haus, nimmt aber alles, was von Wert ist, mit. Zudem entlässt sie die gesamte Dienerschaft. Lady Lavinia stand plötzlich allein und mittellos in einem leeren Gebäude. Ihr war einzig und allein eine Spülmagd als Gesellschaft geblieben."

„Dann ist es also nur gut gewesen, dass ich ihr die Anweisung gab, in das Gartenhaus zu ziehen."

„Welches, was sie, falls sie es bis dato noch nicht wusste, sicher bald herausfand, ihrem ungetreuen Gatten als Liebesnest diente."

Graywood stöhnte. „Das habe ich nicht gewusst." Er schüttelte den Kopf. „Aber immerhin war sie nicht mittellos. Ich habe ihr bei meiner Abreise ein schönes Sümmchen zur eigenen Verwendung hinterlassen."

Der Pfarrer sah ihn mitleidig an. „Als ich erwähnte, dass Lady Lavinias Schwiegermutter alles von Wert mitgenommen hatte, da meinte ich auch alles.“

„Sie hat die ganzen Wochen keinen einzigen Penny zur Verfügung gehabt? Aber sicher hatte sie ein wenig Nadelgeld beiseitegelegt.“

„Eure Lordschaft kannten die finanziellen Verhältnisse Ihres Vorgängers?“

Graywood hatte es auf einmal eilig, sich von dem mitteilsamen Pfarrer zu verabschieden. Das waren einfach zu viele Informationen auf einmal. Da hatte er gedacht, dass er mit seiner Entscheidung, die Witwe seines Vetters ins Gartenhaus zu schicken, einen Geniestreich gelandet hätte und dabei wohl ziemlichen Schaden angerichtet. Irgendwie würde er das wieder richten müssen, denn er konnte es nicht mit seinem Verantwortungsgefühl vereinbaren, dass er einer Schutzbefohlenen unbeabsichtigt Kummer und Verdruss bereitet hatte. Ganz gleich, dass das in bester Absicht geschehen war.

Also machte er sich am nächsten Morgen nach einem ausgiebigen Frühstück auf den Weg zum Gartenhaus. Ein schwerer Gang wurde mit leerem Magen nicht leichter, hatte es in seinem Elternhaus geheißen. Insgeheim gab Graywood vor sich selbst zu, dass er, dadurch, dass er die Frühstückszeit ausgedehnt hatte, das Gefühl gehabt hatte, eine Galgenfrist zu bekommen. Er verstand sich selbst nicht, warum er sich vor einem Gespräch mit dieser Person scheute. Immerhin war er ein gestandenes Mannsbild mit einer Menge Lebenserfahrung. Bei den Geschäftsleuten, mit denen er verkehrte, galt er als unerbittlicher Verhandlungspartner. Inzwischen war er, so fand er jedenfalls, auch ganz gut in die

Rolle des Viscounts hineingewachsen. Warum also sollte er sich vor einem Gespräch mit einem impertinenten Weibsbild fürchten, welches, wenn es hart auf hart kam, von der Gnade seiner Großzügigkeit abhing?

Während er solcherlei Gedanken wälzte und über die kiesbestreuten Wege des Gartens schlenderte, kehrte sein übliches Selbstbewusstsein zurück. Er hatte es keineswegs eilig, die Sache zu klären. Ganz egal, was sie sagen mochte, er trug keinerlei Schuld daran, dass sie in der letzten Zeit nicht entsprechend ihres Standes … ja, was eigentlich? Untergebracht war? Immerhin war das Gartenhaus als Wittumshaus geplant. Was konnte er dafür, dass sein lasterhafter Vetter es als Liebesnest benutzt hatte? Und was hieß *finanziell nicht angemessen versorgt war*? Er hatte eine wirklich großzügige Summe im obersten Fach des Schreibtisches hinterlassen. Was konnte er dafür, dass seine Tante eine diebische Elster war? Genau! „Ich habe getan, was in der Situation angebracht war und sie sollte sich nicht erdreisten, mir daraus einen Vorwurf zu machen."

Graywood war so in seine Überlegungen vertieft, dass er nicht einmal bemerkte, wie er den letzten Gedankengang laut aussprach. Unglücklicherweise hatte er just in diesem Moment sein Ziel erreicht und zudem nicht bemerkt, dass sich Lavinia und Cynthia im kleinen Kräutergärtchen, welches sich neben dem Gartenhaus befand, aufhielten. Die beiden wollten Würzkraut für die Mittagsmahlzeit ernten und hatten jedes Wort seines Selbstgespräches mitgehört. Während das Kind nicht verstand, was der Viscount meinte, richtete sich Lavinia voller Zorn aus ihrer gebückten Haltung auf.

„Oh, wie könnte ich Ihrer Lordschaft einen Vorwurf machen? Habt Ihr Euch doch mehr als rührend um die Witwe Eures heißgeliebten Vetters gekümmert. Wie müsst Ihr denjenigen, dem Ihr Stand und Titel verdankt, verachten, dass Ihr sein Weib mittellos in ein Haus schickt, das in dem Ruf stand, als Liebesnest gedient zu haben."

Graywood wollte etwas sagen, doch sie ließ ihn nicht zu Wort kommen. „Ich bin Eurer Lordschaft so dankbar, für alles, was Ihr mir Gutes getan habt. Immerhin hatte ich ein Dach über dem Kopf. Mein verstorbener Mann meinte, dass ich in der letzten Zeit etwas behäbig geworden wäre. Nun, dem habt Ihr erfolgreich Abhilfe geschaffen. Jedenfalls musste ich mich ziemlich strecken und dehnen, damit ich für mich und meine Zofe etwas auf die Teller bekam. Aber ich kann mich ja wohl glücklich schätzen. Immerhin hättet Ihr mich auch einfach davonjagen oder in eines jener gewissen Etablissements nach London verfrachten können. Was habe ich nur für ein Glück!"

„Schweigt jetzt endlich still! Ihr schwadroniert, als wären wir hier auf dem Fischmarkt. Wenn Ihr schon mir gegenüber kein Benehmen an den Tag legt, dann nehmt wenigstens Rücksicht auf das Kind."

Lavinia erschrak. In ihrem Zorn hatte sie Cynthia ganz vergessen. Und das, obwohl sich das Mädchen inzwischen angstvoll an ihre Röcke klammerte. Was hatte dieser Kerl nur an sich, dass sie alle ihre Manieren vergaß? Sobald er in ihrer Nähe auftauchte, verließ sie die Contenance und sie verwandelte sich in eine wütende Megäre. Gerade als sie schuldbewusst den Kopf senken wollte, goss der Viscount erneut Wasser auf ihre Mühlen.

„Eigentlich wollte ich mit Euch ein vernünftiges Gespräch führen, Lady Lavinia. Aber solange Ihr Euch in so einem aufgewühlten Zustand befindet, hat das wohl keinen Zweck. Ich werde meinen Kammerdiener mit einer angemessenen Summe an Nadelgeld zu Euch schicken. Über den Betrag könnt Ihr frei verfügen. Ihr braucht also nicht mehr auf das Mitleid der Pfarrgemeinde zurückgreifen und Euch mit läppischen Blumensträußchen lächerlich machen. Blumenbinden ist keine Beschäftigung für eine Dowager Viscountess."

„Hätte ich diese albernen Sträuße nicht gehabt, so wären Milly und ich wahrscheinlich verhungert!"

„Wer ist Milly?"

„Meine Zofe. Die einzige Bedienstete, die im Manor zurückgeblieben war."

„Ach, die Spülmagd, von der der Pfarrer sprach?"

„So habt Ihr denn den Pfarrer getroffen? Ich hoffe, er hat Euch auch gesagt, wie prekär meine Lage hier war. Wenn er mich nicht unterstützt hätte, dann würdet Ihr jetzt den Ruf eines unverbesserlichen Geizhalses tragen, der die Witwe seines Cousins beinahe hat verhungern lassen. Der Pfarrer und meine läppischen Sträuße haben Euch vor einem üblen Leumund gerettet."

„Dann macht doch, was Ihr wollt! Bindet so viel Grünzeug zusammen, wie ihr mögt, wenn es euch Spaß macht. Aber für Euer Auskommen sorge ich ab sofort selbst. Ich mag vieles sein, aber keineswegs knausrig gegenüber meinen Schutzbefohlenen. Und damit Ihr seht, dass ich es ernst meine, werde ich sogleich an eine

Agentur schreiben und eine ausgebildete Zofe für Euch kommen lassen.“

„Da braucht Ihr gar nicht erst zu Feder und Tinte zu greifen. So eine Person will ich hier nicht sehen! Milly ist die beste und treueste Zofe, die ich mir denken kann. Ich weigere mich, auch nur eine andere für diese Stelle in Betracht zu ziehen!“

„Aber Ihr könnt doch hier nicht die ganze Zeit allein leben!“

„Oh doch, das kann ich wohl. Und außerdem bin ich nicht allein. Ich habe Milly und Cynthia. Das ist mir Gesellschaft genug.“

„Das ist aber wohl kaum angemessen für eine Dowager Viscountess.“

„Ach, schau an. Jetzt fällt Euch wieder ein, welcher Stand mir zukommt. Es ist mir aber vollkommen egal, was Ihr als angemessen für mich betrachtet. Geht und kümmert Euch um Euer Sommerfest. Sucht Euch eine passende Gemahlin, mit der ihr dann entscheiden könnt, wohin ihr mich verbannt.“

„Wie kommt Ihr nur auf solche Ideen?“

„Nun, ganz abwegig ist es wohl nicht. Das müsst Ihr schon zugeben. Und im Übrigen ist mir jede Meile, die zwischen Euch und mir liegt, recht. Zum Besitz meines verstorbenen Gatten gehörte auch ein Anwesen in den Lowlands. Falls er es noch nicht verspielt hat, kann ich Euch versichern, dass ich schon immer gern einmal nach Schottland wollte.“

Sie packte Cynthia, die dem Schlagabtausch mit großen Augen gelauscht hatte, nahm sie auf den Arm und verschwand mit wehenden Röcken im Haus.

10. DAS SOMMERFEST

Am nächsten Tag überreichte Graywoods Kammerdiener Milly, die auf sein Klopfen hin die Tür des Gartenhauses geöffnet hatte, einen Umschlag mit dem versprochenen Nadelgeld für Lady Lavinia. Diese nahm dem Umschlag von ihrer Zofe entgegen und konnte einen erstaunten Ausruf nicht unterdrücken.

„Oh Milly, Ihre Lordschaft scheint von einem schlechten Gewissen geplagt zu werden. Er lässt mir eine Summe zukommen, mit der wir bis zum Jahresende gut auskommen werden."

„Der Kammerdiener hat gesagt, das wäre die Summe, die Euch für einen Monat zur Verfügung steht. Er käme bis auf Weiteres an jedem Ersten eines neuen Monats, um Euch das Geld, welches Ihr zur freien Verwendung habt, zu überreichen."

„Jeden Monat solch eine große Summe?"

„So hat er es gesagt."

„Wo ist der Haken dabei? Ich sollte das Geld zurückschicken." Unschlüssig drehte sie den Umschlag in den Händen.

„Aber Mylady, vielleicht gibt es keinen Haken. Oder vielleicht plagt ihn wirklich das schlechte Gewissen, dass er Euch so mittellos zurückgelassen hat."

„Ich weiß nicht. Ich sollte es zurückgeben." Lavinia klang unsicher.

„Gebt es nicht zurück, Mylady. Ihr wisst nicht, wie
Eure Zukunft und die der kleinen Cynthia aussieht.
Wenn Ihr das Geld nicht anrühren wollt, dann hebt es
für das Mädchen auf. Die Arme wird es durch den Ma-
kel ihrer Geburt im Leben nicht leicht haben. Da ist es
besser, wenn sie nicht mittellos dasteht.“

„Ach Milly, du hast wieder einmal so recht! Was
würde ich nur ohne dich machen?“

Die Zofe wurde vor Freude ganz rot im Gesicht. „Ihr
seid so gütig zu mir. Ich kann mir keine bessere Herrin
vorstellen. Mit Euch gehe ich bis ans Ende der Welt.
Selbst wenn es in Schottland liegen sollte.“ Sie zögerte
ein wenig. „Allerdings würde ich am liebsten hier auf
Graywood bleiben. Freilich wird das kaum gehen. Die
Dienerschaft des Viscounts flüstert, dass er sich auf
dem Sommerfest eine Gemahlin suchen wird. Die wird
es sicher nicht mögen, wenn Ihr so direkt vor ihrer
Nase wohnt. Sicher wird sie vor Eifersucht kaum schlafen können.“

„Warum sollte die neue Viscountess auf mich eifer-
süchtig sein?“

„Ach Mylady, habt Ihr in der letzten Zeit mal in den
Spiegel geschaut? Sicher, die letzten Wochen waren
nicht einfach für Euch, aber Ihr seid regelrecht aufge-
blüht. Euer Haar leuchtet im Sonnenlicht, Eure Augen
strahlen und seit Ihr nicht mehr diese schrecklichen
sackartigen Kleider tragt, da kann man auch erkennen,
dass Eure Figur alles hat, was einen Mann bezaubern
kann. Irgendwann werdet Ihr das Schwarz ablegen
und ich freue mich schon jetzt, Euch in wunderschö-
nen Roben zu sehen. Wenn ich das richtig verstanden
habe, dann dürft Ihr als Witwe nach der Trauerzeit

kräftige Farben tragen. Ich kann die Kleider schon vor mir sehen: eines in dunklem Grün, das Euch wie der Hauch eines Geheimnisses umgibt. Eines in tiefem Rot, das zeigt, zu welchen Gefühlen Ihr fähig seid. Ein anderes in strahlendem Gelb, das die Sonne vor Neid erblassen lässt ...“ Die Zofe schwelgte in reiner Vorfreude. „Wie schade, dass es jetzt noch nicht soweit ist. Ihr würdet jede dieser albernen Debütantinnen, die bald unseren schönen Garten überschwemmen werden, blass und unscheinbar aussehen lassen.“

„Milly, hör auf, mir zu schmeicheln. Du willst mich nur in Verlegenheit bringen.“

„Ich schmeichle Euch nicht. Ich sage die Wahrheit. Ihr seid wunderschön. Und wenn der Viscount das nicht erkennt, dann ist er ein Trottel.“

„Du kannst doch den Viscount nicht Trottel nennen.“

„Verzeihung, Mylady, das ist mir nur so rausgerutscht. Ich finde, er braucht kein Sommerfest, um eine Gemahlin zu finden. Keine von den Damen wird Euch das Wasser reichen können. Er sollte die ganze Sache abblasen und Euch heiraten.“

„Auf was für absurde Ideen du nur kommst! Nie und nimmer würde ich den Viscount heiraten. Ich will überhaupt nicht heiraten! Nie wieder! Und außerdem können er und ich uns nicht ausstehen. Wir haben noch nicht eine vernünftige Unterhaltung miteinander geführt. Sobald ich ihn sehe, muss ich Obacht geben, dass ich nicht der Versuchung nachgebe, ihm ein Stück Holz, einen Stein oder einen Teller an den Kopf zu werfen. Ich finde ihn abscheulich.“

Dass er sie viel zu sehr an ihren verstorbenen Gatten erinnerte, verschwieg sie Milly. Die Zofe war im Laufe der Zeit immer mehr zu ihrer Vertrauten geworden und durfte sich daher ihrer Herrin gegenüber so manches herausnehmen, was andere Mädchen ihre Stellung kosten würde. Aber Lavinia war nicht geneigt, auch nur ein Wort darüber zu verlieren, wie sehr sie in ihrer Ehe gelitten hatte. Sicher waren einige der Gerüchte bis in den Küchentrakt gedrungen. Aber das ganze Ausmaß ihrer Demütigungen war hoffentlich nicht bekannt. Zumindest redete sie sich das ein.

Wenige Tage später waren Stonewine und Owlham auf Graywood Manor angekommen. Sie wollten ihren Freund in der verbliebenen Woche vor dem Sommerfest aufmuntern und ihm notfalls bei den letzten Vorbereitungen helfen. Allerdings hatten sie nicht mit der rührigen Miss Plumcook gerechnet. Die Hausdame hatte im Herrenhaus alles im Griff. Die Räume waren stilvoll und wohnlich ausgestattet. Das neu eingestellte Personal, welches sie persönlich auf die entsprechende Eignung hin geprüft hatte, funktionierte beinahe so, als wäre es ein über Jahre eingespieltes Team. Die Vorbereitungen liefen auf Hochtouren und die zwei adligen Herren störten mehr, als dass sie helfen konnten. Natürlich war Miss Plumcook nicht so vermessen, diesen Umstand direkt zu erwähnen. Aber immer, wenn Stonewine und Owlham ihr mit dem Hinweis, dass sie schon vielen Sommerfesten beigewohnt hätten und daher über Erfahrung verfügten, ihre Hilfe anboten, schickte sie die Herren mit einem kleinen, unwichtigen Auftrag auf eine Mission, der sie für mehrere Stunden vom Haupthaus fernhielt. Da die beiden nicht auf den Kopf gefallen waren, erkannten sie die Finte der

Hausdame und beschwerten sich beim abendlichen Zusammensitzen in der Bibliothek bei ihrem Gastgeber.

„Ach Graywood, deine Hausdame ist eine heimtückische Schlange!" Owlham verzog theatralisch sein hübsches Gesicht und blickte betont betrübt in sein Whiskyglas.

„Zugegeben, sie ist etwas resolut. Aber ich schätze sie sehr. Ich kann mir nicht vorstellen, dass sie sich Euch gegenüber im Ton vergriffen haben soll."

Stonewine nahm den Gesprächsfaden auf. „Nie und nimmer würde sie es an dem gebührenden Respekt fehlen lassen. Dazu ist sie viel zu gerissen. Owlham hat recht, sie ist eine Schlange."

„Was hat die arme Frau euch denn nur angetan, dass ihr beide es nicht einmal benennen könnt?"

„Genau das ist es ja." Owlham seufzte, denn er fand, dass ihm die Rolle eines tragischen Helden gut stand. „Sie schickt uns mit kleinen, unwichtigen Aufgaben kreuz und quer über deinen Besitz. Dabei haben wir ihr nur unsere weitreichenden Erfahrungen bei der Ausrichtung eines Sommerfestes angeboten. Aber statt sich dankbar zu zeigen, habe ich das Gefühl, dass sie unsere Hilfe nicht will."

Stonewine richtete sich auf einmal in dem Sessel, in dem er mehr gelegen als gesessen hatte, auf und strich sich eine blonde Locke aus der Stirn. „Aber heute hat sie uns glatt einen Gefallen getan."

„Wie das?", wollte Graywood wissen.

Owlham grinste, als sein Freund weitersprach. „Unser heutiger, wieder einmal recht wenig sinnvoller Auftrag führte uns an dem Haus vorbei, welches am anderen Ende des Gartens steht. Dort spielte eine bezaubernde junge Frau mit einem kleinen Mädchen Ball. Du musst sie kennen, denn sie wohnt auf deinem Grund und Boden. Sprich, wer ist dieses reizende Geschöpf? Der dunklen Kleidung nach ist sie eine Witwe. Wie schade, dass sie das noch nicht lang genug ist. Sie wäre sicher die Schönste auf dem Sommerfest."

Graywood knurrte fast: „Das ist die Dowager Viscountess. Sie hat kein Interesse an Sommerfesten."

„Woher willst du das wissen?"

„Sommerfeste sind Veranstaltungen, auf denen es harmonisch und friedvoll hergeht. Das sind Stimmungen, die dieser Dame fremd sind. Und außerdem ist sie noch in Trauer um ihren Gatten."

Während Stonewine über diese Aussage missbilligend den Kopf schüttelte, sprang Owlham in die Bresche. „Ich glaube, du kennst sie nicht gut genug. Sie war so sanft zu dem Kind und fand so freundliche Worte für uns, als wir sie ansprachen ..."

„Ihr habt sie belästigt?" Graywood sprang auf und schien alles andere als erbaut.

Die beiden Gescholtenen sahen sich mit vielsagenden Blicken an. Der Abend schien alles andere als langweilig zu werden. Ihr Freund Graywood, der bisher für das weibliche Geschlecht wenig übrig gehabt hatte, schien ein gewisses Interesse an dieser Dame zu haben. Auf jeden Fall reagierte er auf ihre Fragen nach der Witwe seines Cousins recht ungehalten. Das verleitete natürlich dazu, die ganze Sache etwas näher zu betrachten. Allerdings wollten sie seine Freundschaft nicht zu sehr auf die Probe stellen und machten sich heimlich Zeichen, ihn nicht bis zum Äußersten zu necken. Allerdings war der Umstand, dass er so heftig auf die

Erwähnung ihrer Person reagiert hatte, schon etwas, was sie sehr neugierig machte. So wurde der Abend für zwei der Männer in der Bibliothek ein gelungener Tagesausklang, während Graywood seinen Pflichten als Gastgeber nur halbherzig nachkam.

Als er sich dann endlich in seine Räumlichkeiten zurückziehen konnte, war er mehr als wütend. Er wusste nur nicht so richtig, worauf. Auf seine Freunde, die die Sprache im Laufe des Abends immer wieder auf Lady Lavinia gebracht hatten? Auf sich selbst, weil er so ungewohnt emotional auf deren Scherze reagiert hatte? Oder auf Lavinia, die an allem schuld war? Was hatte sie denn auch ausgerechnet mit Cynthia Ball spielen müssen, als diese zwei Schwerenöter an dem Gartenhaus vorbeigingen? Vor seine Augen schob sich das Bild einer glücklichen Lavinia. Sie hatte vom Lachen mit dem Kind blitzende Augen. Ihre Wangen waren vom Spielen leicht gerötet und aus ihrer Frisur hatte sich eine Locke gelöst, die vorwitzig ihr Gesicht umspielte.

Graywood schnaufte empört über sich selbst. So weit kam es noch! Die Dowager Viscountess war ein zänkisches Weibsbild und verfügte über keinerlei Reize. Zumindest hatte sie nichts, was er anziehend fand. Da musste er sich nur an ihre erste Begegnung erinnern. Damals hatte sie wie eine verängstigte kleine und graue Maus ausgesehen. Er versuchte sich das sackartige Gewand und ihre streng nach hinten gekämmte Frisur vorzustellen. Aber das gelang ihm nicht. Vor seinem inneren Auge erschien immer wieder das Bild von Lavinia, das seine Freunde mit ihren Worten gezaubert hatten. Und so fiel er in einem unruhigen Schlaf.

Allerdings hatte er in den nächsten Tagen wenig Zeit, darüber nachzudenken, ob er sich mit seiner Einschätzung bezüglich der Frau, die das Gartenhaus bewohnte, geirrt hatte. Die letzten Vorbereitungen für das Gartenfest erforderten seine volle Aufmerksamkeit. Da gab es doch einiges, was die rührige Hausdame mit ihm absprechen wollte. Ihr war es gar nicht recht, dass der Lord seine Suite wegen angeblichen Platzmangels mit seinen zwei Freunden teilen wollte. Obwohl sie versuchte, ihren Unmut ob dieser eigenartigen Anordnung zu verbergen, sah man ihr an, dass sie diese Entscheidung nicht nachvollziehen konnte. Immerhin hatte ein Viscount das Recht auf eine Privatsphäre.

Natürlich war Graywood seinem Personal keinerlei Rechenschaft schuldig. Er amüsierte sich innerlich über die entsetzten Gesichter von Butler, Kammerdiener und Hausdame. Aber um sie über die wahren Gründe des Arrangements in Kenntnis zu setzen, begann er mit vergnügter Miene zu erzählen. „Einem meiner Freunde ist es einmal passiert, dass er, als er sein Schlafgemach aufsuchen wollte, im Bett eine ihm fremde Dame vorfand. Er konnte sich nur durch einen Sprung aus dem Fenster retten, denn Mutter und Bruder jener Debütantin warteten bereits, um zu erklären, dass er die Konsequenzen aus diesem Zusammentreffen tragen müsse. Teilen wir uns eine Suite, dann ist die Gefahr eines solchen Komplotts relativ gering." Mit leiser Stimme setzte er hinzu: „Stonewine gilt bei den Müttern nicht als besonders gute Partie. Neben seinem Namen hat er nicht viel zu bieten, denn sein Anwesen wirft kaum genug ab, um ihn selbst zu ernähren, geschweige denn eine Frau. Das sollte Owlham und mich vor allzu aggressiven Nachstellungen schützen.“

Nach dieser Erklärung verneigten sich der Butler und Potter, der Kammerdiener, ohne dass man ihren Gesichtern eine Regung ansah. Sie begaben sich gemeinsam in das obere Stockwerk, um entsprechende Anweisungen zu geben, damit es ihrem Herrn auch unter diesen seltsamen Umständen nicht an einem gewissen Maß an Bequemlichkeit fehlen würde.

Die Hausdame indes wandte sich an den Viscount, um noch einige Anweisungen einzuholen. „Und was wird mit den benötigten Blumengestecken? Ich habe mir einige Proben von unserem Gärtner gestalten lassen, die allerdings nicht meinen Vorstellungen entsprechen. Ich befürchte, die Gäste werden glauben, dass man auf Graywood Manor keinen erlesenen Geschmack hat.“ Sie schwieg einen Moment und fuhr dann etwas unsicher fort: „Erlaubt Ihr vielleicht, dass ich die Blumen anderweitig ordere?“

Wenn Graywood nicht schon wieder mit den Gedanken bei seinen beiden Freunden gewesen wäre, die, so vermutete er zähneknirschend, unter einem Vorwand Lady Lavinia aufsuchten, dann wäre ihm die leichte Verlegenheit seiner Angestellten aufgefallen. So aber brummte er nur, dass er ihr auch in diesem Fall freie Hand lassen würde.

Daher kam es, dass wenige Stunden nach diesem Gespräch an die Tür des Gartenhauses geklopft wurde. Milly, die zur Tür eilte, warf ihrer Herrin einen kurzen Blick zu. „Vielleicht sind das wieder die beiden netten Gentlemen, die fragen wollen, ob sich der schwarze Küchenkater hierher verirrt hat.“ Dabei grinste sie ziemlich unverschämt. Doch da sie für Lady Lavinia mehr Vertraute als Zofe war, erntete sie keinen Tadel, sondern nur ein wenig ernstgemeintes Drohen mit dem Zeigefinger. Milly war nicht wenig erstaunt, als sie die Hausdame des Herrenhauses vor sich stehen sah. Doch sie fasste sich schnell, knickste, wie es von ihr erwartet wurde, und geleitete die Besucherin zu ihrer Herrin.

Wenn Lady Lavinia über ihren Gast erstaunt war, dann konnte man es ihr nicht anmerken. Nach einem kurzen Austausch von Freundlichkeiten, bei denen sich die Hausdame höflich und ihrer Stellung entsprechend äußerte, kam sie auf den Grund ihres Besuches zu sprechen. „Mylady, Ihr wisst doch sicher, dass auf Graywood Manor demnächst ein Sommerfest stattfinden soll. Ich kümmere mich darum, dass sich die Gäste wohlfühlen und bin in arger Verlegenheit, wenn ich an die benötigten Blumengestecke denke. Unser Gärtner hat zwar ein Händchen für alles Grobe, aber mit den feinen Arrangements für die Tafeln ist er überfordert. Als ich den Pfarrer um Rat fragte, wer hier im Ort diese Aufgabe übernehmen könnte, nannte er mir Euren Namen. Bitte verzeiht, wenn ich Euch mit diesem Ansinnen belästige, aber ich bin in einer argen Zwickmühle.“

Lady Lavinia hob beschwichtigend die Hand. „Meine Liebe, Sie brauchen sich keine Sorgen zu machen, dass Sie mich mit ihrer Anfrage beleidigen. Blumen, Kräuter und alles Grüne sind mir ans Herz gewachsen. Es beglückt mich, wenn ich mich damit beschäftigen kann. Und es entzückt mich umso mehr, wenn ich noch anderen Menschen damit eine Freude machen kann. Natürlich würde ich gern einige Blumengestecke für das

Sommerfest des Viscounts liefern, allerdings ..." Sie blickte ihr Gegenüber bedauernd an.

Die Hausdame ahnte, dass zwischen ihrem Herrn und der Dowager Viscountess nicht alles zum Besten stand. Doch so schnell wollte sie ihren Plan nicht aufgeben. „Viscount Graywood hat mir in dieser Angelegenheit freie Hand gelassen." Ein leichtes Grinsen huschte über ihr Gesicht. „Mylord muss es ja auch nicht unbedingt erfahren", fügte sie etwas leiser hinzu.

Lavinia gefiel der Gedanke, hinter dem Rücken des Viscounts die Blumen für seine Gäste zu arrangieren. Vor allem, weil er sich so verächtlich über ihre Arbeit ausgelassen hatte. Daher nahm sie den Vorschlag mit großer Genugtuung an. Es würde ihr eine besondere Freude sein, diesen unmöglichen Menschen auf eine charmante Art zu hintergehen. Also besprach sie mit der Hausdame alle wichtigen Details und die Art der Übergabe. Zuverlässige Dienstboten würden die bestellten Blumen jeweils in den Morgenstunden bei Milly abholen und mögliche neue Aufträge übermitteln.

Bereits einen Tag später trafen die ersten Gäste ein. Die Kutschen, die vor das Manor rollten, waren bis an die Grenze des Belastbaren mit Gepäck beladen. Die vornehmlich weiblichen Insassen wollten sich keineswegs zweimal in derselben Garderobe sehen lassen. Unzählige Sommerkleider, Roben für festliche Anlässe, Reitkleider und weitere Bekleidung stapelten sich in Kisten und Koffern. Unmengen an Hutschachteln, Schmuckkästchen und anderen Behältnissen wurden in den Gästezimmern verteilt. Die mitgebrachten Zofen und Kammerdiener wirbelten durch das ehrwürdige

Gemäuer. Es summte in allen Etagen wie in einem Bienenstock.

Die jungen Damen und ihre Mütter oder Tanten, die sie begleiteten, erlaubten sich nur kurz, ein wenig zu ruhen, bevor sie sich daran machten, das Manor, seine nähere Umgebung und vor allem die weibliche Konkurrenz zu begutachten. Natürlich kannten sie sich untereinander mehr oder weniger gut. Und sie mochten sich auch mehr oder weniger gut leiden. Doch während man sich in den Ballsälen Londons aus dem Weg gehen konnte, so war das bei einem Sommerfest auf engstem Raum schlecht möglich. Obwohl sich alle wie Ladys benahmen, wenn sie einander in den Salons und dem Garten begegneten, wurde jede Kleinigkeit im Nachhinein ausgewertet. Das Aussehen, die Frisur und die Figur der anderen Kandidatinnen für den Titel einer Lady Graywood fanden kaum Gnade vor den lästernden Zungen. Besonders Lady Mildred und ihre Mutter waren nicht gerade wählerisch, wenn es darum ging, ein Urteil über die anderen heiratswilligen Damen zu fällen. Den größten Spott und die meiste Häme bekam dabei Lady Cecilia ab. Die Gute war ein wenig fülliger, als es gerade in Mode war, und hatte zu ihrem kupferroten Haar auch noch etliche Sommersprossen aufzuweisen. Das war sicher ein Erbe ihres schottischen Großvaters, mutmaßte man hinter vorgehaltener Hand. Alle Anwesenden waren sich einig, dass sie wohl die Konkurrentin sei, die am wenigsten zu fürchten wäre.

Sie wussten nicht, dass sie Lady Cecilia von vornherein von ihrer Liste der gefährlichen Gegnerinnen hätten streichen können. Die junge Dame war seit einiger

Zeit in den drittjüngsten Sohn eines Earls verliebt, der ihre Gefühle erwiderte. An diesem Sommerfest nahm sie nur teil, weil ihre Eltern sie gebeten hatten, die Chance, eine Viscountess zu werden, nicht von vornherein in den Wind zu schlagen. Im Grunde genommen wollte sie nur die Zeit hier durchstehen. Sobald sie nach Hause zurückkehrte, würde ihr Liebster um ihre Hand anhalten. Sie war lieber die Gemahlin eines Mannes ohne Titel, als die Frau an der Seite eines, den sie nicht liebte.

Lady Cecilia war daher wohl die Einzige der Damen, die die Zeit auf Graywood Manor ungestört genießen würde. Immerhin waren während des Sommerfestes etliche Amüsements zu erwarten. Die Ermahnungen ihrer Mutter, sich etwas mehr anzustrengen, um den Viscount auf sich aufmerksam zu machen, ertrug sie gelassen. Ihr Vorhaben war es, die angedachten Lustbarkeiten zu genießen und jedes noch so kleine Detail in ihrem Tagebuch festzuhalten. Als drittem Spross seines Vaters stand ihrem zukünftigen Gatten kein hochtrabender Titel zu. Wären sie erst einmal verheiratet, dann würde es wohl kaum viele Einladungen zu irgendwelchen Sommerfesten geben. Cecilia fand das nicht schlimm, immerhin war für ihr finanzielles Auskommen bestens gesorgt. Sie würden auch ohne Titel sorglos auf einem Anwesen nahe der Lowlands leben können. Und wenn sie einmal Töchter hätte, dann würde sie ihnen von einem Sommerfest, das eigentlich ein Heiratsmarkt war, erzählen.

Die kommenden Tage waren durchgeplant und sorgten für allerlei Zerstreuungen. Es würde Kutschausflüge, Bootstouren auf einem nahegelegenen See,

Scharaden, Picknicks, kleine Sportwettkämpfe wie Kricket und Bogenschießen geben. Graywood hatte sich nicht nur bei der Planung der Hilfe von Butler und Hausdame versichert. Er hatte die beiden auch gebeten, stets ein Auge auf die Debütantinnen zu haben. Es war nicht auszuschließen, dass sie zu unfeinen Mitteln griffen, wenn sie merkten, dass er keineswegs die Absicht hatte, sich unter ihnen eine Braut zu suchen. Potter, sein Kammerdiener, hatte die Aufgabe, im Hintergrund in seiner Nähe zu bleiben und notfalls unter völlig fadenscheinigen Vorwänden aufzutauchen. Für Aldon war es wichtig, dass es keine Gelegenheit gab, bei der er mit einer der anwesenden Ladys allein sein würde. Natürlich versuchte die eine oder andere, auf mehr oder weniger geschickte Art, seine Aufmerksamkeit zu erregen. Von Stolpern bis Unwohlsein, um seine Hilfe in Anspruch zu nehmen, war alles dabei. Da er sich aber von Anfang an jedem Flirtversuch entzog, gab es schon nach den ersten Tagen einige kluge Damen, die ihre Aufmerksamkeit auf andere anwesende Herren richteten. Das schaffte Graywood einige Erleichterung und er gratulierte sich selbst noch einmal für die Idee, heiratswillige Gentlemen einzuladen. Allerdings gab es auch Ladys, die ihn noch nicht von der Liste der möglichen Eroberungen gestrichen hatten. Deshalb betete er im Stillen darum, dass die Woche des Sommerfestes, die ihm schier endlos lang vorkam, endlich vorbei war.

Zwischen den einzelnen geplanten Unternehmungen blieb den Gästen natürlich auch etwas Zeit, um sich zu erholen. Aldon hatte sich währenddessen in seine Bibliothek zurückgezogen. Eine der Debütantinnen, Lady Mildred, sah wie er den Raum betrat, als sie mit ihrer

Mutter die Treppe herunterkam. Sie hatte nichts Besseres zu tun, als schnell und leichtfüßig hinter ihm her zu eilen. Da ihre zierlichen Seidenschuhe kein Geräusch verursachten, hatte Graywood es nicht bemerkt. Die Lady wollte gerade die Tür hinter sich schließen, als sie ein leises Hüsteln vernahm.

„Verzeiht, Mylady ..." Wie aus dem Nichts stand Potter, der Kammerdiener, hinter ihr. „Der Viscount bat um meine Anwesenheit in der Bibliothek. Würdet Ihr mich bitte vorbeilassen?"

Lady Mildred warf ihm einen bitterbösen Blick aus ihren hübschen blauen Augen zu. Sie zuckte mit den Schultern, zog eine Schnute und vollführte eine Kehrtwendung, um wieder zu ihrer Mutter zu gehen. Die hatte das Auftauchen des Kammerdieners mit einem Stirnrunzeln beobachtet. Was für ein unglücklicher Zufall! Wenn ihre Tochter mit Graywood hinter der geschlossenen Bibliothekstür gewesen wäre, dann wäre ihr die Rolle zugefallen, lauthals um die Ehre ihrer Tochter zu bangen. Dem Viscount bliebe wäre nur eine Wahl geblieben: Er hätte Lady Mildred heiraten müssen.

Der war inzwischen mehr als nur dankbar für Potters Auftauchen und die erfundene Aussage, dass er nach ihm verlangt hätte. „Ich stehe ewig in deiner Schuld, Potter. Das war echt knapp." Graywood hatte durch die offene Tür Lady Mildreds lauernde Mutter entdeckt. „Ich werde in dieser Woche nicht wieder allein in die Bibliothek gehen. Sollte ich etwas brauchen, dann werde ich danach schicken. Du bleibst, wie abgesprochen, immer dezent in meiner Nähe. Wir sehen beide, wie nötig das ist. Ich hoffe, die Damen sind jetzt anderweitig beschäftigt."

„Es ist mir eine Ehre, Euch behilflich zu sein." Potter konnte sich ein leichtes Schmunzeln nicht verkneifen. „Euer Glück und Eure Zufriedenheit liegen mir selbstverständlich am Herzen." Er warf einen Blick aus dem Fenster. „Inzwischen sollten alle Gäste im Freien beschäftigt sein. Ihr seid also im Moment außer Gefahr." Graywood wandte den Kopf und sah beim Blick aus dem Fenster, dass sein Kammerdiener recht hatte.

Eine wahre Flut von Debütantinnen und ihren Müttern oder Tanten überschwemmten den Park und die Gartenanlagen rund um das Herrenhaus. Sie wandelten plaudernd über die Kieswege, wedelten kokett mit ihren Fächern und schwenkten ihre bunten Sonnenschirme. Natürlich war es auch nicht zu vermeiden, dass eines der Grüppchen, die sich wahllos zusammengefunden hatten, an Lady Lavinias Refugium entlangkamen. Es waren alles Debütantinnen, wie ihre pastellfarbenen Sommerkleider auch aus größerer Entfernung verrieten. Graywood bemerkte es stirnrunzelnd, wusste aber nicht, wie er ein eventuelles Zusammentreffen vermeiden sollte. Schließlich konnte er seinen Gästen ja das Betreten eines Teils des Gartens nicht einfach verbieten.

Als Cecilia, die Tochter des Barons Eaglewood, die Rosen am Eingang des Gartenhauses mit reizenden Worten bewunderte, wurde sie von Lady Mildred scharf zurechtgewiesen. „Wisst Ihr nicht, wer hier sein Domizil hat? Die Dowager Viscountess residiert im ehemaligen Liebesnest ihres ungetreuen Gatten. Das ist nur mehr als gerecht, wenn man bedenkt, wie unfähig die damalige Viscountess für die Aufgaben war, die man ihr zugedacht hatte."

„Woher wisst Ihr das?", begehrten die anderen Damen zu erfahren.

Die Angesprochene gab bereitwillig Auskunft und sonnte sich in der Aufmerksamkeit. „Ich traf die Mutter des verstorbenen Viscounts in Bath. Dort hat sie mir mehr als genug über das Unvermögen ihrer Schwiegertochter berichtet. Sie konnte weder einen so großen Haushalt leiten noch ihrem Gatten einen Erben schenken. Außerdem soll sie unscheinbar und nicht besonders intelligent sein."

„Warum hat der selige Viscount sie denn dann geheiratet?", ließ sich eine blasse Debütantin vernehmen, die begonnen hatte, sich einige Blüten der Kletterrose abzupflücken.

„Vielleicht hatte sie eine große Mitgift?", vermutete ihre Freundin Lady Elisabeth mit etwas Neid in der Stimme.

„Weit gefehlt", ließ sich Lady Mildred empört vernehmen. „Sie war arm wie eine Kirchenmaus. Lord Graywood hat sie aus einer Gefälligkeit, die er ihrem Vater hatte erweisen wollen, geheiratet. Seine Mutter hatte die Weichherzigkeit ihres Sohnes mit bitteren Worten beklagt."

Die Ladys entfernten sich unter Gekicher und tauschten weitere hämische Bemerkungen aus. Niemand von ihnen hatte die Gestalt entdeckt, die sich beim Näherkommen der Gruppe hinter die Hecke gehockt hatte. Lavinia hatte in ihrem Versteck dem Ganzen lauschen müssen, ob sie wollte oder nicht. Das Gehörte trieb ihr die Zornesröte ins Gesicht. Wie konnten die Damen so über sie herziehen, ohne dass sie die Chance bekam, sich zu diesen Vorwürfen zu äußern? So sollte sich keine echte Lady benehmen. Dass ihre Schwiegermutter kein gutes Haar an ihr ließ, das wunderte sie nicht. Aber dass die Damen all diese Lügen einfach als Wahrheit hinnahmen, kränkte sie. Sie war mit keiner der Ladys bekannt, aber sie glaubte, dass Graywood nur Damen mit einer wirklich guten Erziehung eingeladen hatte. Immerhin war er nach Millys Aussage auf der Suche nach einer Gemahlin. Sich so über eine Abwesende zu äußern, zeugte von keinem guten Charakter.

Dass die meisten der weiblichen Gäste im Herrenhaus keine besonders angenehmen Wesen waren, bestätigte Milly bei der abendlichen Lesestunde. Sie hatte tagsüber einige der Bediensteten des Viscounts getroffen, die sich über die ständigen Forderungen der Ladys geärgert hatten. Beinahe jede von ihnen schien sich für die wichtigste Dame im Haus zu halten und erwartete eine bevorzugte Behandlung. Die armen Angestellten wussten nicht, welche Wünsche sie zuerst erfüllen sollten und wurden bei den kleinsten Vergehen gescholten. Als am gemeinsten erwies sich Lady Mildred, die von den Dienstboten bereits den Spitznamen *Henne* bekommen hatte. „Weil sie, wenn etwas nicht nach ihrem Willen geht oder nicht schnell genug erledigt wird, einen kurzen Schrei ausstößt, der an ein Huhn erinnert", berichtete Milly. „Sie hat die Köchin zutiefst beleidigt, als sie an den beim Dinner aufgetragenen Speisen herummäkelte. Selbst der Butler, der sich sonst nie herablässt, jemandem seine Meinung mitzuteilen, hebt eine Augenbraue, wenn die Sprache auf diese Lady kommt. Das ist ungefähr so, als würde er ihr ins Gesicht sagen, dass ihr Benehmen zu wünschen übrig lässt. Ich glaube, heute Nacht steigen etliche Gebete zum Himmel auf, die darum bitten, dass der Viscount nicht Lady Mildred als Gemahlin erwählt."

Lavinia musste unwillkürlich kichern, als sie sich vorstellte, wie diese Wünsche in den Nachthimmel schwebten und sich unter dem Mond zu einer Wolke verdichteten. Eigentlich gönnte sie dem überheblichen Kerl so eine Frau an seiner Seite. Ob Männer ähnlich an einer lieblosen Ehe litten wie Frauen? Wohl kaum. Immerhin hatten sie das Recht, jederzeit einen anderen Ort aufzusuchen, wenn ihnen die Gesellschaft ihrer Gemahlin auf die Nerven ging. Sie konnten ihr Stadthaus aufsuchen, die Nächte in den Klubs verbringen und sich eine Mätresse halten, die sie dann in dem zum Anwesen gehörenden Gartenhaus empfingen. Ob der sechste Viscount Graywood auch so ein Schuft war? Dem Aussehen nach erinnerte er schon sehr an ihren verstorbenen Gatten. Allerdings fehlte ihm der grausame Zug um den Mund. Und seine Augen schauten auch nicht so kalt und abweisend. Lavinia hatte bemerkt, dass sie sogar einen sanften Schimmer bekamen, wenn sein Blick auf Cynthia fiel. Ob er Kinder mochte? Der selige Graywood hatte unbedingt einen Erben gewollt. Das hatte er ihr Monat für Monat vorgehalten, wenn sie ihm hatte gestehen müssen, dass sie wieder nicht schwanger war. Aber sie glaubte nicht, dass er ein Kind hätte lieben können. Für ihn hatte es nur einen Menschen auf der Welt gegeben, den er, außer sich selbst, ein wenig mochte. Und das war seine Mutter. Lavinia schauderte, wenn sie daran dachte, dass ihre Schwiegermutter ihr angedroht hatte, sich allein um die Erziehung des erwünschten Nachwuchses zu kümmern. Wenn sie es so betrachtete, dann war es ein Glück, dass sie nicht schwanger geworden war.

Lavinia seufzte. Nach dem Umzug ins Gartenhaus hatte ihr monatliches Unwohlsein pünktlich eingesetzt. Damit waren ihre Hoffnungen auf ein eigenes Kind dahin. Sicher war sie unfruchtbar. Außerdem würde sie niemals wieder heiraten. Doch zum Glück war Cynthia in ihr Leben gekommen. Nach dem Sommerfest würde sie den Viscount bitten, sie nach Schottland zu schicken. Dort würde sie das Mädchen als ihr Kind ausgeben und in Ruhe und Frieden leben. Ihretwegen konnte er hier mit Lady Mildred oder auch sonst wem glücklich werden. Ihr war das egal. Warum nur hinterließen diese Gedanken so ein dumpfes Gefühl in ihrer Brust?

In den nächsten Tagen hatte sie genug Zeit, über ihre verwirrenden Empfindungen nachzudenken. Während Lavinia die gewünschten Blumengestecke für die Tafel der Gäste des Sommerfestes zusammenstellte, schossen ihr die seltsamsten Vorstellungen durch den Kopf. Was wäre, wenn sie die Blumen für ihr eigenes Fest arrangieren würde? Während ihrer Ehe hatte es auf Graywood Manor nie so eine fröhliche Veranstaltung gegeben. Ihr Gatte bekam zwar ab und zu Besuch von eher zwielichtigen Gentlemen, aber bei diesen Festivitäten war ihre Anwesenheit nicht erwünscht. Sie war froh darüber gewesen, denn der Lärm, der aus dem Herrenzimmer durch das Haus drang, hatte ihr Angst gemacht. Allerdings konnte sie so nie in die Rolle der Gastgeberin schlüpfen. Hätte es ihr Freude gemacht, zahlreiche Besucher zu empfangen und Bälle zu veranstalten? Wie schade, dass sie es nie erfahren würde. Während sie Blume um Blume in die edlen Vasen steckte, erlaubte sie sich, ein wenig zu träumen. Lavinia sah sich in einer atemberaubenden Robe am Fuße der Treppe stehen, während die ersten Kutschen der geladenen Gäste auf den Hof fuhren. Alles war bereit für den größten Winterball der Saison. Neben ihr stand lächelnd und unwahrscheinlich gut aussehend, Aldon Westkay, Viscount Graywood. Als sie mit ihren Tagträumen an dieser Stelle angelangt war, schüttelte sie über sich selbst empört den Kopf. Wie konnte sie nur!

Milly, die die Blumen und das benötigte Schnittgrün vorbereitete, hatte diese Geste bemerkt. „Recht habt Ihr, Mylady. Es ist nicht richtig, dass Ihr die Blumen liefert, aber nicht zum Sommerfest eingeladen seid. Ihr solltet als Dowager Viscountess die Gäste empfangen und Euch nicht in diesem kleinen Gartenhaus versteckt halten.“

„Du vergisst wohl, dass ich noch in Trauer um meinen verstorbenen Gatten bin. Er ist erst wenige Monate tot. Da schickt es sich nicht, auf einen Ball zu gehen.“

„Ihr könntet eine schwarze Robe tragen, das würde Eurer Situation angemessen sein. Jeder, der Euren Gatten gekannt hat, wird kaum mehr von Euch erwarten.“

„Milly, du vergisst, dass meine Schwiegermutter auch von Bath aus versucht, meinen Ruf in den Schmutz zu ziehen. Ich habe mit eigenen Ohren gehört, wie Lady Mildred den anderen Damen ihre Lügen weitererzählt hat. Glaubst du denn im Ernst, dass es mir Spaß machen würde, in solch eine Schlangengrube zu treten?“

„Lady Mildred ist ein garstiges Huhn. Das sagen alle im Herrenhaus. Ihr solltet nichts auf ihr Geschwätz geben."

„Und du, meine Liebe, vergisst, dass es sich für eine Zofe nicht gehört, so über Angehörige des *ton* zu reden."

Da der Tadel sie getroffen hatte, senkte Milly den Kopf und wandte sich wieder ihrer Arbeit zu. Um jeden Preis wollte sie ihrer Herrin eine gute Zofe sein. Dennoch konnte sie sich einen letzten Kommentar nicht verkneifen. Leise murmelte sie vor sich hin: „Trotzdem ist es nicht richtig, dass der Viscount Euch so behandelt."

Lavinia tat so, als ob sie diese Worte nicht gehört hätte. Aber sie nagten trotzdem an ihr.

II. PLÄNE

Auf dem Rasen hinter dem Haupthaus waren die Gäste nahezu vollzählig versammelt, um Kricket zu spielen oder die Mannschaften anzufeuern. Überall waren kleine weiße Pavillons aufgestellt, um die Damen vor der Sonne zu schützen. Livrierte Diener liefen mit Erfrischungen umher und boten Früchte und süße Plätzchen an. Graywood hatte sich mit seinen Freunden Owlham und Stonewine mit der Begründung, letzte Absprachen für das morgige Picknick zu treffen, in den Schatten einer mächtigen Eiche zurückgezogen.

Er verzog unwillig das Gesicht. „Es ist so anstrengend, diesen schnatternden Gänschen auszuweichen. Je mehr ich von ihnen kennenlerne, desto weniger reizvoll erscheint es mir, mein Leben an eine von ihnen zu binden."

„Wenn ich wählen müsste, dann würde ich die Lady aus dem Gartenhaus nehmen." Owlham blickte seinen Freund grinsend an.

„Was? Dieses streitlustige Weibsbild?"

„Ich glaube, dass sie Feuer hat", schlug Stonewine in dieselbe Kerbe.

„Woher kennt ihr beiden denn die Witwe meines Vetters? Ich habe sie euch noch nicht vorgestellt!" Graywood konnte einen verärgerten Unterton nicht vermeiden.

„Ach, das brauchst du nicht. Wir haben uns bereits gegenseitig vorgestellt.“

„Wann? Und bei welcher Gelegenheit?“

„Deine ehrenwerte Miss Plumcook hatte uns mit einigen Aufgaben zu Vorbereitung des Sommerfestes beauftragt. Das erzählten wir doch bereits. Dabei führte uns unser Weg am Gartenhaus vorbei. Und das nicht nur einmal, wie wir erfreut feststellten. Übrigens, deine Hausdame ist eine echte Perle. Ich würde sie dir gern abschwatzen.“

„Lenk nicht vom Thema ab. Ihr seid dann also einfach so in das Gartenhaus hineinspaziert und habt euch vorgestellt?“

„Also, so ungeschickt würden selbst wir nicht vorgehen. Warum interessiert dich das Ganze so? Du willst sie doch nicht in die engere Auswahl nehmen?“

„Sei nicht albern! Sie ist, ich wiederhole mich, die Witwe meines Vetters. Und da ich das Familienoberhaupt bin, untersteht Lady Lavinia meiner Verantwortung. Ich kann es also nicht dulden, dass zwei berüchtigte Lebemänner ihren Ruf ruinieren.“

Graywood merkte selbst, dass er der Sache zu viel Gewicht beimaß, aber er konnte sich nicht bremsen: „Also frage ich nochmals: Wie habt ihr sie kennengelernt?“

Owlham wollte es nicht einmal verhindern, dass seine blauen Augen vor bissiger Freude leuchteten, als er seinen Freund so harsch fragen hörte. „Der Ball ihrer Tochter war über den Zaun gefallen. Just in dem Moment, als wir dort entlangkamen. Als echte Gentlemen mussten wir doch helfen. Und dabei haben wir uns dann gleich vorgestellt.“

„Zugegeben, es war etwas unkonventionell", warf Stonewine ein. „Aber die Lady scheint nicht allzu viel von den strengen Gesellschaftsregeln zu halten."

„Diese Dame scheint überhaupt nicht viel von Regeln zu halten." Lady Mildred war wie aus dem Nichts erschienen und verzog das hübsche Gesichtchen angewidert.

Stonewine zog eine seiner perfekt gepflegten Augenbrauen nach oben. „Wie kommt Ihr darauf, meine Verehrteste?"

„Oh, ich habe meine Informationen aus allererster Quelle, denn ich durfte in Bath die Mutter des verstorbenen Viscounts kennenlernen. Sie klagte mir in aller Ausführlichkeit ihr Leid über ihre Schwiegertochter."

Owlham neigte mit gespieltem Interesse den Kopf. „Habt Ihr Euch denn inzwischen davon überzeugt, dass die Vorwürfe den Tatsachen entsprechen? Es kommt häufig vor, dass eine Mutter bei der Eheschließung mit der Wahl ihres Sohnes nicht ganz zufrieden ist."

„Ich hege keine Zweifel an den Worten der ehrenwerten Lady. Schon allein die Umstände, in denen sich die Dowager Viscountess befindet, sprechen für sich."

„Welche Umstände meint Ihr?"

Hätte Lady Mildred Graywood besser gekannt, dann wäre ihr an seiner Tonlage klar geworden, dass sie sich gerade auf sehr dünnem Eis befand. So aber plapperte sie unbefangen weiter. „Sie ist so schamlos, dass sie das ehemalige Liebesnest ihres Gatten bewohnt. Der Arme hat sehr unter ihrer Kälte und Herzlosigkeit gelitten, vertraute mir seine unglückliche Mutter an. Und dann hat sie noch ein Findelkind von zweifelhafter Herkunft an Kindes statt bei sich aufgenommen. Sicherlich will sie so über die Tatsache hinwegtäuschen, dass sie unfruchtbar ist."

Owlham legte Graywood beschwichtigend die Hand auf den Arm, während Stonewine Lady Mildred versicherte, er hätte gesehen, wie ihre Mutter sich suchend nach ihr umgeblickt habe. Das ließe sich eine gehorsame Tochter nicht zweimal sagen, betonte sie und verabschiedete sich augenblicklich von den Herren.

Als sie außer Hörweite war, atmete Owlham erleichtert auf. „Was für eine grässliche Person. Wenn du diese Lady auch nur eine Sekunde lang als Gattin in Betracht ziehst, dann kündige ich dir die Freundschaft."

Stonewine wollte dagegen etwas ganz anderes wissen. „Die süße Cynthia ist nicht Lady Lavinias Tochter?"

Graywood knurrte leise in sich hinein. Man war also schon so weit bekannt, dass man das Kind *die süße Cynthia* nannte. „Das Mädchen ist Waise und ein Bastard ihres verlogenen Gatten."

„Noch ein Pluspunkt für die Lady. Sie ist nicht nur klug und geschickt, sondern hat auch ein großes Herz."

„Wieso vergebt ihr jetzt schon Punkte? Und woher wisst ihr, dass sie geschickt ist?" Graywood hatte Mühe, sich einen einigermaßen gleichgültigen Anstrich zu geben. Wenn sie Lavinia zu nahe getreten waren, dann würde er sie sofort seines Anwesens verweisen.

„Hast du dich nie gefragt, woher der schöne Blumenschmuck auf deiner Tafel kommt?"

„Vom Gärtner?"

„Nein, da irrst du dich. All diese schönen Buketts und Arrangements, die die Damen so euphorisch bewundern, werden im Gartenhaus gefertigt."

„Woher wisst ihr das? Plumcook hat mir nichts davon erzählt."

„Auch als Gast hat man so seine Quellen, über die ich natürlich schweige. Im Übrigen glaube ich mich zu erinnern, dass du deiner Miss Plumcook freie Hand bei der Dekoration gelassen hast. Du solltest sie nicht tadeln, wenn sie das Beste vom Besten organisiert." Stonewine verschwieg, dass er sein Wissen von seinem Kammerdiener hatte, der mit der hübschen Milly gern etwas tändelte. Dabei hatte das arglose Mädchen stolz von den Fähigkeiten ihrer Herrin berichtet.

Graywoods schlechte Laune steigerte sich ins Unermessliche. Dabei wusste er nicht einmal genau, auf wen er eigentlich wütend war: auf seine Freunde, die hinter seinem Rücken mit Lavinia ... ja was denn eigentlich? Auf Plumcook, der er freie Hand gelassen hatte und die ebenfalls hinter seinem Rücken mit Lavinia ein Komplott geschmiedet hatte? Auf Lady Mildred, die so schlecht über Lavinia sprach? Oder auf sich selbst, dessen erster Eindruck von Lavinia wohl so vollkommen falsch gewesen war? Auf jeden Fall hing sein Zorn am Ende irgendwie mit dieser Person zusammen! Zum Glück tauchte sein Kammerdiener auf, der ihm mitteilte, dass man seinen Rat im Manor benötigte. Immer noch wütend, stapfte er mit seinen langen Beinen davon, sodass der arme Potter kaum hinterherkam. Den amüsierten Blick, den seine Freunde hinter seinem Rücken tauschten, bemerkte er nicht.

Während Graywood im Haus die Entscheidungen traf, die das Hauspersonal benötigte, damit der Ball am morgigen Abend ein voller Erfolg werden würde, schmiedete Lady Mildred ganz eigene Pläne.

Sie hatte mit ihrer Mutter auf einer Bank, die unterhalb eines der großen Fenster der Bibliothek stand, Platz genommen. Die Frauen waren von der Entwicklung des Sommerfestes ganz und gar nicht begeistert und hielten Kriegsrat.

„Mein Kind, dir bleibt nicht mehr lange Zeit, um den Viscount zu überzeugen. Der morgige Ball ist der perfekte Anlass, um eure Verlobung zu verkünden."

Lady Mildred rang die Hände. „Ich habe alles getan, um Graywood auf mich aufmerksam zu machen. Aber er schaut mich nicht einmal lange genug an."

„Hat er denn Interesse an einer der anderen Ladys bekundet?"

Mildred überlegte. „Er widmet allen die gleiche Aufmerksamkeit. Oder genau genommen die gleiche Nichtachtung."

„Nun, das ist doch schon ein Stein, auf den man bauen kann."

„Wie soll ich das verstehen?"

„Schau, mein Kind, wenn er keine der Ladys bevorzugt, dann ist es ihm offenbar schlussendlich egal, wer die Mutter seines Erben wird. Also wird er dir nicht böse sein, wenn du seiner Entscheidung etwas nachhilfst."

„Wie meint Ihr das, Frau Mutter?"

„Nun, manchmal muss man die Ereignisse etwas forcieren, damit ein Gentleman sich auf seine gute Erziehung besinnt."

„Ich soll mich kompromittieren lassen?"

„Das ist so eine hässliche Formulierung, mein Kind. Du sollst nur deinem Glück ein wenig auf die Sprünge helfen. Am Ende wird sich herausstellen, dass es zu deinem und auch zu seinem Besten ist."

„Ich bin bereit, zu tun, was getan werden muss."

„Das ist meine Tochter. Ich habe nichts anderes erwartet. Also höre zu, was ich herausgefunden habe und was uns zum Vorteil gereicht."

Lady Mildreds Mutter hatte alle Register gezogen, um so viel wie möglich über Graywood zu erfahren. Der Mann war geschickt. Es war nahezu unmöglich, dass es eine der heiratswilligen Damen schaffte, auch nur kurze Zeit mit ihm allein zu sein. Er teilte sogar seine persönlichen Gemächer mit seinen Freunden. Angeblich aus Platzgründen. Was für fadenscheinige Gründe! Beinahe hätte sie alle Hoffnung fahren lassen, dass es doch noch eine Möglichkeit gab, den Viscount in eine Falle zu locken. Zum Glück war ihr der Zufall zu Hilfe gekommen.

„Heute Morgen plagte mich nach dem üppigen Essen vom Vortag ein böses Sodbrennen. Ich wachte also noch vor Tag und Tau durch meine Beschwerden auf. Ich klingelte nach meiner Zofe, die mir Medizin besorgen sollte. Während ich auf sie wartete, schaute ich aus dem Fenster. Und was glaubst du, was oder besser wen ich da erblickte?"

Mildred riss erstaunt die Augen auf, schwieg aber.

„Der Viscount eilte mit einem Handtuch über der Schulter durch den Garten. Sein Ziel war diese Grotte hinter dem Pavillon, um darin zu baden. Das, so hat man berichtet, macht er jeden Morgen. Ich habe einige Münzen in die Hände meiner Zofe gelegt, damit sie diese Informationen herausfindet. Und ich glaube, das Wissen sollten wir unbedingt nutzen. Schließlich werfe ich mein Geld nicht zum Fenster hinaus." Sie kicherte affektiert und tätschelte ihrer Tochter die Hand.

Voller Vorfreude entwarf Lady Mildreds Mutter ihren Plan. Wenn ihre Tochter sich an die Anweisungen hielt, dann dürfte nichts schiefgehen. Der Viscount war ein Gentleman und würde wissen, was die Ehre gebot. Der Abend des Balles war die perfekte Gelegenheit, um eine Verlobung zwischen Aldon Westkay, Viscount Graywood und Lady Mildred bekanntzugeben. Dessen waren sich die Damen sicher. Allerdings hatten sie nicht bemerkt, dass ihr Gespräch nicht ohne Zeugen geblieben war. Miss Plumcook hatte etwas aus der Bibliothek holen wollen, als die Stimmen unter dem Fenster an ihr Ohr drangen. Es war eigentlich nicht ihre Art, jemanden zu belauschen. Aber als sie gehört hatte, wie man den Namen ihres Herren erwähnte, war sie nicht nur neugierig, sondern auch wachsam geworden. In einer der beiden Gesprächspartnerinnen hatte sie eindeutig Lady Mildred erkannt. Diese hatte es in der kurzen Zeit ihres Aufenthalts geschafft, den Status des unbeliebtesten Gastes zu erringen. Wenn sie es fertigbringen würde, dass der Viscount sie zur Gattin nahm, dann wäre es sicher vorbei mit der Harmonie auf Graywood Manor. Ihre Mutter, Gotte habe sie selig, pflegte bei besonders prekären Situationen zu bemerken, dass der Zweck die Mittel heiligte. Dies hier war so eine Situation, beschloss Miss Plumcook, und schob sich leise näher an das Fenster heran, damit sie besser verstehen konnte, was darunter gesprochen wurde.

Aldon Westkay, Viscount Graywood machte sich indes seine eigenen Gedanken. Am Abend zog er sich unter dem Vorwand, Geschäftliches erledigen zu müssen, in sein Arbeitszimmer zurück. Er musste nachdenken. Wie kamen Stonewine und Owlham nur darauf, ständig Loblieder auf Lavinia zu singen? Wenn er nicht genau wüsste, dass sie sich keineswegs mit Heiratsabsichten trugen, dann hätte er Sorge, dass einer von beiden der Witwe seines Vetters einen Antrag machen würde. Zum Glück war sie ziemlich mittellos. Damit war sie vor Bewerbern, die sich ihr Vermögen unter den Nagel reißen wollten, sicher. So nach und nach war auch bei ihm angekommen, dass Lavinias Ehe alles andere als ein Zuckerschlecken für sie gewesen sein mochte. Vielleicht hatte sie doch noch ein bisschen Glück im Leben verdient. Immerhin schien der erste Eindruck, den sie auf ihn gemacht hatte, falsch gewesen zu sein. Nachdenklich schwenkte er den Whisky in seinem Glas und warf einen Blick auf seine Hündin, die zufrieden auf dem Teppich schlief.

„Vielleicht sollte ich ihr eine anständige Leibrente aussetzen. Dann wäre sie unabhängig und müsste nicht glauben, dass sie aus finanziellen Gründen einen alten, reichen Verehrer ehelichen muss", sprach er vor sich hin. Irgendwie behagte ihm der Gedanke nicht, dass Lavinia wieder heiraten könnte. „Aber dann wäre ich die Verantwortung für sie los", brummte er. War er denn wirklich für sie verantwortlich? Er setzte das Glas heftiger als üblich auf seinem Schreibtisch ab. „Ich bin das Familienoberhaupt und damit für alles verantwortlich, was den Namen Graywood trägt."

Aldon war lauter als beabsichtigt geworden. Die Hündin war aufgewacht und sah ihn mit einem vorwurfsvollen Blick an. „Tut mir leid, mein Mädchen. Aber du weißt ja, dass ich mit Frauen seit einiger Zeit nicht mehr so viel am Hut habe. Die eine falsche Schlange in meinem Leben hat mir das Thema verleidet. Und nun bin ich von heiratswütigen Debütantinnen umgeben, habe eine Tante, die mir, wann immer es geht, schaden möchte und bin für eine Frau verantwortlich, die mich, je länger ich über sie nachdenke, in immer größere Verwirrung stürzt. Vielleicht wäre es tatsächlich das Beste, wenn ich ihr vorschlüge, wieder zu heiraten. Dann wäre sie versorgt und ich bräuchte keinen Gedanken mehr an sie zu verschwenden. Was meinst du, Blacky?"

Das Tier sah ihn nur mitleidig an.

„Nicht dieser Blick! Ich weiß, was du meinst. Und nein, ich denke nicht im Traum daran, sie selbst zu ehelichen. Immerhin ist sie unfruchtbar. An meinem Vetter kann es nicht liegen. Die kleine Cynthia ist der Beweis." Blacky, die sich kurz aufgerichtet hatte, ließ sich mit einem Brummen wieder fallen.

„Du bist auch keine Hilfe und außerdem befangen. Denkst du, ich weiß nicht, dass du deine Zeit mit diesem schwarzen Teufelshund aus dem Gartenhaus verbringst? Mein Entschluss steht fest: Wenn das Sommerfest vorbei ist, werde ich mit Lavinia über ihre Zukunft reden und sie überzeugen, dass es sinnvoll ist, wenn sie sich erneut verheiratet."

Obwohl er die Worte im Brustton der Überzeugung ausgesprochen hatte, fühlte sich das Ganze nicht gut an. Und was sollte eigentlich aus der kleinen Cynthia werden?

12. DIE FALLE

Sehr spät am Abend klopfte es leise an die Tür des Gartenhauses. Lady Lavinia und Milly, die gerade ihre tägliche Lesestunde beendet hatten und sich bettfertig machen wollten, sahen sich erstaunt an.

„Wer kann das zu dieser Zeit noch sein, Mylady? Soll ich öffnen oder stellen wir uns schlafend?"

„Ich bin genauso überrascht wie du. Aber ich glaube nicht, dass es etwas nützt, wenn wir uns schlafend stellen. Der unbekannte Besucher hat sicher den Lichtschein in den Fenstern der Bibliothek gesehen. Wir sollten öffnen, vielleicht ist es wichtig. Aber nimm lieber Teufel mit zur Tür. Falls uns jemand etwas Böses will, dann könnte er denjenigen abschrecken."

Milly nickte, gab dem Hund ein Zeichen und öffnete vorsichtig die Tür. Ihr erfuhr ein erstaunter Ausruf, als sie die Hausdame Graywoods erkannte. Dann besann sie sich auf das, was sie inzwischen von Mylady gelernt hatte, knickste höflich und ließ die Frau eintreten. Ob etwas mit dem Blumengestecken nicht in Ordnung war?

„Guten Abend, Mylady, bitte verzeiht meinen späten Überfall", wandte sich die Besucherin an die verblüffte Hausherrin. Die grüßte mit einem Nicken und bot der Eingetretenen mit einer Handbewegung einen Sitzplatz an. Dann sah Lavinia sie erwartungsvoll an.

Die Hausdame rang verlegen die Hände und suchte sichtlich nach Worten. „Ich bitte nochmals um Verzeihung, dass ich Euch zu so später Stunde belästige. Aber ich weiß mir keinen Rat mehr." Die Frau holte tief Luft, ganz so, als wollte sie sich damit Mut machen. „Es ist mir bewusst, dass Euer Verhältnis zu Lord Graywood etwas angespannt ist. Dennoch wende ich mich an Euch, da Ihr vielleicht die einzige Person seid, die verhindern kann, dass er augenscheinlich in sein Unglück rennt."

Lavinia beugte sich leicht amüsiert vor: „Verzeihen Sie, wenn ich Ihnen nicht folgen kann, aber Sie drücken sich äußert vage aus. Ich kann außerdem nicht nachvollziehen, wie ich dem Viscount helfen könnte. Ich glaube, er ist Manns genug, um seine Probleme selbst zu lösen."

„Sicher habt Ihr recht, Mylady, aber in diesem Fall will man ihm eine Falle stellen, die er nicht voraussehen wird. Und es bleibt keine Zeit, ihn zu warnen, da er mit seinen Freunden einen Jagdausflug macht. Angeblich, um Wildbret für die Gäste zu besorgen, obwohl noch genug Vorräte vorhanden sind. Ich glaube, er wollte den ständigen Nachstellungen der Lady Mildred entgehen. Erfahrungsgemäß wird er erst spät nach Hause kommen und sich dann sofort zurückziehen. Es besteht die Gefahr, dass ich ihn nicht warnen kann und er dann in sein Unglück läuft."

„Na na, so schlimm wird es doch wohl nicht werden ..." Lady Lavinia hob beschwichtigend die Hand. „Er ist kein kleiner Junge und wenn er auch nur im Entferntesten meinem verstorbenen Gatten gleicht, dann kommt er schon ungeschoren davon."

„Verzeiht, wenn ich anderer Meinung bin. Natürlich kannte ich Euren Gemahl nicht und kann mir daher auch kein Urteil über ihn bilden, aber der Viscount ist ein Ehrenmann. Und das, was Lady Mildred und ihre Mutter vorhaben, ist ein Anschlag auf seine Ehre, wenn man es so sagen darf."

Lady Lavinia hob erstaunt die Augenbrauen, als die Hausdame zu erzählen begann, was sie vom Fenster der Bibliothek aus belauscht hatte.

„So ein heimtückisches Biest!", entfuhr es Milly, die der Erzählung mit aufgerissenen Augen gelauscht hatte. Die Hausdame bestätigte diese wenig schmeichelhafte Bemerkung mit einem Nicken.

„Aber wie sollte ich helfen können, diesen Plan zu vereiteln?" Lavinia konnte sich nicht vorstellen, was ihr Part bei dieser Schmierenkomödie sein sollte. In Gedanken schüttelte sie den Kopf darüber, wie weit manche Frauen gingen, um sich einen passenden Ehemann zu angeln. Aber vielleicht war sie nicht in der Situation, um die Überlegungen derer nachzuvollziehen, die sich um passende Heiratskandidaten kümmern mussten. Ihr Vater hatte bestimmt, sie hatte gehorcht und den verblichenen Graywood geheiratet. Die Erinnerung an diese Ehe ließ sie immer noch schaudern. Wie wäre es wohl geworden, wenn sie sich ihren Gatten selbst ausgesucht hätte? Ob sie dann eine bessere Wahl getroffen hätte? Ob Aldon Graywood wohl ein angenehmerer Ehemann wäre? Sie schüttelte bei diesem Gedanken den Kopf.

Die Hausdame bemerkte dies und kam zu dem Schluss, dass es noch einiger Überredungskunst bedurfte, um Lady Lavinia zu überzeugen. „Ihr fragt Euch sicher, Mylady, warum Ihr dem Viscount helfen sollt. Ich sehe ein, dass dabei auch Euer Ruf Schaden erleiden könnte. Ich bitte Euch darum auch nicht um des Viscounts Willen, sondern für die kleine Cynthia."

„Was hat das Kind damit zu tun?"

„Als die beiden Damen sich über ihren Plan ausgetauscht hatten, überlegten sie im Anschluss, was Lady Mildred als zukünftige Viscountess hier alles ändern würde."

Lady Lavinia und Milly tauschten einen raschen Blick. Genau so hatten sie es sich gedacht. „Die Lady hat den Ochsen noch nicht einmal geschlachtet und verkauft schon das Fell", warf die Zofe ziemlich wenig damenhaft ein. Die Hausdame blickte Milly erstaunt an. Durfte eine Bedienstete ungefragt solche Kommentare von sich geben?

„Meine Zofe ist mehr als nur eine Angestellte. Ohne sie hätte ich die vergangene Zeit schwerlich unbeschadet überstanden. Und ich muss zugeben – auch wenn sie sich etwas derb ausgedrückt hat – gebe ich ihr recht. Aber nun sprechen Sie, was hat das alles mit Cynthia zu tun?"

„Sehr wohl, Mylady. Für Euch hat die Dame ein Plätzchen in Schottland vorgesehen, damit Ihr weit weg vom Viscount seid, der sich wohl mehrmals lobend über Euch geäußert hat."

Lady Lavinia hob die Augenbrauen. Das war doch sicher nur so dahingesagt, um sie zu überreden, dass sie Lady Mildreds Plan vereitelte.

„Für die kleine Cynthia dagegen hat man sich zwei Optionen ausgedacht: Einmal könnte sie ins Waisenhaus geschickt und dann zur Adoption freigegeben werden. Irgendwie müssen sie herausbekommen haben, wer der Vater der Kleinen ist. Noch wollen sie ihr Wissen geheim halten. Wenn Graywood sich sträubt, sie wegzugeben, dann würde man seine Tante, die ja die leibliche Großmutter des Kindes ist, benachrichtigen. Und die, so waren sich die Damen einig, täte alles, um ihrem verhassten Neffen zu schaden. Ohne mit der Wimper zu zucken, würde sie Anspruch auf Cynthia erheben. Davor könnte sie nur eine Adoption schützen, die Lady Mildred dann um alles in der Welt zu verhindern wüsste."

Lavinia erschrak. Wenn bekannt würde, wessen Kind die Kleine war, dann hatte ihre Schwiegermutter tatsächlich ein Anrecht darauf, die Vormundschaft zu beantragen. Nicht dass sie sich wirklich für eine Bastardtochter ihres Sohnes interessierte. Falls sie jedoch herausfand, dass Lavinia eine, sei es auch nur geringe, Zuneigung für das Kind empfand, dann würde sie alles daransetzen, es ihr zu entziehen. Ihre Situation war dagegen aussichtslos. Wenn natürlich der derzeitige Viscount das Sorgerecht für Cynthia übernahm, dann sähe die Sache anders aus und das Kind könnte sicher in ihrer Nähe bleiben. Das würde jedoch nie geschehen, wenn Lady Mildred die neue Viscountess wäre.

„Also gut, ich mach es."

Die Hausdame sah sie erstaunt an. Wer hätte gedacht, dass sie ihre ablehnende Meinung so schnell ändern würde? Schnell begriff sie jedoch, dass der Auslöser dafür das Kind war und sie lächelte erfreut. „Ich danke Euch, Mylady. Ich weiß, dass Ihr Euren guten Ruf damit aufs Spiel setzt, um meinen Herrn zu retten, aber glaubt mir, es ist das Beste für uns alle."

Lady Lavinia winkte ab. „Nun sagt mir schon, was ich tun soll, damit die Falle für den Viscount nicht zuschnappt.“

Während die Besucherin ihren Plan in kurzen Worten erläuterte, machte Milly ein entsetztes Gesicht. Das Ganze war ziemlich riskant und konnte dem Ruf ihrer Lady großen Schaden zufügen. Aber ein Blick auf die angespannte Körperhaltung ihrer Herrin sagte ihr, dass diese sich entschieden hatte. Wenn es um das Kind ging, dann war ihr kein Risiko zu groß.

Am nächsten Tag, noch vor Sonnenaufgang, machte sich Lady Lavinia mit einer Decke unter dem Arm auf, um Viscount Graywood zu retten. Milly stand missbilligend in der Tür. „Es ist nicht richtig, dass Ihr noch vor Tag und Tau allein unterwegs seid. Wenn Euch nun etwas zustößt!“

„Ach Milly, was soll denn schon passieren? Ich bleibe auf dem Anwesen. Hier gibt es keine wilden Tiere und Fremde hat man in der Gegend, abgesehen von den Hausgästen, von denen die meisten noch schlafen werden, nicht gesehen.“

„Versprecht mir, Mylady, dass Ihr auf Euch aufpasst. Ich sollte Euch begleiten. Das ist meine Aufgabe.“

„Du kannst nicht mit. Falls Cynthia aufwacht und feststellt, dass sie ganz allein im Haus ist, wird sie einen fürchterlichen Schreck bekommen. Du musst bei dem Kind bleiben.“

Lady Lavinia versuchte, die sich sträubende Milly so gut es ging zu beruhigen und machte sich dann mit raschen Schritten auf zur Badestelle an der Grotte hinter dem Tempel. Dort zog sie sich bis auf ein dünnes

Leinenhemd aus. Ihre Kleidung versteckte sie hinter einem großen Stein. Dann hüllte sie sich fröstelnd in die Decke und zog sich in den Hintergrund der Grotte zurück. Hoffentlich ließ Graywood nicht zu lange auf sich warten, sonst würde sie sich hier noch eine Lungenentzündung holen.

Zum Glück dauerte es nicht lange, bis sie rasche, kräftige Schritte auf dem Kiesweg hörte. Da kam er tatsächlich. Sie ließ die Decke von ihren Schultern gleiten und stieg mit den Füßen voran langsam ins kühle Nass. Dabei versuchte sie, möglichst kein Geräusch zu machen. Es war eisig kalt und sie biss die Zähne zusammen. Endlich stand sie bis zum Bauch im Wasser. Dann versteckte sie sich hinter einem der großen Steine und lugte vorsichtig hervor.

Graywood war an den Rand des Beckens getreten und entledigte sich seiner Kleidung. Lavinia hielt den Atem an. Im Licht der aufgehenden Sonne präsentierte er einen muskulösen Körper. Ihr verstorbener Gatte war um die Mitte herum etwas schwabbelig gewesen. Der Alkohol und sein Lebenswandel hatten ihren Tribut gefordert. Sein Vetter, der da so quicklebendig ins Wasser stieg, war dagegen ein ganz anderer Anblick. Lady Lavinia fühlte ein unbestimmtes Sehnen. Doch bevor sie sich über dieses Gefühl Gedanken machen konnte, hörte sie erneut Schritte.

Diesmal kamen sie von leichten, trippelnden Füßen, die sich rasch dem Wasserbecken näherten. Graywood, der sich der Gefahr, in der er sich befand, bewusst wurde, erstarrte, als er Lady Mildred am Ufer stehen sah. Die konnte sich ein triumphierendes Lächeln nicht verkneifen, als sie mit lieblicher Stimme flötete: „Oh

Mylord, was für ein Zufall! Ich wollte ein morgendliches Bad nehmen. Wie schön, dass wir beide die gleichen Vorlieben haben." Mildred trat einen Schritt näher heran, sodass sie schon fast mit den Füßen im Wasser stand.

„Seid vorsichtig, Lady Mildred. Der Rand des Beckens ist glatt. Wenn Ihr nicht aufpasst, dann werdet Ihr ins Wasser fallen." Graywood drehte sich erschrocken um, als er diese Worte vernahm, auf die sogleich ein lautes Platschen folgte. Vollkommen entgeistert sah er Lady Lavinia an, die im Wasser planschte und dabei einen Schmollmund zog. „Oh Aldon, du hattest gesagt, dass wir hier ganz ungestört sind."

Ehe er seiner Überraschung Ausdruck verleihen konnte, ertönte aus Richtung des Pavillons ein lauter Schrei. „Zu Hilfe, meine Tochter Mildred ist ins Wasser gefallen! Sie kann nicht schwimmen. Hilfe! Hilfe!"

Die gewichtige Matrone eilte kreischend zum Becken und erstarrte. „Wieso stehst du hier rum und bist nicht im Wasser, wie es abgesprochen war?", herrschte sie ihre Tochter an.

Die zeigte stumm auf Lavinia, die im Wasser stand. Sie hatte schamhaft die Hände über der Brust verschränkt, denn bei dem lautem Planschen, welches Mildreds Mutter auf den Plan rufen sollte, hatte sie ihr Leinenhemd völlig durchnässt.

Graywood sah sie erstaunt an und konnte sich ein leichtes Grinsen nicht verkneifen. Sieh an, die graue Maus hatte einen recht verlockenden Körperbau. Hatte er es doch geahnt. Doch bevor er sich weitere Gedanken über die Witwe seines Vetters machen konnte, hörte man erneut Schritte über den Kiesweg eilen. Zwei

Diener und einer der männlichen Hausgäste kamen auf das Geschrei hin herbeigelaufen.

Lavinia erschrak. Mit weiteren Zeugen hatte sie nicht gerechnet. Wenn nur Lady Mildred und ihre Mutter gesehen hatten, dass sie und Graywood scheinbar vertraut im Bad planschten, dann hätte man das Ganze wohl irgendwie geheim halten können. Lord Damrock, der herbeigeeilte Hausgast, war jedoch eine der größten männlichen Klatschbasen des *tons*. Die Chance, den Vorfall am Badebecken geheim zu halten, war gleich Null. Seine hämischen Worte ließen keinen Zweifel daran, dass er es genießen würde, diese Geschichte mit dem größten Vergnügen überall zu verbreiten.

„Oh Graywood, wer hätte gedacht, dass Sie mit der Witwe Ihres Vetters so vertraut sind?" Er warf einen neugierigen Blick auf die halb nackte Lavinia und grinste anzüglich. „Ihre Schwiegermutter hat sie immer als reizlos und fade beschrieben. Der Witwenstand scheint ihr gut bekommen zu sein. Wie klug von ihr, einen Viscount gegen den anderen einzutauschen."

„Damrock, wenn du nicht sofort dein loses Mundwerk hältst, dann sehe ich mich gezwungen, dich zu fordern. Du wirst dich umgehend bei meiner Verlobten entschuldigen."

Dem so Gerügten fiel das Grinsen aus dem Gesicht. Graywood galt als ausgezeichneter Schütze. Obwohl Duelle verboten waren, wollte er nicht einmal den kleinsten Anlass für einen solchen Zweikampf liefern. „Mylady, verzeiht meine unbedachten Worte. Es war wohl die Überraschung, die aus mir sprach. Ich gratuliere Euch von ganzem Herzen zur Verlobung und wünsche Euch und Eurem zukünftigen Gemahl nur das

Beste." Mit einer tiefen Verbeugung verabschiedete er sich und eilte zum Haus seines Gastgebers zurück. Dort würde er sich wahrscheinlich stundenlang im Frühstücksraum herumdrücken und jedem, der hereinkam, brühwarm die Neuigkeit von der unerwarteten Verlobung des Hausherren erzählen.

Lady Mildred und ihre Mutter hatten sich ebenfalls zum Gehen gewandt. Während sie sich entfernten, drückten sie ihre tiefste Missbilligung aus. Ihre schrillen Stimmen klangen durch den Morgen. Beide versicherten sich lautstark, dass sie keinen weiteren Tag mehr in diesem Sündenbabel bleiben würden.

Graywood seufzte erleichtert, denn auch die Bediensteten hatten sich schweigend entfernt. Jetzt blieb nur noch Lavinia. Doch als er sich nach ihr umdrehte, sah er nur, wie ihr in eine Decke gehüllter Rücken im Gebüsch verschwand. Dann war er allein. Nach Schwimmen war ihm nun weiß Gott nicht mehr zumute. So stieg er aus dem Wasser, trocknete sich ab, zog sich an und hoffte, dass er auf dem Weg zum Haus niemandem begegnen würde. Er hatte Glück und konnte sich ungesehen in sein Arbeitszimmer zurückziehen.

Dorthin ließ er sich sein Frühstück und eine große Kanne Tee bringen. Er musste gründlich nachdenken und brauchte Zeit für sich. Eines war sicher: Das Ganze war ein echtes Schlamassel und er steckte mittendrin. Obwohl Graywood nachdenken wollte, schob sich immer wieder Lavinias Bild im Badebecken vor seine Augen. Ihr nasses Leinenhemd hatte nicht viel von ihrem Körper verborgen. Und das, was zu sehen gewesen war, war äußerst anregend, fand er. Wie hatte er sie nur für eine graue Maus halten können?

13. VERBALE SCHAR-MÜTZEL

Selbstverständlich machten die Vorkommnisse bei der Grotte in Windeseile die Runde. Lady Mildred und ihre Mutter waren zwar wutentbrannt abgereist und verzichteten somit auf den Ball, aber Lord Damrock sonnte sich in der Aufmerksamkeit der verbliebenen Gäste. Die waren hellauf begeistert, dass bei dem bisher eher ruhig abgelaufenen Sommerfest ein handfester Skandal ans Tageslicht gekommen war. Besonders die Damen waren an delikaten Details interessiert und schmückten das Gehörte mit den abenteuerlichsten Vermutungen aus. Bald machten die wildesten Spekulationen die Runde, von denen die Behauptung, dass man Graywood und Lady Lavinia nackt in einer mehr als verfänglichen Situation vorgefunden habe, die abenteuerlichste war. Natürlich kamen die Gerüchte auch Stonewine und Owlham zu Ohren. Beide stürmten daraufhin in Graywoods Arbeitszimmer, wohin dieser sich zurückgezogen hatte, um zu versuchen, die Erinnerung an das Geschehen in reichlich Whisky zu ertränken.

„Na hör mal, du alter Schwerenöter! Da erzählst du uns, dass du kein Interesse an der Witwe hast und dann

…“ Ein eisiger Blick aus Graywoods Augen brachte Stonewine zum Schweigen.

„Haltet die Klappe! Alle beide! Nehmt euch einen Drink und setzt euch, wenn ihr hören wollt, was wirklich geschehen ist.“

Diese Aufforderung brauchte er nicht zweimal auszusprechen. In Windeseile hatte sich seine Freunde ein Glas seines feinsten Whiskys eingegossen und warfen sich mit erwartungsvollen Minen in die Sessel, die sich um das Chaiselongue gruppierten, auf dem Graywood mehr lag als saß.

Doch bevor der Viscount seine Erzählung beginnen konnte, klopfte es an der Tür. Das unwirsche „Ich bin nicht zu sprechen“, konnte Miss Plumcook nicht davon abhalten, einzutreten. „Verzeiht, Mylord, es ist alles meine Schuld, aber ich wusste mir nicht anders zu helfen und habe Lady Lavinia geradezu erpresst. Sie hat es nur für die kleine Cynthia getan. Wir konnten doch nicht ahnen, dass sich Lord Damrock zu dieser Zeit im Garten aufhalten würde.“

Die drei Männer sahen die Hausdame ungläubig an. Graywood schüttelte verwirrt den Kopf. „Meine liebe Miss Plumcook, ich verstehe kein Wort von dem, was Sie mir sagen wollen. Es scheint irgendwie um den Vorfall an der Grotte zu gehen. Aber was hat das mit Ihnen und vor allem mit Cynthia zu tun?“

Die ältere Frau zog ein unglückliches Gesicht. „Wie gesagt: Es ist alles meine Schuld, denn es war auch meine Idee. Aber ich wusste mir nicht mehr zu helfen, denn ich war in Sorge, dass ich Euch oder die hier anwesenden Herren nicht rechtzeitig warnen könnte. Niemand wusste, wann Ihr von der Jagd zurückkommen würdet und ob Ihr, wie schon oft, gleich ein Bad in der Grotte nehmen würdet. Wenn ich Euch verpasst hätte, dann hätte diese falsche Schlange ihr Ziel erreicht."

„Von wem sprechen Sie?" Graywood war immer noch verwirrt.

„Na von Lady Mildred." Dankbar griff sie nach einem Glas Sherry, welches ihr Owlham wortlos reichte. Sie trank es auf einen Zug aus und setzte sich dann, einer auffordernden Handbewegung Graywoods folgend, auf einen Stuhl in der Nähe der Herren. Durch den ungewohnten Alkohol gestärkt, holte sie tief Luft und fuhr fort.

Erstaunt lauschten die Männer ihrer Erzählung. Sie erfuhren vom Komplott, das Lady Mildreds Mutter ersonnen hatte, welche Pläne die Damen gehabt hatten und was für Cynthia vorgesehen war. Um das zu verhindern, hatte Lady Lavinia Graywood vor der Falle gerettet, in die er unwissend getappt wäre. Ihr mutiger Einsatz hatte den Viscount zugleich auch davor bewahrt, für den Rest seines Lebens in einer ungewollten Ehe gefangen zu sein. Allerdings hatte sie ihren guten Ruf aufs Spiel gesetzt und war nun für alle Zeiten blamiert und ruiniert.

Miss Plumcook beendete ihren Bericht und bat darum, sich entfernen zu dürfen. Als sie die Tür hinter sich geschlossen hatte, sahen sich die drei Männer immer noch ungläubig an.

„Das ist ja ein dicker Hund! Diese Weibsbilder! Die Geschichte muss unbedingt in unser Buch aufgenommen werden." Owlham stand auf, um sein Glas erneut zu füllen.

„Habe ich das jetzt richtig verstanden? Meine Hausdame belauschte den Plan der beiden und bat Lady Lavinia um Hilfe?" Graywood stürzte seinen Whisky in einem Zug hinunter, erhob sich schwankend und nahm seinem Freund die Flasche aus der Hand.

„Und die hat zugesagt, sich halb nackt in der Grotte zu verstecken? Einfach so? Aus Familiensinn oder weshalb?", wollte Stonewine wissen, der kopfschüttelnd andeutete, dass er das Ganze immer noch nicht verstand.

„Ich schätze mal, in erster Linie für Cynthia. Oder besser gesagt *nur* wegen der Kleinen. Dass sie mich dabei gerettet hat, war ein ungewolltes Nebenprodukt."

Graywood goss sich nach und reichte die Flasche an seine Freunde weiter, die die erstaunlichsten Theorien über weibliche Motive entwickelten. Eine davon, die allerdings erst entstand, als keiner der Herren mehr in der Lage war, ordentlich zu sprechen, lautete, dass Lavinia sich in den Viscount verliebt haben könnte. Der fand das anfänglich sehr abwegig, aber je mehr der Inhalt der Flasche zur Neige ging, desto logischer erschien ihm diese Erklärung. Und als er beim letzten Glas angekommen war, gefiel ihm dieser Gedanke sogar. Auf alle Fälle schmeichelte er ihm.

„Ich werde auf dem heutigen Ball unsere offizielle Verlobung bekanntgeben", verkündete er reichlich undeutlich, als er schwankend vor seinen Freunden stand. Die klatschten begeistert in die Hände, waren aber noch so weit bei Verstand, dass sie Graywood eindringlich dazu rieten, sich erst einmal in die Obhut seines Kammerdieners zu begeben und etwas auszunüchtern.

Inzwischen hatte sich vor Lady Lavinias Gartenhaus eine Gruppe weiblicher Gäste versammelt, die versuchten, einen Blick auf die schamlose Person, wie sie nun allgemein genannt wurde, zu werfen. Immerhin hatte sie auch die letzte Hoffnung der Ladys zerstört, die geglaubt hatten, sich den Viscount einfangen zu können. Auch wenn er ein begehrter Junggeselle war – momentan galt er als unakzeptable Partie. Das würde sich im Laufe der Zeit ändern und in der nächsten Saison vergessen sein. Lavinia allerdings wäre ob der Geschehnisse wohl auf ewig geächtet. Es sei denn, der Viscount würde in der nächsten Zeit ihre Verlobung verkünden und sie bald darauf zur Frau nehmen. Dann würde aus dem Skandal eine Romanze werden. Romanzen schätzte man in der guten Gesellschaft fast genau so sehr wie Skandale. Also rätselten die Damen, ob Graywood zu seiner Aussage, sie wären verlobt, stehen würde oder nicht. Lady Mildreds Freundin Elisabeth ließ sich dazu herab, durch das Gartentor zu schreiten, um einen Blick durch das Fenster in das Innere des Hauses zu werfen.

Milly, die den ungebetenen Gast entdeckt hatte, stürmte aus dem Haus und versuchte trotz ihrer unverhohlenen Empörung die Contenance zu wahren. „Mylady, kann ich Euch helfen?“

„Oh, ich dachte, das Gartenhaus sei unbewohnt“, log die Angesprochene unverhohlen.

„Mylady, das ist ein Irrtum. Meine Lady empfängt jedoch keinen ungebetenen Besuch.“

„Für eine Zofe führst du ein reichlich freches Mundwerk. Wärest du meine Bedienstete, würde ich dich auspeitschen lassen und dann ohne Zeugnis davonjagen.“

„Sie ist aber nicht Ihre Zofe. Verlassen Sie sofort mein Grundstück!“ Lady Lavinia war Milly zu Hilfe geeilt und musterte den Eindringling mit finsterer Miene.

„Oh, die Dowager Viscountess. Wie geht es Ihnen? Ich habe gehört, Sie machen sich Hoffnung, Ihren ehemaligen Rang zurückzuerobern. Nun, sicher, der Viscount ist ein Ehrenmann. Aber ob er sich mit einem unfruchtbaren Eheweib begnügen wird, das ist fraglich. Jeder Lord wünscht sich einen Sohn, dem er seinen Titel und sein Land vererben kann. Dank der Offenheit Ihrer Schwiegermutter wird sich Graywood sicherlich nicht dem Hohn und Spott aussetzen wollen, dass seine Badenixe nicht in der Lage ist, ihm einen Sohn zu gebären.“ Mit einem höhnischen Lächeln drehte sich Lady Elisabeth um und verließ mit wiegenden Schritten das kleine Anwesen. Sie schritt im Bewusstsein davon, einen verbalen Sieg errungen zu haben, als sie Lady Lavinia erbleichen sah.

„Und übrigens werde ich dafür sorgen, dass die Großmutter des kleinen Mädchens von ihrer Existenz erfährt. Immerhin ist sie die Tochter ihres Sohnes. Und jeder weiß, das Blut dicker ist als Wasser.“

Die anwesenden Damen, die dieses Gespräch mit angehaltenem Atem verfolgt hatten, um kein Wort zu verpassen, kicherten. Aufgeregt nahmen sie Lady Elisabeth in ihre Mitte und schlenderten schnatternd zurück in Richtung des Hauses. Nur Lady Cecilia warf einen Blick, der zwischen Mitleid und Bedauern schwankte, zurück. Dieses Sommerfest war ja noch viel spannender als gedacht. In ihrem Tagebuch fanden sich neben den Beschreibungen der verschwenderisch ausgestalteten Roben der einzelnen Ladys auch einige sehr wenig schmeichelhafte Bemerkungen, die sie übereinander gemacht hatten. Nun gab es auch noch diese aufregenden Gerüchte um Lady Lavinia und das Kind. Hoffentlich ging die Sache für die Kleine gut aus. Ihr mitfühlendes Herz schlug jedenfalls für das niedliche Mädchen. Kein Kind sollte in einem lieblosen Heim aufwachsen oder gar als Spielball für die Rache von Erwachsenen dienen.

Milly nahm ihre erschütterte Herrin am Arm und führte sie ins Haus.

Graywood erwachte am späten Nachmittag mit einem schalen Geschmack im Mund. Verdammt! In wenigen Stunden würde er die Hausgäste und die geladenen Nachbarn als Hausherr auf dem Ball begrüßen müssen. Wütend klingelte er nach seinem Kammerdiener und herrschte ihn ohne Grund an. Der Arme konnte ihm nichts recht machen. Er legte die falschen Hosen heraus, brachte die Manschettenknöpfe, die sein Herr abgrundtief verabscheute, und band das Halstuch ungeschickt. Graywood wusste, dass es unrecht war, der treuen Seele Vorwürfe zu machen, aber er konnte sich nicht beherrschen. Sein Bediensteter ertrug den unberechtigten Tadel stoisch und wandte sich dann mit ausgesuchter Höflichkeit an seinen Herrn. „Mylord, die Lords Stonewine und Owlham lassen Euch ausrichten, dass sie sich auf den Weg zu Lady Lavinia gemacht haben."

Als er die fassungslose Miene seines Herrn sah, fügte er hinzu: „Sie wollen der Lady ihre Unterstützung versichern."

„Wozu?", bellte Graywood.

„So, wie ich es gehört habe, hat Lady Elisabeth ihr gedroht, dass sie dafür sorgen wird, dass man ihr Cynthia wegnehmen wird."

Graywood schien immer noch nicht ganz nüchtern, denn er fragte ahnungslos: „Wer sollte denn Anspruch auf dieses arme Waisenkind erheben?"

„Die leibliche Großmutter des Mädchens."

Aldon schlug sich mit der Hand vor die Stirn und verließ in höchster Eile seine Gemächer. Es kümmerte ihn nicht, dass er einen nun doch entrüsteten Kammerdiener zurückließ, der seinem Herrn kopfschüttelnd hinterher sah. Auch wenn ein Viscount kein Earl war, sollte er stets um ein tadelloses Auftreten bemüht sein und nicht mit einer halb gebundenen Krawatte aus dem Haus laufen.

Am Gartenhaus angekommen, sah er, dass seine beiden Freunde auf einer Bank unweit des Einganges zu Lady Lavinias Garten Platz genommen hatten. Er maß sie mit finsteren Blicken, kam jedoch nicht dazu, sie mit Vorwürfen oder Fragen zu überschütten.

„Lady Lavinia empfängt niemanden. Diese aufmüpfige Zofe öffnet nicht einmal die Tür. Sicher steht dieses Riesenvieh von Hund schon bereit, um jeden zu zerfleischen, der sich ohne Erlaubnis Zutritt verschaffen will. Dir wird es nicht anders als uns ergehen." Owlham sah ihn mit schief gelegtem Kopf an.

„Du kannst dir deinen Dackelblick sparen. Ihr wisst genau, dass ich sauer auf euch bin. Dies ist meine

Angelegenheit und ich wünsche eure Einmischung nicht." Als der Gescholtene etwas erwidern wollte, schnitt er ihm mit einer Handbewegung das Wort ab. „Ja, ich weiß, es wäre klüger gewesen, mich gleich und nüchtern der ganzen Obliegenheit zu stellen. Aber was geschehen ist, das ist geschehen. Ich werde nun sehen, was ich tun kann, um einen Skandal so klein wie möglich zu halten."

„Und um die kleine Cynthia vor dem Zugriff deiner Tante zu schützen?" Stonewine hatte eher eine Feststellung getroffen, als eine Frage gestellt.

„Und um die kleine Cynthia vor dem Zugriff meiner Tante zu schützen", bestätigte er und marschierte mit ausladenden Schritten durch das Tor, um lautstark mit der Faust an die Tür des Gartenhauses zu hämmern.

„Meine Herrin empfängt niemanden", ertönte Millys ganz und gar nicht ehrerbietige Stimme durch die geschlossene Tür.

„Den Viscount Graywood wird sie empfangen."

„Mylady ist unpässlich. Sie hat sich zur Ruhe begeben. Bitte beehrt sie ein anderes Mal mit Eurem Besuch."

„Du wirst jetzt sofort die Tür öffnen, du ungehorsames und störrisches Biest!" Graywood schäumte vor Wut. Er war sich dessen bewusst, dass seine Freunde auf ihrer Bank wie auf einem Logenplatz saßen und alles mitanhörten. Sicher waren sie vor Schadenfreude ganz aus dem Häuschen.

„Verzeiht, Mylord, ich wäre ungehorsam, wenn ich dem Befehl meiner Herrin nicht nachkommen würde, die mich bat, alle Besucher abzuweisen."

„Ich bin kein Besucher! Ich bin der Hausherr! Und wenn du nicht augenblicklich die Tür öffnest, dann werde ich sie eintreten und deine Herrin übers Knie legen wie eine ungezogene Göre. Ich gebe dir eine Minute Zeit, um dich mit ihr zu beraten. Wenn ich dann nicht eingelassen werde, wird sie meinen ganzen Zorn zu spüren bekommen."

Er konnte hören, wie hinter der Tür getuschelt wurde. Schnelle Schritte entfernten sich. Graywood wollte sich gerade für ein gewaltsames Eindringen entscheiden, als sich die Tür vorsichtig öffnete und die Zofe ihren Kopf heraussteckte.

„Mylady ist bereit, Euch zu empfangen." Der missbilligende Blick, den Milly ihm zuwarf, sprach Bände. Sie ließ ihn eintreten und verschloss sorgfältig die Tür hinter ihm, während er in den kleinen Salon eilte, wo er Lavinia vermutete.

Der Anblick, der sich ihm bot, ließ seine Wut im Nu verrauchen. Da saß die Frau, die ihn vor einer äußerst unglücklichen Verbindung gerettet hatte und rang verzweifelt die Hände. Sie war blass und sah ihn mit großen Augen, in denen sich Trauer und Verzweiflung spiegelten, an. Und trotzdem sah sie unglaublich schön aus, befand Graywood. Es schnitt ihm ins Herz, als er sie so unglücklich sah.

Alles, was er sich im Geiste zurechtgelegt hatte, war auf einmal wie weggeblasen. Auch wenn man ihm jahrelang die bürgerliche Herkunft seiner Mutter vorgehalten hatte, war er ein Ehrenmann. Und als ein solcher würde er handeln. Also verbeugte er sich elegant und sprach, ganz so, als wären die Gründe seines Ansinnens allein das Ergebnis seiner freien Entscheidung: „Lady Lavinia, wollt Ihr mir die Ehre erweisen und meine Frau werden?"

Lavinia sah ihn an, als hätte er den Verstand verloren. „Mylord, wie kommen Sie auf diese absurde Idee?"

„Lady Lavinia, um mir zu helfen, haben Sie Ihren Ruf ruiniert. Da ist es das Mindeste, dass ich mich bemühe, ihn wieder herzustellen. Glauben Sie mir, ich weiß, wie sich ein Ehrenmann in so einem Fall benehmen sollte."

„Mein Ruf steht hier nicht zur Debatte. Er ist nichts, was Sie kümmern sollte. Ich hatte nur ein sehr kurzes Debüt. Schon nach wenigen Wochen hatten mein Vater und Ihr Vetter die Bedingungen ausgehandelt und ich heiratete. Danach war ich nie wieder in London. Mein Gatte hatte es als nicht notwendig betrachtet, dass ich Teil der guten Gesellschaft war. Daher bin ich dem *ton* auch so gut wie unbekannt. Was sollte mich also mein Ruf scheren? Niemand wird mich schneiden oder brüskieren, weil ich keine der Veranstaltungen der guten Gesellschaft je besuchen werde."

„Ich bin jetzt das Oberhaupt der Familie Graywood. Ich bin verantwortlich für Ihren Ruf, denn der ist unweigerlich mit diesem Namen verbunden." Er sah sie mit einem Ausdruck an, den sie nicht deuten konnte.

„Um den guten Ruf der Familie nicht weiter zu schädigen, bitte ich Sie, mich mit Milly und Cynthia nach Schottland zu schicken. Ich weiß, dass es in den Lowlands einen Graywood'schen Besitz gibt. Es wird wie eine Verbannung aussehen und der Familienehre wird Genüge getan sein."

Er sah sie eindringlich an. „Ist die Vorstellung, mit mir verheiratet zu sein, denn so schrecklich, dass Sie ein Exil in Schottland vorziehen? Warum haben Sie denn überhaupt Lady Mildreds schändlichen Plan vereitelt?"

„Verzeiht, dass ich es mir angemaßt habe, Schicksal zu spielen. Aber ich weiß, wie es sich anfühlt, in einer lieblosen Ehe gefangen zu sein. Ich wollte ihnen beiden dieses Los ersparen." Sie senkte den Blick, als sie diese Worte sprach, denn dabei war sie nicht ganz ehrlich. Ob diese garstige Lady eine glückliche Ehe führen würde oder nicht, war ihr ziemlich gleichgültig. Ihn jedoch konnte und wollte sie sich nicht an der Seite einer kalten und berechnenden Frau vorstellen.

„Also bin ich dir nicht gleichgültig, Lavinia?"

„Ihr seid der Vetter meines verstorbenen Gatten. Daher gehört Ihr zur Familie, ganz so, wie Ihr es betont habt."

Ihm war nicht entgangen, dass sie auf seine vertrauliche Anrede nicht reagiert hatte. „Wenn du dich so um mich sorgst, dann könntest du mir auch gestatten, dass ich mich wie der Gentleman benehme, der ich sein möchte. Du hast ein solches Risiko auf dich genommen, ich kann nicht glauben, dass ich dir vollkommen gleichgültig bin."

„Ob und welche Gefühle ich Ihnen gegenüber hege, stand bei meiner Entscheidung, Lady Mildreds Plan zu vereiteln, nicht zur Debatte. Ich dachte eher an das Wohl von Graywood Manor."

Sie schwieg einen Moment und suchte sichtlich nach Worten. „Es ist kein Geheimnis, dass mein verstorbener Gatte kein guter Dienstherr war. Er weilte nicht oft auf dem Anwesen und kümmerte sich nicht so, wie man es von ihm erwartet hatte. Das lag sicher auch daran, dass unsere Ehe nicht als besonders glücklich zu bezeichnen war. Wäre ich ihm eine bessere Gattin gewesen, dann hätte hier vielleicht manches anders ausgesehen. Aus dieser Erfahrung heraus musste ich befürchten, dass wenn die Ehe des nächsten Viscounts unter einem ebenso schlechten Stern stehen würde, sich Geschichte wiederholt. Ich mag das Land und die Leute, die hier leben. Wenn ich für jemanden meinen Ruf aufs Spiel gesetzt habe, dann für sie. Sie haben ein glückliches Leben verdient. Und das werden sie nicht erhalten, wenn Ihr als Viscount in einer unglücklichen Ehe gefangen seid.“

„Du hast es also aus reiner Nächstenliebe getan?“

Lavinia schwieg.

„Und nicht, weil du Angst hattest, dass die neue Viscountess Cynthia in ein Waisenhaus stecken würde?

Alles Blut wich aus ihrem Gesicht.

„Und du weißt auch, dass Mildred nun so schnell wie möglich zu deiner verfluchten Schwiegermutter, meiner Tante, eilt, die alles daran setzen wird, die Kleine in ihre Gewalt zu bringen?“

Lavinia starrte ihn mit vor Schreck geweiteten Augen an, sagte aber immer noch keinen Ton.

„Es spricht ja für dich, dass du keine Ambitionen zeigst, ein Teil der besseren Gesellschaft zu werden. Aber du hast dabei ganz vergessen, dass ihre Mitglieder äußerst rachsüchtig sind. Du hast Mildreds Pläne durchkreuzt und sie wird dir das heimzahlen wollen. Wenn du das Kind nicht den mitleidlosen Händen dieses alten Drachen ausliefern willst, dann solltest du eine weise Entscheidung treffen.“

Lavinia flüsterte: „Schottland wäre also keine Option?“

Graywood schüttelte den Kopf. „Muss ich dir wirklich noch etwas über den Charakter dieser Dame erzählen?

Ich glaube, du kennst sie noch besser als ich. Allein der Gedanke, dass sie dir eine Gemeinheit antun könnte, lässt sie sicher zur Hochform auflaufen. Schottland ist keine Option. Ich bezweifle, ob der Mond weit genug weg wäre, um ihren Plänen zu entgehen." Er seufzte. „Zumindest haben wir eine Gemeinsamkeit: Wie verabscheuen dieses Weib wohl beide. Aber das sollte doch nicht alles sein. Wie mögen beide Kinder. Und dann lieben wir das Landleben. Das sind doch schon drei Gemeinsamkeiten. Darauf könnten wir aufbauen."

Lavinia biss sich auf die Lippe. „Ich kann nicht Ihre Frau werden. Ihr habe gesehen, was passiert, wenn ein Viscount keinen eigenen männlichen Erben hat. Der Titel geht an einen Verwandten über."

„Nun, ich denke, in diesem speziellen Fall ist es nicht die schlechteste Lösung für das Anwesen und seine Bewohner."

„Ja, aber wollt Ihr denn nicht einmal einen oder mehrere Söhne in den Armen halten?"

Graywood grinste. Die Idee und alles, was damit zusammenhing, fand er nicht schlecht. Er hatte sein erstes Urteil über Lavinia längst revidiert und fand den Gedanken alles andere als lästig, dass er mit ihr das Ehebett teilen würde. „Das wäre schon nicht schlecht."

Obwohl sie schon blass war, wurde sie noch einen Ton blasser, als sie flüsterte: „Ich werde Ihnen niemals Kinder schenken. Ich bin unfruchtbar."

„Wer sagt das? Hat ein Arzt euch das bestätigt? Und wenn ja, habt Ihr eine zweite Meinung eingeholt?"

Sie schüttelte den Kopf. „Kein Arzt."

„Dann ist doch noch gar nichts besiegelt."

„Aber ich war bereits eine längere Zeit verheiratet.
Dabei blieb mir der Kindersegen verwehrt, so sehr ich
auch gebetet habe.“

„Manchmal liegt es auch am Mann.“

„Nun, in diesem Fall wohl nicht. Oder habt Ihr Cynthia vergessen?“

„Stimmt. Aber wenn du sie behalten willst, dann solltest du mich heiraten.“

„Da ist noch etwas, was ich Ihnen sagen muss.“ Noch
immer weigerte sie sich, das vertraute Du zu verwenden, mit dem er sie schon seit geraumer Zeit ansprach.

„Und was wäre das?“

Ihr Gesicht wurde puterrot. „Ich kann den sogenannten Freuden des Ehebetts nichts abgewinnen. Heiratet
Ihr mich, dann teilt Ihr mit einer kalten Frau das Lager.“

Graywood sah sie erstaunt an. Die Frau hatte wirklich
Mut, so etwas zu gestehen. Er machte sich keine Sorgen, dass er sie schon bald würde umstimmen können,
wenn sie erst einmal in seinen Armen lag. Sein Vetter
war ein Schwein gewesen. Er würde behutsam vorgehen müssen. Aber das machte die ganze Sache nicht
weniger reizvoll. Er rief sich in Gedanken zur Ordnung
und verneigte sich noch einmal. „Lady Lavinia, würdet
Ihr mir die Ehre geben und meine Gemahlin werden?“

Sie seufzte, sah ihn mit großen Augen an und nickte
schließlich. Was blieb ihr denn auch anderes übrig ...

„Ich höre?“, lächelte er ihr aufmunternd zu.

„Ich nehme Euren Antrag an.“ Sie stieß die Worte hastig hervor, ganz so, als hätte sie Angst, dass sie es sich
noch einmal überlegen könnte.

Graywood verneigte sich erneut. „Dann werde ich heute Abend auf dem Ball unsere Verlobung bekanntgeben. Gleich morgen kümmere ich mich um eine Sonderlizenz und beantrage die Vormundschaft für die kleine Cynthia. Wir müssen schnell sein und dem alten Drachen zuvorkommen. Ich möchte nicht, dass die Kleine auch nur eine Stunde in ihrer Obhut verbringen muss.“

„Ich kann nicht auf den Ball kommen!“ Lavinia war aufgesprungen und sah ihr Gegenüber entsetzt an.

„Warum nicht?“

„Ich bin noch in Trauer.“

Er sah ihr an, dass das nicht der wahre oder zumindest nicht der einzige Grund für ihre Ablehnung war. „Du musst nicht tanzen. Aber du solltest an meiner Seite stehen, wenn ich unsere Verlobung verkünde. Das wird allen Gerüchten den Wind aus den Segeln nehmen. Je tadelloser unser Ruf ist, desto einfacher wird es sein, die Vormundschaft zu bekommen.“

„Ich habe nichts anzuziehen.“

Er grinste. Das war wirklich ein Grund, wie ihn nur eine Frau vorbringen konnte. Erstaunt sah er, wie sich daraufhin ihre Miene verfinsterte. Sie schien wütend zu sein. Oh, die Frau hatte Temperament. Aber das war ja nichts Neues. Das Eheleben mit ihr würde alles andere als langweilig werden.

„Wagt es ja nicht, Euch über mich lustig zu machen und mich mit diesen albernen Gänschen, die den ganzen Tag durch den Garten flanieren, in eine Schublade zu stecken. Ich habe kein einziges Ballkleid. Meine Schwiegermutter hatte, nachdem ich auf Graywood Manor angekommen war, all meine Kleider, ja meine ganze Garderobe, konfisziert und ich durfte nur noch diese unförmigen, sackartigen Gewänder tragen, die sie mir schneidern ließ. Ihr seht, ich habe also wirklich nichts anzuziehen!"

„Das stimmt nicht ganz, Mylady." Milly, die atemlos hinter der Tür gelauscht hatte, platzte unaufgefordert ins Zimmer. Erschrocken über den Fauxpas, den sie sich in Gegenwart des Viscounts erlaubt hatte, legte sie die Hand auf ihren Mund und schwieg.

Als Graywood sie durch ein Zeichen aufforderte, weiterzusprechen, knickste sie höflich und sprudelte beinahe atemlos heraus: „Mylady, wisst Ihr noch, wie wir das Haupthaus verlassen haben? Der Viscount gestattete Euch damals doch, Euer persönliches Eigentum mitzunehmen. Ganz unten in einer Truhe lag ein wunderschönes Kleid aus blassblauer Seide, von dem ich annahm, dass es Euch gehört. Wenn wir einige Änderungen daran vornehmen, dann könntet Ihr das heute Abend zum Ball tragen."

„Das ist unmöglich!"

„Warum?", wollte Graywood wissen.

„Der Ball ist in wenigen Stunden. Bis dahin schaffen wir es nicht, die notwendigen Änderungen vorzunehmen."

„Oh doch, das schaffen wir." Milly nickte eifrig.

„Es reicht, wenn du eine halbe Stunde vor Mitternacht auftauchst und während der Ankündigung neben mir stehst. Das sollte jeder verstehen, denn du bist ja noch in Trauer."

„Es ist hellblau. Es ist viel zu hell. Ich bin noch in Trauer, wie Ihr richtig bemerkt habt."

„Ich werde es als erstes mit Fliederbeersaft, den ich
bei den Pfarrersleuten eingetauscht habe, färben.
Wenn ich vorsichtig bin und es geschickt anstelle, dann
habt ihr zur rechten Zeit ein Oberkleid in einer angemessenen dunklen, violetten Farbe. Vielleicht ist es
noch ein bisschen feucht an manchen Stellen, aber die
Nächte sind zum Glück warm und so werdet Ihr Euch
sicher nicht erkälten." Milly plapperte aufgeregt und
wuselte auf ein Nicken Graywoods aus dem Raum.

„Ich kann das Kleid nicht anziehen", seufzte Lavinia.

Er zog erstaunt eine Augenbraue hoch. Er hätte sie
nicht für so ein oberflächliches Modepüppchen gehalten.

„Es ist das Kleid, welches ich bei der Hochzeit mit deinem Vetter getragen habe." Sie klang verzweifelt. Dennoch hatte sie sich endlich überwunden und war tatsächlich zum vertrauten Du übergegangen.

Mit zwei großen Schritten war Aldon bei ihr und
nahm sie in die Arme. „Es ist nur ein Kleid. Und wenn
deine Zofe nur halb so geschickt mit der Nadel wie mit
dem Mundwerk ist, dann wird dich nichts mehr an dieses ehemalige Hochzeitskleid erinnern. Und selbst
wenn, dann betrachte es als ein Zeichen, als eine Her-
ausforderung an das Schicksal, dass du deinem Leben
noch einmal eine andere Richtung geben wirst."

Er drückte ihr einen Kuss auf die Haare. Wie süß sie
duftete. Ein bisschen wie eine bunte Sommerwiese. Allerdings hatte Lavinia stocksteif dagestanden. War sie
nur überrascht oder hatte sie tatsächlich Angst vor seiner Berührung? Leider hatte er keine Zeit, das jetzt her-
auszufinden. Er hatte sich auf einen Ball vorzubereiten,
auf dem er seine Verlobung verkünden würde. Ja,

Aldon Westkay, Viscount Graywood würde heiraten. Und das schneller, als er je gedacht hatte. Trotzdem machte er sich keine großen Gedanken darüber. Er war voller Zuversicht, dass sich alles schon irgendwie fügen würde. Da war er ganz anderer Ansicht als seine Braut. Die saß, nachdem er sich höflich verabschiedet hatte, blass und grübelnd noch lange auf ihrem Stuhl im kleinen Salon des Gartenhauses.

14. FREUDEN UND KRÄNKUNGEN

Am Abend summte es im Ballsaal des Anwesens wie in einem Bienenstock. Die anwesenden Damen und ihre Mütter oder Tanten hatten sich auf das Festlichste herausgeputzt. Auch wenn sie Graywood aufgrund des Skandals an der Badegrotte eigentlich von ihrer Liste der Heiratskandidaten streichen sollten, hatten einige von ihnen die Hoffnung noch nicht aufgegeben. Dazu war er einfach zu reich und zu gutaussehend. Und außerdem war er ein Viscount. Noch war die Verlobung nicht offiziell verkündet worden. Vielleicht entsprach das Gerücht nicht der Wahrheit oder er hatte sich nach reichlicher Überlegung anders entschieden. Männer waren manchmal wankelmütig, trösteten sich die Ladys untereinander. Und überhaupt war an dem ganzen Eklat sicher nur diese schreckliche Lavinia schuld. Ihren verstorbenen Gatten sollte sie sich damals auch mit unlauteren Mitteln eingefangen haben, erzählte man sich. Immerhin hatte sie damals nur ein sehr kurzes Debüt gegeben. War es überhaupt ein ganzer Monat gewesen? Ehe man sich hatte versehen können, war sie Viscountess Graywood geworden. Zu ihrem eigenen Pech hatte sie den Titel nicht lange tragen dürfen. Kein Wunder, dass sie jetzt mit allen Mitteln versuchte, ihre

Position zurückzugewinnen. Aber vielleicht hatte sie auch einen gewissen Anteil am Tod ihres Gatten gehabt? Die Ehe sollte ja nicht gerade glücklich gewesen sein. Und vielleicht drohte dem reizenden Aldon ein ähnliches Schicksal? Jedenfalls hatte es dieses Weibsbild geschafft, Lady Mildred zu vertreiben. Die war ja nach ihren eigenen Worten die aussichtsreichste Kandidatin auf die Hand des Viscounts gewesen. Allerdings barg ihre Abreise auch einige Vorteile für die Zurückgebliebenen. Sie war aus dem Rennen. Vielleicht würde sich Graywood heute doch noch für eine von ihnen entscheiden? Von seiner angeblichen Verlobten war weit und breit nichts zu sehen. Das war doch ein mehr als deutliches Zeichen. Immerhin konnte er schlecht die Ankündigung einer baldigen Hochzeit machen, wenn die Braut nicht anwesend war.

So kam es, dass Aldon Westkay, Viscount Graywood, der von all diesen geflüsterten Gesprächen nichts ahnte, nur in lächelnde Gesichter blickte. Selbst die Damen, die noch vor kurzer Zeit gemeint hatten, dass sie ihn nur mit einer eisigen Miene grüßen sollten, gaben sich heiter und gelöst. Es schien, als wäre niemals etwas vorgefallen, was sie an ihren Heiratsabsichten auch nur im Geringsten hätte zweifeln lassen. Natürlich verwirrte ihn diese augenscheinlich aufgesetzte Fröhlichkeit. Aber er gab sich alle Mühe, zu allen anwesenden Damen freundlich zu sein. Graywood forderte jede von ihnen zum Tanz auf und betrieb höflich Konversation. Nur wer ihn ganz genau kannte, der sah, dass er ziemlich nervös war. Es kostete ihn jede Menge Kraft, nicht unentwegt seine Taschenuhr aus der Weste zu ziehen, um einen Blick darauf zu werfen. Wie lange war es noch bis Mitternacht? Würde Lavinia kommen?

Auch im Gartenhaus war man währenddessen alles andere als gelassen. Milly hatte ein wahres Wunder vollbracht. Die obere Stoffschicht des ehemaligen Hochzeitskleides ihrer Herrin war abgetrennt und mit Fliederbeersaft in ein dunkles Violett verwandelt worden. Im Küchenherd brannte ein helles Feuer. Der kleine Raum war vollkommen überheizt, sollte das gefärbte Oberkleid doch rechtzeitig vor Mitternacht trocknen. Die Zofe hatte alle überflüssigen Schleifen und Stoffblümchen des Kleides entfernt. Ihre Herrin war keine unerfahrene Debütantin mehr. Sie war eine Witwe, die keinerlei Wert auf irgendwelchen Firlefanz legte. Edel und schlicht sollte das Auftreten sein. Anstelle der albernen Blümchenranken hatte Milly auf das immer noch hellblaue Unterkleid breite Streifen eines ebenfalls violetten Schleifenbandes genäht. Damit hatten sie vor Wochen ein Blumenarrangement schmücken wollen. Was für ein Glück, dass sie sich damals anders entschieden hatten.

Während die Zofe zwischen dem Frisiertisch ihrer Herrin und der überheizten Küche hin und her flitzte saß Lavinia in Gedanken versunken vor dem Spiegel.

„Mylady, bitte kraust Eure Stirn nicht so. Davon könnten Falten zurückbleiben."

„Ach Milly! Ich muss nachdenken. Ich weiß nicht, ob ich wirklich noch auf dem Ball auftauchen sollte. Das erregt schon wieder so viel Aufsehen. Und ich hasse das."

„Ihr habt dem Viscount Euer Wort gegeben. Ihr könnt doch jetzt keinen Rückzieher machen!" Die Zofe schüttelte entsetzt den Kopf.

„Ja. Ich meine nein. Ich mache keinen Rückzieher. Kannst du bitte aufhören, wie ein aufgescheuchtes Huhn hin und her zu rennen?"

„Verzeiht, aber ich muss das Kleid, wenn es einigermaßen vorzeigbar sein soll, ständig wenden. Wenn es unregelmäßig trocknet, dann sieht es fleckig aus."

„Es ist mir egal, wie es aussieht." Lavinia verzog unglücklich das Gesicht. „Ich wollte dieses Kleid nie wieder anziehen. Und nun muss ich es tun, weil es das einzige ist, das mir meine Schwiegermutter von meiner damaligen Garderobe gelassen hat. Ich habe die Erinnerung an meine Hochzeit so verdrängt, dass ich es total vergessen hatte. Wenn du es nicht bei unserem Umzug entdeckt hättest, dann hätte ich nichts, womit ich mich auf einem Ball sehen lassen könnte. Und ich bräuchte da nicht hinzugehen. Was für ein Pech! Hättest du es nicht übersehen können?"

„Mylady! Jetzt muss ich aber aufbegehren. Seid froh, dass ich mich an das Kleid erinnert habe. Es wäre reichlich ungewöhnlich, wenn der Viscount eine Verlobung ohne die Braut verkündete. Ihr wisst genauso gut wie ich, dass diese Heirat Cynthia vor einem unglücklichen Schicksal bewahrt. Genau genommen uns alle. Ich bin nicht wirklich wild darauf, in Schottland zwischen lauter Wilden zu leben." Dann setzte sie mit Nachdruck hinzu: „Obwohl ich Euch überallhin folgen würde."

Lavinia tätschelte ihr beruhigend die Schulter, aber Milly fuhr fort. „Ferner muss ich noch erwähnen, dass es mir nicht egal ist, wenn Ihr mit einem fleckigen

Kleid auf dem Ball erscheint. Was sagt denn das über meine Arbeit als Zofe aus? Das würde ja bedeuten, Ihr seid bei mir nicht in guten Händen! Wenn Ihr so einen Eindruck hinterlassen wollt, dann würde mich das sehr kränken. Es ist schon schlimm genug, dass ich keine Zeit hatte, um zu lernen, wie man all die aufwendigen Frisuren erstellt und ihr jetzt mit einem einfachen Haarschmuck auskommen müsst." Aufseufzend machte sie sich daran, das Haar ihrer Herrin zu bürsten.

Eine halbe Stunde vor Mitternacht stand Graywood ziemlich nervös mit seinen Freunden Owlham und Stonewine am Rande des Ballsaals und sah den sich drehenden Paaren zu. Die Landadligen der näheren und weiteren Umgebung hatten die Einladung zu seinem Ball gern angenommen. Unter ihnen war der eine oder andere, der nach einer Braut suchte, aber keine Zeit in London verbringen wollte. Nun war es nicht unbedingt der Wunsch einer jeden Debütantin, einen Gentleman vom Lande zu heiraten, aber immerhin war das besser, als als alte Jungfer zu enden und auf die Gnade der Verwandtschaft angewiesen zu sein. Daher war einer der eigentlich in der Gesellschaft etwas belächelten Bauernbarone immer noch besser als gar kein Ehemann. Dass sich auf Graywood Manor eine Menge heiratswütiger Damen tummelte, hatte sich unter den Nachbarn schnell herumgesprochen. Daher hatte Graywood nur eine einzige Absage bekommen. Die war von seinem Nachbarn Lionhill, der im Allgemeinen als menschenscheu und eigenartig galt. Darüber wunderte sich niemand weiter und alle Anwesenden genossen das rauschende Fest, flirteten und tanzten, als ob es kein Morgen gäbe.

Der nächste Tag rückte immer näher, die Zeiger der Taschenuhr, die Graywood ziemlich häufig aus seiner Westentasche zog, steuerten unerbittlich die große Zwölf an. Von Lavinia war weit und breit nichts zu sehen. Stattdessen näherte sich Lady Elisabeth der Dreiergruppe. Die Männer warfen sich einen Blick zu, der besagte, dass sie keinen Wert auf die Gegenwart dieser Dame legten. Entweder hatte sie diese stumme Absprache nicht bemerkt oder sie ignorierte die schweigsame Ablehnung der Herren mit vollem Bewusstsein. Stattdessen nahm sie ihren zusammengeklappten Fächer und schlug Graywood neckend damit auf den Arm.

„Nun, Viscount, wir alle warten voller Spannung darauf, dass Sie heute noch Ihre Braut vorstellen. Oder sollte sich das Ganze nur als eine Ausrede entpuppen? Das wäre ja ein Jammer, wenn Lady Lavinias toller Plan, ihre alte Stellung wieder einzunehmen, gescheitert wäre. Oh was für ein Skandal! Ich kann es gar nicht erwarten, das meiner Freundin Mildred zu erzählen."

Obwohl Elisabeth noch weiter lästern wollte, schob Graywood sie einfach beiseite. Natürlich war das äußerst unhöflich und keineswegs die feine englische Art, aber darauf konnte er keine Rücksicht nehmen. Am Eingang des Ballsaales stand, von den anwesenden Gästen, die mit sich selbst beschäftigt waren unbemerkt, endlich Lady Lavinia. Ihre Zofe hatte wahre Wunder vollbracht. Das dunkelviolette Kleid umschmeichelte ihre schlanke und gleichzeitig weibliche Figur. Die schlichte und doch elegante Frisur ließ sie jünger erscheinen als sie war. Sie blickte mit großen Augen auf das Tanzgetümmel. Sie hatte vor ihrer Hochzeit nicht oft die Möglichkeit gehabt, sich auf dem Parkett zu vergnügen. Danach hatte es überhaupt keine Gelegenheit mehr für sie gegeben. Graywood, der auf sie zueilte, sah das Verlangen in ihrem Gesicht. Er verbeugte sich formvollendet und reichte ihr die Hand. Das Orchester begann gerade einen Walzer zu spielen.

Lavinia erschrak. „Ich habe mit einem Mann noch nie einen Walzer getanzt."

„Mit keinem Mann? Mit wem denn sonst?" Graywood lächelte charmant.

„Nun, so ganz stimmt das wohl nicht. Unser Tanzlehrer war schon ein Mann. Na ja, irgendwie."

„Irgendwie?" Graywood grinste jetzt.

Lavinia verhaspelte sich und wurde rot. „Er war schon ein Mann. Aber er war nicht so ein Mann wie Sie, Mylord."

„Wie bin ich denn?"

„Ihr seid alles, was der Tanzlehrer nicht ist." Dieser Mann brachte sie ganz durcheinander. Sie wusste nicht einmal, wie sie ihn richtig ansprechen sollte und wechselte kopflos zwischen dem vertrauten Du und dem förmlichen Sie.

„Was bin ich denn nicht?"

„Nun, der Tanzlehrer ist klein, schmächtig, hat eine Hakennase und krumme Beine."

„Oh, da bin ich ja eine wirkliche Verbesserung."
Lavinia lächelte.

„Aber mit wem hast du denn sonst noch getanzt?"
Ihr Lächeln erlosch. „Mit meiner Schwester."

„Du vermisst sie?"

„Ich habe sie seit meiner Hochzeit nicht mehr gesehen. Ich wollte nicht, dass sie zu Besuch kam, denn ...“

Inzwischen hatten sie die Tanzfläche erreicht und drehten sich im Takt der Musik im Kreis. Lavinias anfängliche Besorgnis, dass sie sich beim Walzer blamieren könnte, verflog. Graywood war ein hervorragender Tänzer und führte sie so, dass sie sich ganz sicher fühlte.

„Wenn wir verheiratet sind, dann kannst du deine Schwester ohne Sorge einladen.“

„Werden wir denn verheiratet sein?“

„Das werden wir.“

Ohne weitere Worte drehten sie sich so lange weiter, bis das Orchester verstummte. Als Lavinia, die ganz in ihren Tanz versunken war, sich umsah, sah sie, dass die anderen Gäste einen Kreis um sie und Graywood gebildet hatten. Alle starrten sie an. Am liebsten wäre sie auf und davon gerannt. Der Mann neben ihr schien diese Gedanken zu ahnen und ergriff ihre Hand.

„Liebe Gäste, ich habe Ihnen allen eine freudige Mitteilung zu machen. Lady Lavinia hat eingewilligt, meine Frau zu werden. Dank einer Sondergenehmigung wird sie schon bald meine Viscountess sein.“

Die Anwesenden jubelten dem Paar zu. Beide wussten, dass viele der Gratulanten es nur zu gern gesehen hätten, wenn der Ball mit einem handfesten Skandal statt einer Hochzeitsankündigung geendet hätte. Aber es war nun einmal geschehen. Immerhin konnte man so den in London Gebliebenen eine nahezu unglaubliche Geschichte erzählen. Der Viscount heiratete die unfruchtbare Witwe seines Vetters und das, noch ehe ihr Trauerjahr zu Ende war. Was für eine Story! Wie viele

Vermutungen konnte man dabei ersinnen! Sie alle brannten regelrecht darauf, das alles weiterzuverbreiten.

Lavinia, die die Stimmung der Anwesenden spürte, wäre am liebsten im Boden versunken. Aber Graywood nahm ihre Hand, gab den Musikern ein Zeichen und zog sie erneut in seine Arme. Bei den Klängen eines weiteren Walzers versuchte sie sich zu entspannen, konnte aber ein leichtes Zittern nicht unterdrücken.

„Hab keine Angst. Ich bin nicht mein Vetter. Ich werde dich stets mit Respekt und Hochachtung behandeln. Du brauchst dich nicht vor mir zu fürchten. Cynthia und du, ihr seid in Sicherheit. Noch nie habe ich eine Frau oder ein Kind geschlagen. Und ich denke nicht, nach meiner Hochzeit damit anzufangen. Glaubst du mir?"

Sie nickte stumm.

„Ich werde dich jetzt küssen. Bist du einverstanden?"

Lavinia nickte erneut. Graywood tanzte mit ihr in eine weniger belebte Ecke des Ballsaales, hob ihr Kinn an und drückte seine Lippen auf ihren Mund. Eigentlich hatte er gedacht, mit dem Kuss das Publikum zu beeindrucken, denn er war sich sicher, dass ihnen viele Augen folgten. Doch als er Lavinias Mund berührte, durchfuhr ihn ein seltsames Gefühl. Es war, als hätte er die Lippen einer Frau vorher noch nie mit so einer Intensität gespürt. Er drückte sie fest an sich und vermochte sich kaum von ihr zu lösen. Ihr schien es ähnlich zu gehen, denn als sie sich endlich voneinander trennten, ging ihr Atem schwer und ihr Blick war verhangen.

„Ich glaube, ich sollte jetzt gehen."

„Ich werde dich nicht allein durch die Nacht gehen lassen."

„Es schickt sich nicht, dass wir zusammen im Dunkeln durch den Garten laufen."

„Es ist mir egal, ob es sich schickt oder nicht. Sobald ich eine Sondererlaubnis habe, werden wir heiraten. Also kann ich meine Verlobte auch nach Hause geleiten. Dass die Lästermäuler dann noch etwas mehr zu reden haben, kümmert mich nicht."

Lavinia senkte den Kopf und erwiderte nichts. Was die anderen über sie dachten, war ihr eigentlich egal. Sie hatte den Einwand aus reiner Gewohnheit gemacht. Eine gute Erziehung ließ sich halt nicht so einfach über Bord werfen. Oder doch? Immerhin hoffte sie sogar ein wenig, dass er sie noch einmal küssen würde. Gefühle wie die, die dieser Kuss in ihr geweckt hatte, waren ihr bisher völlig fremd gewesen. Vielleicht wäre es doch nicht ganz so schlimm, mit ihm verheiratet zu sein. Er würde sie sicher nicht schlagen.

Graywood verlor keine Zeit. Sobald es die Umstände erlaubten, ritt er nach London, um eine Sondererlaubnis zu beantragen. Es gab wie erwartet keinerlei Probleme. Auch der Antrag für die Adoption der kleinen Cynthia ging reibungslos über die Bühne. Die Hochzeit selbst fand in aller Stille statt. Die in die Hauptstadt zurückgekehrten Gäste der Hausparty hatten mit ihren Geschichten für genügend Wirbel gesorgt. Noch mehr Aufruhr wünschten sich weder Lavinia noch Aldon. Daher fand die Trauung in der kleinen Dorfkirche nur mit Stonewine und Owlham als Trauzeugen statt. Lavinia war es recht. Sie hatte den Traum von einer

Märchenhochzeit schon einmal geträumt und war böse in der Realität aufgewacht.

Ihr Kleid war schlicht und doch von edelster Machart. Der Bräutigam hatte darauf bestanden, dass sie es sich aussuchte, ohne nach dem Preis zu fragen. Sie hatte lange genug jeden Penny umdrehen müssen. So stand sie nun hoch aufgerichtet und mit zitternden Knien vor dem Altar. Als verspätetes Verlobungsgeschenk hatte Graywood ihr eine filigrane Smaragdkette mit passenden Ohrringen aus der Stadt mitgebracht. Der Schmuck harmonierte perfekt mit den Rosenblüten vom Gartenhaus, die Milly ihr in die Haare geflochten hatte. Die Zofe saß neben der Pfarrersfrau und den Angestellten des Anwesens auf den Kirchenbänken. Vor Aufregung war sie ganz blass und konnte vor Rührung kaum die Tränen zurückhalten.

Weitere Gäste waren nicht geladen. Graywoods Eltern waren schon einige Jahre tot. Lavinia grollte ihren Eltern noch immer, dass sie sie in ihre erste Ehe gezwungen und ihr nicht zur Seite gestanden hatten, nachdem sich ihr verstorbener Gatte als Scheusal entpuppt hatte. Es wäre ihre Ehe und damit ihr Problem, hatte ihre Mutter geschrieben, nachdem sie sich um Hilfe an sie gewandt hatte. Sie hatten sie in ihrem Unglück allein gelassen. Daher brauchte sie ihre Eltern auch am heutigen Tag nicht, mit dem hoffentlich ein besserer Lebensabschnitt beginnen würde. Ihre Schwester allerdings hätte sie gern an ihrer Seite gehabt. Aber sie hätte die Reise niemals allein unternehmen dürfen.

Noch während sie vor dem Pfarrer stand, fragte sie sich, ob es richtig war, was sie tat. Doch dann fiel ihr

Blick auf die kleine Cynthia, die auf dem Weg von der Kirchentür bis zum Altar Rosenblätter gestreut hatte und nun strahlend zu dem Brautpaar aufblickte. Noch vor der Hochzeit hatte Graywood dem kleinen Mädchen erklärt, dass sie nach der Zeremonie eine richtige Familie sein würden. Wenn sie es möchte, dürfte sie ihn Papa und Lavinia Mama nennen. Die Kleine hatte ihr Glück kaum fassen können und beide abwechselnd stürmisch umarmt. Für diese Momente lohnte es sich, auf die eigene Unabhängigkeit zu verzichten, dachte Lavinia und beantwortete die Frage des Pfarrers mit einem deutlichen Ja. Auch in Graywoods Stimme hörte man kein Zögern oder Zweifeln. Und so kam es, dass Lavinia erneut den Titel *Viscountess Graywood*, ohne den Witwenzusatz, tragen durfte.

Vor der Hochzeitsnacht hatte sie einen gehörigen Respekt, aber sie vertraute ihrem neuen Gatten insofern, dass er sie nicht absichtlich quälen würde. Irgendwie würde sie es schon überstehen. Aldon, der sich der Sorgen seiner Gattin bewusst war, ließ die eigentliche Hochzeitsnacht verstreichen, ohne seine ehelichen Rechte einzufordern. Er teilte zwar mit Lavinia das Bett, begnügte sich aber damit, sie eng an sich zu ziehen und ihr sanft über das Haar zu streichen. Zu mehr war er allerdings auch nicht fähig, wenn er sein Vorhaben, sie in dieser Nacht nicht anzurühren, durchhalten wollte.

Lavinia indes war mehr als nur verwundert über die Zurückhaltung ihres Gatten. Er schien wirklich aus ganz anderem Holz geschnitzt zu sein als sein Vetter. Sie hatte noch nie eine ganze Nacht mit einem Mann in einem Bett verbracht. Anfänglich kam es ihr sehr komisch vor und ihre innere Anspannung ließ nicht zu, dass sie es genießen konnte, einen anderen Körper neben sich zu spüren. Als sie nach einer Weile merkte, dass Graywood keineswegs die Absicht hatte, über sie herzufallen, entspannte sie sich langsam. Doch als er sie ansprach, versteifte sie sich erneut.

„Nun, Liebste, bist du zufrieden mit der Zeremonie und dem Verlauf des Tages?"

„Velen Dank. Es war sehr schön. Die Idee, Cynthia als Blumenmädchen einzusetzen, war genial. Ich hatte befürchtet, dass sie sich etwas ausgeschlossen fühlen könnte. Ich danke Ihnen, Mylord."

„Aldon und du."

„Wie meinen?"

„Wir sind jetzt verheiratet und du solltest mich mit meinem Vornamen ansprechen."

„Verzeih."

„Es gibt nichts zu verzeihen." Er hob ihr Kinn mit einer Hand sanft an und sah ihr in die Augen. „Mach dir keine Sorgen. Ich werde dich nie schlagen. Vielleicht werden wir irgendwann nicht einer Meinung sein, aber auch das sollte dich nicht ängstigen." Er grinste. „Ich kann mich erinnern, dass du mir mehr als einmal vehement widersprochen hast. Dabei haben deine Augen gefunkelt wie bei einer Katze, die auf Mäusejagd ist. Wenn ich ehrlich bin, dann habe ich diese Streitgespräche genossen. Ich will nicht, dass sich meine kleine Wildkatze in ein zahmes und ängstliches Haustier verwandelt." Aldon gab ihr einen sanften Kuss auf den Mund und zog sie enger an sich. „Und nun lass uns schlafen. Wir haben noch unser ganzes Leben Zeit, um die Freuden des Ehebettes zu genießen. Zuerst sollten

wir uns besser kennenlernen. Dann macht das Ganze
auch gleich viel mehr Spaß."

15. UNERWARTETE BESUCHE

Wider Erwarten hatte sich in ihrer Ehe alles zum Guten gefügt, dachte Lavinia, als sie Arm in Arm mit ihrem Gatten durch den Garten spazierte. Die letzten Tage waren mit Gesprächen ausgefüllt gewesen, bei denen es um ihre beiderseitige Vergangenheit ging. Aldon hatte Lavinia von seiner Kindheit erzählt und warum sein Vater als das schwarze Schaf der Familie angesehen wurde. Seine Eltern waren sich jedoch in inniger Liebe zugetan und hatten diese Zeit gemeinsam durchgestanden. Zwischen den Worten konnte Lavinia heraushören, dass er sich für seine Ehe eine ähnliche seelische Verbindung wünschte. Sie erzählte ihm dafür von den Aufenthalten bei den geliebten Großeltern und von ihrer kleinen Schwester Rose, die sie so sehr vermisste. Etwas über ihr Elternhaus oder gar über die Ehe mit seinem Vetter zu berichten, vermied sie. Er war sich im Klaren darüber, dass es Zeit brauchte, bis sie sich ganz öffnen würde. Er konnte warten.

Inzwischen teilten sie auch wie ganz normale Eheleute das Bett miteinander. Lavinias anfängliche Scheu hatte sich erst in Erstaunen und dann in eine echte Begeisterung für das Liebesspiel entwickelt. Sie hatte sich nie im Leben vorstellen können, dass es so viel Spaß machen konnte, mit einem Mann zusammen zu sein, hatte sie ihrem Gatten in einer stillen Stunde anvertraut. Aldon hatte nur gegrinst und war zufrieden gewesen. Besser konnte es nicht laufen.

Über dem Wald hinter dem Garten türmten sich dunkle Wolken auf. Es sah aus, als würde ein heftiges Gewitter aufziehen. Aldon pfiff nach den beiden Hunden, die sie begleiteten. Es war besser, zum Haus zurückzukehren, bevor das Unwetter begann. Sie waren schon fast unter dem schützenden Dach angelangt, als Blacky verharrte und ein drohendes Knurren ausstieß. Teufel, ihr Gefährte, warf ihr einen Blick zu und nahm eine drohende Haltung ein. Aldon und Lavinia sahen sich erstaunt an. Doch nur kurze Zeit später hörten sie das Rattern von Kutschenrädern auf dem Kies.

„Wer kommt uns denn jetzt unangemeldet besuchen?", wollte Lavinia wissen.

„Warte es nur ab." Doch sein selbstgefälliges Grinsen, mit dem er seiner Gattin die Überraschung präsentieren wollte, verschwand, als er das Graywood'sche Wappen auf der Kutsche erkannte.

„Was zum Teufel …", fluchte er, als ihm schwante, wer da in voller Fahrt die Auffahrt entlangkam.

Lavinia erbleichte. „Was will sie denn hier?"

Er legte den Arm fest um seine Gattin. „Sie kann uns nichts tun. Alles hat seine Richtigkeit."

Beide standen stocksteif vor der Eingangstür und warteten, bis die Kutsche hielt und die Mutter des vorherigen Viscounts ausstieg. Graywood verbeugte sich gerade so tief, dass es nicht als absolut unhöflich galt. Lavinias Knicks gegenüber ihrer ehemaligen Schwiegermutter fiel auch nicht viel höflicher aus.

„Verehrte Tante, was führt euch zu uns?"

„Was ist das für eine Begrüßung? Willst du mich nicht ins Haus bitten? Immerhin bin ich gekommen, um meine Enkeltochter zu besuchen."

Lavinia erbleichte. Natürlich war es Lady Mildred zu verdanken, dass sich die alte Hexe auf den Weg gemacht hatte, um Cynthia für sich zu beanspruchen, dachte sie. Unwillkürlich griff sie fester nach Aldons Arm. Beide Hunde knurrten indes drohend und spannten sich an, ganz so, als warteten sie nur auf einen Befehl, um den Eindringling in die Schranken zu weisen.

Graywood richtete sich auf, sodass er, der ohnehin schon nicht klein war, noch etwas größer erschien. „Falls ihr von meiner Adoptivtochter sprecht, so kann ich Euch sagen, dass Ihr kein Recht habt, nach ihr zu schauen. Aber ich will Euch beruhigen. Es geht ihr gut und sie wird so erzogen, als sei sie ein rechtmäßiges Kind des Hauses Graywood." Er machte eine Pause und sah sie ohne Regung an. „Und nun bitte ich Euch, das Anwesen zu verlassen. Ihr seid hier nicht erwünscht. Weder von mir noch von meiner Gattin. Wenn Ihr Euch beeilt, dann erreicht Ihr noch die nächste Herberge, bevor der Sturm losbricht."

„Pah, Gattin! Du wirst schon sehen, was du von dieser unfruchtbaren Metze hast!" Sie stampfte mit dem Fuß auf. „Du verweist mich des Hauses? Das wird dir noch leidtun. Ich werde schon einen Weg finden, um euch beiden das Leben zur Hölle zu machen."

Das Drohen der Hunde wurde immer lauter. Da Graywood keinerlei Anstalten machte, sie zu zügeln, kletterte seine Tante, leise vor sich hin fluchend, in die Kutsche. Diese wendete auf Befehl der Insassin abrupt und raste den Weg, den sie vor Kurzem gekommen war, zurück.

Aldon und Lavinia gingen ins Haus. Just in dem Moment, in dem sich die Tür hinter ihnen schloss, begann draußen das Inferno. Der Regen prasselte mit voller Wucht auf das Land und der Sturm heulte unheimlich, als er um die Türme und Erker des Hauses jagte. Wer jetzt noch draußen unterwegs war, für den war die Reise kein Zuckerschlecken. In Lavinia wollte fast so etwas wie Mitleid mit ihrer ehemaligen Schwiegermutter aufkommen. Auf dem Weg von der Kutsche bis unter das Dach der Herberge würde sie sicher vollkommen durchweicht werden. Aber dann fiel ihr ein, dass sie ja gekommen war, um ihr Cynthia wegzunehmen und dieses Gefühl verschwand.

Es war einige Zeit später, die Ehegatten hatten es sich gerade mit einer Tasse Tee und einigen leckeren Plätzchen im kleinen Salon bequem gemacht, als die Hunde erneut die Ohren spitzten. Bald darauf ertönte ein heftiges Klopfen an der Tür. War diese unmögliche Frau zurückgekehrt? Wer sonst war bei diesem Wetter unterwegs? Jeder vernünftige Mensch suchte Schutz in einer Herberge. Aldon zog die Augenbrauen hoch, als Lavinia ihn fragend ansah. Bevor er etwas sagen konnte, trat der Butler ein. „Lady Rose und Lord Lionhill", meldete er.

Lavinia sprang mit einem Quietschen aus dem Sessel, in dem sie saß und eilte ins Foyer. Dort stand, eher einer gebadeten Maus gleichend als einer Lady von Stand, ihre Schwester Rose. Ohne auf ihre Kleidung zu achten, umarmte und küsste sie die Angekommene.

„Was für eine Überraschung! Rose! Meine Liebe! Ich kann es nicht fassen, dich hier zu sehen!"

„Ach Lavinia, lass mich los. Du wirst ja ganz nass werden."

„Das ist mir vollkommen gleichgültig. Aber du wirst dich erkälten, wenn du nicht aus deiner durchweichten Kleidung kommst." Sie sah sich um. „Dein Gepäck ist noch nicht da. Sicher finden wir unter meinen Sachen etwas, was dir passen wird. Komm mit, du brauchst ein warmes Bad und musst mir unbedingt erzählen, wie du es geschafft hast, unseren Eltern zu entfliehen."

„Graywood hat ihnen einen Brief geschrieben und ihnen ein Angebot gemacht, das sie nicht ablehnen konnten und so waren sie einverstanden, dass ich dich besuche."

Lavinia sah ihren Gatten fragend an und drohte ihm scherzhaft mit dem Finger. „Was für Korrespondenz führst du hinter meinem Rücken?"

„Nun Liebste, da ich weiß, wie sehr du an deiner Schwester hängst, bat ich deine Eltern in einem Schreiben, sie nach Graywood Manor zu schicken. Natürlich war ihre erste Antwort eine klare Absage. Aber wie du dir sicher vorstellen kannst, lasse ich mich davon nicht abschrecken. Also habe ich ihnen, so wie deine Schwester schon angedeutet hat, ein unwiderstehliches Angebot gemacht."

„Und was soll das gewesen sein?"

„Was glaubst du, worauf deine Eltern am meisten Wert legen?"

„Du hast ihnen Geld geboten?" Lavinia schnaufte entsetzt.

„Nun, so würde ich es nicht direkt nennen, obwohl es im Grunde genommen irgendwie darauf hinauslief."

„Reicht es nicht, dass sie mich verkauft haben?"

Rose zog ihre Schwester am Arm. „Nun beruhige dich doch. Du glaubst doch nicht, dass sie sich in den letzten Jahren geändert haben. Der Brief deines Gatten kam gerade zur rechten Zeit." Die junge Frau wandte sich Graywood zu. „Ihr wisst gar nicht, wie viel ich Euch zu verdanken habe!" Sie schüttelte sich kurz, wie um die Gedanken an ein Unheil zu vertreiben. „Kurz bevor der erste Brief des Viscounts eintraf, hatten die Eltern mir mitgeteilt, dass Lord Bearhunter um meine Hand anhalten wolle."

Lavinia schnaufte schon wieder. „Der Mann ist so alt, dass er unser Vater sein könnte!"

Graywood nahm den Faden auf. „Diese Tatsache teilten eure Eltern mir in dem abschlägigen Brief mit. Mir blieb nur eine Wahl, um das zu verhindern: In meinem nächsten Schreiben teilte ich ihnen mit, dass ich mich mit dieser Antwort nicht zufriedengeben würde. Ich drohte, alle offenen Wechsel eures Vaters, die allerdings nicht so viel wert sind, wie ich erhofft hatte, aufzukaufen und auf einmal einzufordern. Ich muss zugeben, er spielt zwar gern und viel, verliert aber relativ selten. Ich weiß nicht, ob das immer mit rechten Dingen zugeht."

Lavinia schnaufte jetzt nicht mehr, sondern fauchte. „Komm zur Sache!"

Er grinste. Natürlich machte es ihm Spaß, sie auf die Folter zu spannen. Einen Moment schien er zu überlegen, ob er das Ganze noch auf die Spitze treiben sollte, doch dann gab er nach. „Ich habe angeboten, die Mitgift von Lady Rose noch einmal um die bereits vorhandene Summe aufzustocken. Außerdem würden meine Gemahlin und ich es übernehmen, sie in der nächsten Saison als Debütantin vorzustellen und alle anfallenden Kosten zu übernehmen. Sollte sich für sie kein standesgemäßer Gemahl finden, dann würde ich auch für die der kommenden Saisons aufkommen."

Lady Rose quietschte vor Freude. „Ich sagte es doch! Er hat ihnen ein unwiderstehliches Angebot gemacht!"

„Und du bist nicht ein bisschen beleidigt, weil sie dich einfach so verschachert haben?" Lavinia sah ihre Schwester prüfend an. „Und bist du nicht gekränkt, weil mein Gatte dich doch auf die eine oder andere Art gekauft hat?"

„Beleidigt? Gekränkt? Ich?" Rose schüttelte empört den Kopf. „Wenn dein Gatte nicht gewesen wäre, dann wäre ich jetzt mit einem Mann verheiratet, der alt, dick und glatzköpfig ist. Stattdessen bin ich hier bei dir. Ich werde eine oder sogar mehrere Saisons haben, anstatt irgendwo auf einem heruntergekommenen Landsitz Trübsal zu blasen. Nun kann ich mir in Ruhe einen Ehemann aussuchen. Ich bin so dankbar, dass ich es kaum in Worte fassen kann. Hätte ich das Angebot vielleicht ablehnen sollen? Nein, glaub mir, Stolz und Würde sind schön und gut, aber sie wärmen nicht, wenn man in einer lieblosen Ehe gefangen ist. Denk ja nicht, dass mich das Leid, das aus deinen früheren Briefen sprach, nicht berührt hat. So etwas wollte ich nie erleben! Zum Glück habe ich einen Schwager, der nicht nur reich ist, sondern auch ein gutes Herz hat." Sie nickte heftig mit dem Kopf, um ihre Worte zu bekräftigen, und grinste von einem Mundwinkel zum anderen.

Lavinia warf ihrem Gatten einen dankbaren Blick und eine Kusshand zu, während sie ihre Schwester die Treppe nach oben zog und nach Milly rief.

Graywood sah ihnen mit einem Lächeln hinterher. Das verschwand aus seinem Gesicht, als er sich dem zweiten unerwarteten Gast zuwandte und sich steif verbeugte. Den Kerl hatte er doch glatt vergessen!

„Lionhill? Dann seid Ihr mein Nachbar. Wie kommt meine Schwägerin in Eure Gesellschaft?"

Das war doch der Mann, der als Einziger seine Einladung zum Ball ausgeschlagen hatte und nun tauchte er hier mit einer jungen Dame auf, die noch nicht einmal ihr Debüt hatte. Was ging da vor? Außerdem hatte er der ganzen Diskussion unfreiwillig zugehört. Hoffentlich war er Gentleman genug und schwieg über die ganze Sache.

„Ich habe die Lady sozusagen gerettet. Wie sie mir erzählte, war sie auf dem Weg zu ihrer Schwester und kurz davor, ihr Ziel zu erreichen, als eine Kutsche mit rasender Geschwindigkeit aus der Seitenstraße, die zu Eurem Anwesen führt, geschossen kam und beinahe ihr Gefährt rammte. Während die Raser ungerührt weiterfuhren, gingen ihrem Kutscher die Pferde durch. Dann brach ein Rad und die Kutsche stürzte um. Die Lady hatte Glück, dass sie nur mit dem Schrecken davonkam. Allerdings gab es weit und breit nichts, wo sie bei diesem Wetter hätte Schutz suchen können. Während sich ihre Begleiter um die aufgeregten Pferde und das verstreute Gepäck kümmerten, nahm ich sie auf mein Pferd und brachte sie hierher. Sie hatte mehr als nur Glück, dass ich gerade von ...", er stutzte kurz und sprach dann weiter, „... dass ich gerade aus der Stadt kam. Sonst würde sie jetzt noch immer schutzlos den Elementen ausgeliefert sein." Lionhill stand stocksteif da und verriet mit keiner Miene, ob er so gehandelte hatte, weil er ein Gentleman und Rose eine Lady war oder weil er ein gutes Herz hatte. Hätte er ein Bauernmädchen seinem Schicksal überlassen sollen?

Graywood gab dem Butler, der regungslos an der Seite stand, ein Zeichen. Er würde in den Stall eilen und gleich eine Mannschaft losschicken, um der Besatzung der verunglückten Kutsche zu helfen. Dann verneigte er sich etwas tiefer vor seinem Besucher.

„Ich bin Euch sehr zu Dank verpflichtet, dass Ihr Euch um meine Schwägerin gekümmert habt. Allerdings ... sollte Euch jemand gesehen haben, wie ihr gemeinsam auf einem Pferd saßt, dann wäre der Skandal perfekt. Nichtsdestotrotz können wir nichts an dieser Situation ändern. Darf ich Euch ein Glas Whisky und einen Platz am Kaminfeuer anbieten, damit ihr Euch etwas aufwärmen könnt? Vielleicht kann ich Euch auch etwas Trockenes zum Anziehen borgen, bevor ihr weiterreitet. Natürlich könnt ihr gern warten, bis sich das Unwetter gelegt hat oder auch die Nacht in einem unserer Gästezimmer verbringen."

Graywood fand, dass er mehr als höflich gewesen war, aber Lionhill zog ein ablehnendes Gesicht. Für einen kurzen Augenblick hatte er sogar erschrocken ausgesehen. Just in dem Moment, als er etwas von einem Skandal erwähnt hatte. Nun, was hatte er sich gedacht? Er wäre nicht der erste Gentleman, dem seine Hilfsbereitschaft zum Verhängnis würde und der, um die Ehre einer Dame wieder herzustellen, ihr die Hand vor dem Altar reichen musste. Allerdings bestand bei diesem

Wetter wohl kaum die Gefahr, dass man die beiden zusammen auf einem Pferd gesehen hatte. Warum entspannte sich der Kerl nicht einfach und kam mit ans Feuer, um sich aufzuwärmen? Die Hunde jedenfalls schienen nichts an ihm auszusetzen zu haben. Sie hatten ihn kurz beschnüffelt und waren dann auf ihre weichen Decken getrottet, um sich dort niederzulassen. Teufel war einfach umgeplumpst, während Blacky sich vorsichtig niedergelassen hatte. Immerhin war sie eine Hundedame mit Stammbaum. Ihr immer dicker werdender Bauch verriet aber, dass sie ihre Ausflüge in den Wald mit der schwarzen Promenadenmischung an der Seite mehr als nur genossen hatte. Graywood war gespannt, wie die Welpen aussehen würden. Er wurde aus seinen Gedanken gerissen, als sein Gegenüber, das den Hunden ebenfalls durch die geöffnete Tür nachgesehen hatte, sich räusperte.

„Vielen Dank für die angebotene Gastfreundschaft. Ich werde zu Hause erwartet. Sicher macht man sich schon Sorgen um mich. Daher ist es das Beste, wenn ich mich gleich auf den Weg mache. Ich bin schon nass, da lohnt es nicht, sich umzuziehen.“ Er verbeugte sich. „Meine Empfehlung an die Damen.“ Ohne darauf zu warten, dass man ihm die Tür öffnete, betätigte er die Klinke und trat nach draußen, wo das Unwetter noch immer tobte.

Graywood sah ihm kopfschüttelnd hinterher. Was für ein merkwürdiger Mensch. Aber das war nicht sein Problem. Er würde sich jetzt mit einem guten Glas Whisky in die Bibliothek zurückziehen. Seine Gattin hatte mit ihrer Schwester sicher eine ganze Menge zu bereden. Da waren Männer nur fehl am Platz.

Während er am Kamin saß und in die Flammen sah, überlegte er angestrengt, was er über Lionhill wusste. Aber so sehr er auch überlegte, es fiel ihm nichts weiter ein, als dass er der einzige seiner Nachbarn war, der sich von allen gesellschaftlichen Anlässen fernhielt. Aber er war ja auch noch nicht lange genug in der Gegend, um sich wirklich gut mit den Einheimischen auszukennen. Vielleicht würde der Pfarrer ihm weiterhelfen können.

Graywood goss sich ein zweites Glas ein. Das war eine gute Idee! Gleich morgen würde er ihn aufsuchen und nicht eher von der Schwelle des Pfarrhauses weichen, bis er alle Informationen hatte, die er brauchte. Und wenn ihn das Ganze ein neues Kirchendach kosten würde. Er konnte sich das einerseits leisten, anderseits ging es um den Ruf seiner Schwägerin. Und die lag seiner Frau am Herzen. Und daher war sie ihm genauso wichtig, als wäre sie seine eigene kleine Schwester.

Der Pfarrer, den er am nächsten Tag aufsuchte, schien mehr als nur verwundert, als er über Lionhill befragt wurde, und schien nicht so recht mit der Sprache herausrücken zu wollen.

„Warum zeigen Eure Lordschaft Interesse an diesem Einsiedler?"

Graywood wollte sich nicht gleich in die Karten schauen lassen und antwortete ausweichend: „Ist es nicht allgemein üblich, dass man sich für seine Nachbarn interessiert?"

Der Pfarrer warf ihm einen Blick zu, der Bände sprach. „Ihr wollt also nachbarschaftliche Beziehungen zu Graywood aufbauen? Das ist erstaunlich." Der Geistliche glaubte ihm kein Wort.

„Wieso?“

„Nun, aus zweierlei Gründen: Der erste ist, dass es zwar schon mehrere der alteingesessenen Landadligen versucht haben und es bisher noch nie jemandem gelungen ist.“ Er hielt inne, als wäre alles gesagt.

„Zweitens?“, forderte Graywood.

„Nun, Ihr seid heute schon der Zweite, der sich nach Lionhill erkundigt.“

Warum ließ sich dieser Kerl jedes Wort aus der Nase ziehen? Ganz egal, ob Pfarrer oder nicht, er wollte eine Antwort. Und bei Gott, er würde sie bekommen! Seine Stimme wurde drohend: „Wer hat sich noch nach ihm erkundigt?“

Sein Gegenüber machte ein unglückliches Gesicht. „Ich kannte den Mann nicht. Aber wie ich gehört habe, ist er einer der Bediensteten, welche die Dowager Viscountess begleiteten.“

„Meine Frau?“

„Nein, nicht Eure Frau. Deren Schwiegermutter. Also ihre ehemalige Schwiegermutter.“ Der Pfarrer schwitzte unter dem wütenden Blick des Viscounts. Warum mussten dessen Familienverhältnisse auch so verworren sein!

„Also, wir reden jetzt hier von der Mutter meines verstorbenen Cousins?“

„Ja“, kam es erleichtert zurück.

„Und was haben Sie dem Mann erzählt?“

„Nichts weiter als das, was alle wissen.“

„Und was wäre das?“ Zum Teufel nochmal, der Kerl ließ sich ja jedes Wort aus der Nase ziehen! Sonst plauderte er immer wie ein Wasserfall. Was stimmte mit diesem verdammten Lionhill nicht?

„Lord Lionhill hat das Anwesen von seinem Onkel geerbt, der keine Kinder hatte. Sein Vater war dessen jüngerer Bruder. Der hatte sein Vermögen am Spieltisch verloren und war mit seiner Frau und dem neugeborenen Sohn nach China gegangen. Es heißt, er hätte, obwohl von Adel, dort Handel getrieben. Seine Gattin, die aus einer altehrwürdigen Familie stammt, soll vor Kummer darüber gestorben sein. Oder vielleicht hat sie auch ein Fieber dahingerafft. Lionhills Vater war schnell zu Reichtum gekommen und hat seinen Sohn später nach Eton geschickt, damit er lernte, sich wie ein Gentleman zu benehmen.“

„Und? Hat es was genützt?“ Graywood knurrte fast.

Der Pfarrer setzte eine beleidigte Miene auf. Das ging jetzt aber doch zu weit. Viscount hin oder her! Niemand konnte ihn zwingen, seine persönliche Meinung über ein Mitglied des Adels bekanntzugeben. „Dieses einzuschätzen, steht mir nicht zu, Eure Lordschaft!“

Graywood erkannte, dass er mit seiner bisherigen Taktik auf Granit beißen würde. „Einem so rührigen Hirten der Gemeinde ist es bestimmt nicht entgangen, dass die Schwester meiner Gemahlin zu Besuch gekommen ist?“

Ein Nicken, das von einem geschmeichelten Lächeln begleitet wurde, war die Antwort.

„Ihre Kutsche hatte einen Unfall und Lord Lionhill war so freundlich, sie nach Graywood Manor zu begleiten.“ Das musste als Erklärung reichen.

Der Pfarrer verstand. „Eure Lordschaft brauchen sich keine Gedanken zu machen. Alles, was ich über Lord Lionhill gehört habe, deutet darauf hin, dass er ein vollendeter Gentleman ist. Einige seiner Dienstboten besuchen öfter meinen Gottesdienst, weil sie Verwandte im Ort haben. Man hört sie nie ein schlechtes Wort über ihren Herrn sprechen." Er schluckte. „Dass er so zurückgezogen lebt, kann man ihm wohl kaum verdenken. Stellt Euch vor, Ihr wäret in einem fremden Land aufgewachsen und kommt nach England, das Ihr nur von Erzählungen her kennt. Junge Burschen im Schulalter sind nicht gerade zart besaitet, wenn es darum geht, einem Außenseiter klarzumachen, wo sein Platz ist."

Graywood nickte. So etwas konnte Wunden hinterlassen, die spät oder nie verheilten. Er wusste nur zu gut, wie es war, abgelehnt zu werden. „Und das alles haben Sie auch dem Mann erzählt, der ebenfalls nach Lionhill gefragt hat?"

„Wie käme ich dazu?" Das klang beinahe empört. „Ich bin diesem fremden Burschen zu keiner Rechenschaft verpflichtet. Meine Pfarrei untersteht Eurem Schutz. Die einzige Aussage, die ich gemacht habe, ist die, die allgemein bekannt ist. Und das ist die Tatsache, dass Lord Lionhill sehr zurückgezogen lebt."

Auf dem Rückweg vom Pfarrhof geriet Graywood ins Grübeln. Warum hatte seine Tante jemanden beauftragt, Informationen über Lionhill zu sammeln? Sicher war der Pfarrer nicht die einzige Quelle, die sie anzuzapfen gedachte. Wieso zeigte sie auf einmal Interesse an einem Mann, der jahrelang ihr Nachbar gewesen war? Sie schien sich keinen Deut um ihn gekümmert zu haben. Es konnte nur eine Erklärung dafür geben! Sie musst gesehen haben, dass Rose zusammen mit Lionhill auf einem Pferd gesessen hatte. Was hatte dieses hinterhältige Biest vor? Sicher war es etwas, womit sie ihm oder Lavinia schaden konnte. Die unschuldige Rose dafür zu opfern, würde ihr keine schlaflosen Nächte bereiten.

Er eilte mit schnellen Schritten nach Hause, um sich mit Lavinia zu beraten. Als ihm dieses Vorhaben bewusst wurde, schüttelte er grinsend den Kopf. So weit war es schon mit ihm gekommen! Seine Gemahlin war seine Vertraute und beste Freundin. Sie hatte doch tatsächlich Owlham und Stonewine den Rang abgelaufen.

Zwei Stufen auf einmal nehmend, stürmte er die große Treppe nach oben und klopfte an die Zimmertür seiner Gemahlin. Ohne auf ein Herein zu warten, öffnete er die Tür und erschrak. Lavinia sah ihn mit entsetztem Blick an, machte eine Handbewegung, die ihn hinausscheuchen sollte und beugte sich gleich darauf über den Nachttopf, den Milly ihr hinhielt. Das Würgen klang entsetzlich in seinen Ohren, aber er überwand den Ekel und eilte zu ihr.

„Lavinia, was ist geschehen? Bist du krank? Hat schon jemand nach dem Doktor geschickt?“

Sie schüttelte den Kopf, während Milly ihr mit einem feuchten Tuch das Gesicht abwischte. „Ich brauche keinen Doktor.“

„Was heißt, du brauchst keinen Doktor? Du würgst hier gelbe Galle und brauchst keinen Arzt? Erzähl mir nicht, dass das normal ist.“

„Ist es aber.“

Sein Entsetzen verwandelte sich langsam in Wut über so viel Unvernunft. „Ja, natürlich! Es ist normal und es geht auch von allein wieder weg.“

„Genau, du hast es erfasst.“ Obwohl Lavinia blass und elend aussah, strahlte sie ihn an. Milly, die inzwischen

das Tuch für den Fall auswusch, dass es erneut gebraucht wurde, kicherte.

Er drehte sich zu ihr um und fuhr sie an. „Was ist so
lustig daran, wenn es deiner Herrin schlecht geht? Vielleicht ist es sogar deine Schuld, dass sie etwas Falsches
gegessen hat."

Lavinia legte ihm beruhigend eine Hand auf den Arm.
„Bitte beruhige dich. Milly hat nichts getan. Und wenn
jemand an meinem Zustand schuld ist, dann bist du es."

„Ich?!" Graywood wollte protestieren. Doch dann
blickte er in die grinsenden Gesichter von Gemahlin
und Zofe und begriff. „Du bist guter Hoffnung?"

Lavinia strahlte noch mehr.

„Aber ... wie ist das möglich?"

Sie grinste leicht anzüglich: „Soll ich dir das jetzt
wirklich erklären?"

Milly im Hintergrund kicherte erneut und lief dabei
rot an.

Graywood riss Lavinia vor Freude in die Arme, hob sie
hoch und wirbelte sie herum. Dann stellte er sie abrupt
auf den Boden. „Ich hoffe, dir wird von dem Gedrehe
nicht noch einmal schlecht. Ich will nicht wirklich
schuld daran sein, wenn du dich übergeben musst."

Spät am Abend setze sich Aldon Westkay, der sechste
Viscount Graywood, an seinen Schreibtisch, um seinen
Freunden Stonewine und Owlham zu schreiben, dass
seine Gattin guter Hoffnung war. Er hatte beschlossen,
die Tatsache, dass seine Tante Informationen über Lionhill sammelte, nicht mit seiner schwangeren Frau zu
teilen. Sie sollte sich keine Sorgen machen und sich
ganz auf ihr gemeinsames Kind freuen. Seinen treuen
Kameraden   berichtete   er   allerdings   von   den

Geschehnissen um seine Schwägerin Rose und seinem Verdacht, dass die Geschichte noch nicht ausgestanden war. Er bat sie, Augen und Ohren für ihn aufzuhalten und ihn sofort zu informieren, falls ihnen etwas auffallen würde.

Die Antwortschreiben, die er erhielt, strotzten nur so vor Glückwünschen. Beide versprachen postwendend auch, sich umzuhören, ob jemand Gerüchte über Lady Rose verbreiten würde.

Die Wochen vergingen und ihre regelmäßigen Berichte lauteten stets, dass nichts dergleichen in den Ballsälen Londons zu hören war. Graywood wünschte sich sehr, dass dies so bleiben würde. Er wollte nicht, dass sich seine Gattin aufregte. Lavinias Gesundheit und die des ungeborenen Kindes standen für ihn an erster Stelle. Je mehr Zeit verstrich, desto größer wurde seine Hoffnung, dass er sich in Bezug auf seine Tante getäuscht haben könnte.

16. EPILOG

Kein Jahr später summte es auf Graywood Manor wie in einem Bienenstock. Im großen Salon saßen Aldon und Rose und versuchten, ihre Nervosität vor Cynthia zu verbergen. Das gelang ihnen nicht besonders gut, aber die Kleine plapperte ja selbst aufgeregt vor sich hin. Plötzlich ertönte Lavinias lauter Schrei. Graywood war aufgesprungen und wollte zur Tür eilen, aber Rose hielt ihn am Arm fest. „Wir können jetzt nicht helfen. Hab' Vertrauen. Alles wird gut."

Er sah sie zweifelnd an.

Es ertönten noch weitere Schreie, dann war es still. Jetzt schienen alle im Haus den Atem anzuhalten. Man hätte eine Stecknadel zu Boden fallen hören. Dann plötzlich durchdrang ein neuer Schrei die Stille. Der hörte sich so ganz anders an, dünn und ziemlich zornig. Kurz darauf riss Milly die Tür zum Salon auf und stürmte über das ganze Gesicht grinsend herein. „Es ist ein Junge!"

Aldon ergriff Cynthia und warf sie in die Luft, dass die Kleine jauchzend aufschrie. „Du hast ein Brüderchen!" Danach eilte er nach oben, um nach seiner Frau zu sehen. Viel wichtiger als die Tatsache, dass er einen Erben hatte, war es, dass er sich überzeugen musste, dass es ihr gutging. Und heute würde er ihr endlich sagen, dass er sie liebte.